식기는 요리의 기모노

키워드로 읽는 日本 문화 3

전통·현대문화

식기는 요리의 기모노

【 한국일어일문학회 지음 】

글로세움

일본문화총서 속편 발간에 즈음하여

학문이 생명력을 유지해 나가기 위해서는 끊임없는 수정과 보완이 이뤄져야 한다. 옛것을 우려내 새것을 창조하는, 곧 시대변화에 맞게 변형시키고 발전시켜 가는 이노베이션의 '법고창신'(法古創新) 이야말로 우리 학자들이 간직해야 할 소중한 정신이라고 생각한다.

한국의 일본 관련 대표적 학술연구단체인 한국일어일문학회는 선배 연구자들이 쌓아 올린 학술적 업적이 없었더라면 오늘날의 전통과 명성을 온전히 이어오지 못했을 것이다. 이에 우리 후학들은 선배들의 학문적 업적에 새로운 기운을 불어넣어 책임감을 가지고 학회를 한층 더 발전시켜야 할 시기를 맞이하고 있다.

이 점을 감안하여 지난 2003년에 학회 구성원 모두가 힘을 한데 모아 일본문화총서 6권을 출간한 지 거의 20년 가까운 세월이 흐른 오늘, 본 학회는 그동안 크게 변화된 연구 환경과 사회 흐름 등 시대상을 반영하여 속편으로 어학, 문학, 문화 각 한 권씩 출판하게 되었다.

한편 이 연구 결과물이 토대가 되어 이후 연구자들에게 또다시 '법고창신'(法古創新)의 학문적 징검다리가 되고 자양분이 되어 주기를 기대한다.

이번 일본문화총서(속편) 집필 작업에는 한국일어일문학회 회원 103명이 참여하였으며, 2003년의 360개 테마에 더해 일본을 이해하는데 가장 중요하다고 생각되는 114개의 주제를 선정하여 일반인들도 쉽게 이해할 수 있도록 보완하였다. 학회의 책무는 연구 외에도 사회 기여가 필요하다고 판단되기 때문이다.

전체의 구성은, 문화『식기는 요리의 기모노』, 문학『봄에는 와카를, 가을에는 하이쿠를 기억하다』, 어학『일본인의 언어유희』로 이루어져 있다. 본 기획도서를 통해 일본에 대해 편견없이 정확하게 이해하여 미래 지향적인 한일관계에 일조할 수 있기를 바라는 바이다.

이번 일본문화총서(속편)가 발간되기까지 어려운 여건 속에서도 많은 분들의 참여와 노고가 깃들어 있음을 말씀드리며, 이분들에게 진심으로 감사의 뜻을 표한다. 특히 글로세움 출판사 관계자 여러분들과 집필에 참여해 주신 103명의 회원분들, 원고 정리 및 자료 수집을 위해 애써주신 기획위원님들께 거듭 감사의 뜻을 전하고 싶다.

2021년 3월
한국일어일문학회 회장
윤호숙

목 차

기원

01. 계획이 다 있던 쓰라유키

가나 혁명의 시작

【민병훈】

기노 쓰라유키(紀貫之) 최대의 공적은 『고킨와카슈』(古今和歌集)를 편찬함으로써 이른바 '국풍 문화'를 추진하고 확립했다는 사실일 것이다. 그는 와카를 자각적인 언어예술로 정립하여 공적 문예인 한시와 대등한 지위로 끌어올렸다. 또한 『고킨와카슈』의 가나(仮名) 서문을 통해서 와카를 처음으로 이론적 고찰의 대상이 되게 했다. 가나에 의한 와카의 평론이 공적 문서에 기록되었다는 것은 가히 획기적인 사건이라하지 않을 수 없다.

게다가 쓰라유키는 가나 일기인 『도사닛키』(土佐日記)를 통해서 문학 세계에 새로운 변화의 틀을 마련하고 있다. 그 이전까지 일기라고하면 단순히 한자로 적는 메모 일지에 불과했지만, 가나로 기록하는 과정에서 다양한 방법이 시도된다. 가나 문장의 가능성을 다방면으로 실험하고 있는 것이다. 『도사닛키』는 모노가타리의 시조라 불리는 『다케토리 모노가타리』(竹取物語)와 우타모노가타리의 원조인 『이세 모노가타리』(伊勢物語)와 함께, 한문에서 가나 문학으로 독서의 관심이 이행하는데 선구적 역할을 한 작품이다.

　가나 사용 이전의 산문 문장은 한문이나 음훈 병용의 일본식 한문체로 쓰였으며, 이는 공적 성격이 강하고 남성 중심적이었다. 그러나 가나에 의한 산문 문학의 출현으로 문학은 사적 세계로 외연을 확장해 갔다. 무엇보다 『도사닛키』는 지극히 개인적이고 더욱이 여성이 주체이며, 동시에 이야기의 중심에 여성이 자리하고 있다. 『다케토리 모노가타리』가 가구야히메라고 하는 여성을 주인공으로 이야기를 전개하고 있다면 『도사닛키』는 한 걸음 더 나아가 여성의 시선과 입을 통해서 도사에서 교토에 이르는 여정을 기술하는 방식이다. 여성에게 줄거리를 운반하는 화자의 역할을 맡기고 있는 것이다. 여기에는 여성의 시각이라는 전제가 깔려 있는데, 그런 설정 이유가 아이를 잃은 상실감을 표현하는데 여성이 더 적절했기 때문만도 아니며, 남자가 가나로 산문을 쓰는 행위를 꺼린 시대 분위기 때문만도 아닐 것이다.

　이 외에도 작품의 요소요소에서 쓰라유키의 새롭고 흥미로운 발상이 확인된다. 어린아이와 뱃사공 등과 같이 사회의 중심에서 벗어나 있던 존재들의 모습과 행위를 부각하여 이야기를 전개하고 있는 점도 참신하다. 이 같은 쓰라유키의 다양한 시도는 그 이전과는 전혀 다른 새로운 작품 제작을 의식한 증거라고 볼 수 있다.

　고대에는 문헌 속에 보이는 신화나 전설 등을 관리하는 신분으로서 조정 등에 출사하여 이른바 구사(旧事)나 전설 등을 암송하고 전하는 일을 소임으로 하는 '가타리베'(語部)가 있었다. 이들의 주된 직무는 옛 전승을 전하고 공적 의례의 장에서 그것을 주상하는 일이었다. 『고

사기』(古事記)와 『일본서기』(日本書紀)
의 신화와 설화 등도 가타리베의 전승
을 기반으로 하고 있다. 또 한편에 '후
히토베'(史部)라 불리며 조정에서 문
서 기록을 담당하는 이른바 서기관 역
할을 하던 도래계 씨족이 있었는데,
가타리베와 연계하여 문헌을 기록했
을 것으로 추정된다. 이들은 한문을

기노 쓰라유키(일본판 위키피디아)

통해 역사와 전설을 기록하는 사람들이었으므로 남성이었을 확률이 높
다. 천황의 명에 따라 각 지방의 지명에 관한 유래와 지형, 산물, 전
설 등을 기록하여 진상한 『풍토기』(風土記)도 '오키나'(老, 남자 노인)의 입
을 통해서 전승이 설파되는 형식이다. 이처럼 가나 사용 이전의 산문은
'한문=남성의 것'이라는 구도였다.

그런데 쓰라유키는 이러한 구도를 철저히 무시하고 새로운 시점에
서 작품 제작을 시도하고 있는 것이다. 일기의 모두부는 이렇다.

"남자가 쓴다는 일기라는 것을 여자인 나도 써 보려 하여 쓴다."

쓰라유키의 의도를 함축하고 있는 문장이라고 볼 수 있으며, 이는
'남성이 아닌 여성'이라는 부분에 혁신성이 있다는 점을 주목하라는 의
미로 해석된다. 쓰라유키의 이러한 돌출적인 방법은 작품 속에서 다양
한 형태로 표출되고 있다. 작중에서 여성과 남성을 비교하는 장면을 보
면 남성은 체통을 중시하거나 혹은 반대로 자신의 능력을 과시하는 등
품위 없는 존재로 그려지고 있다. 반면에 여성은 정적이지만, 사물에

17

대한 이해가 깊고 기품 있는 모습이다. 또한 아이를 통해서 어른을 부끄럽게 하는 등의 이야기를 전개하고 있다. 여성과 아이의 등장은 도사에서 죽은 딸의 혼을 달래는 의미에서 비롯되었다는 견해가 보이지만, 실제로는 『다케토리 모노가타리』와 마찬가지로 남자 중심의 세계에서 여성과 아이를 전면에 내세우려는 쓰라유키의 작의에 기인한 것으로 이해된다. 일반적으로는 모노가타리의 중심에 귀족이나 와카의 명인을 내세우는 것이 상식일 테지만, 『도사닛키』는 비주류, 예를 들어 무례한 뱃사공 등이 점하는 비중이 큰 것도 새로운 시도라고 할 수 있다. 또한 와카를 읊는 아이가 등장하는 부분에서도 참신한 구상이 엿보인다. 여성과 아이를 들어 남자를 부끄럽게 하는 식의, 그 이전까지는 상상도 하지 못할 내용이 곳곳에서 발견되는 것이다.

　『도사닛키』 성립 이전까지 일기는 남성 귀족의 전유물이었다고 전해지지만, 한문으로 기록되는 일기뿐 아니라 모든 문헌에서 여성이 글을 주도하거나, 또는 모두부를 장식하는 예는 찾아보기 어렵다. 초기 모노가타리 작품인 『다케토리 모노가타리』는 가구야히메를 주인공으로 하는 새로운 감각의 산문 문학이지만,

　"지금으로 보면 옛날 일이다. 대나무를 취하는 노인이 있었다고 한다."

는 모두부를 보면 여전히 과거의 문헌과 마찬가지로 그 순서에 있어서 남성을 먼저 등장시키는 절차를 답습하고 있다.

　예를 들어 『고사기』 신화에는 천상에서 추방당한 스사노오가 지상으로 내려와 구시나다히메를 만나며, 오오쿠니누시는 이나바에서 야가

미히메와 네노쿠니에서 스세리비메 등을, 니니기는 가사사 곶에서 사쿠야비메를, 호오리는 해신의 궁에서 도요타마비메를 만난다. 모두 남자가 먼저 등장하며 이것이 전통적인 이야기 구조라고 할 수 있다. 우타모노가타리 작품의 선구인『이세 모노가타리』역시 남자가 먼저다.

"옛날, 한 남자가 관례를 올리고 옛 도읍인 나라의 가스가 마을에 영지가 있어 매사냥을 나갔다."

'옛날, 한 남자가 있었다'로 시작되는 모두부가 전형이다. 그에 반해『도사닛키』는 처음부터 남성이 아닌 여성이 쓴다는 점을 강조하고 있다. 여성의 등장이 남성에 앞서 실현되고 있는 것이다.

그런데 이와 같은 현상은 모두부뿐 아니라 작품의 곳곳에서 확인된다. 예를 들어 1월 7일의 일기에, 한 아이가 한 남성이 읊은 와카에 대해 반가를 읊었는데, 이 노래를 두고 주변 사람들이 평한 부분에

"아이의 노래가 반가가 되면 곤란하겠지요. 할머니나 할아버지가 자신의 노래로 서명하는 것이 좋겠소."

라는 대화문이 보인다. 여성(嫗)을 남성(翁)에 앞서 언급하는 것은 매우 이례적인 일로,『도사닛키』의 이야기가 여성에 의해 전개된다는 독자적인 방식에 더해 작품을 특정 짓는 또 하나의 방법이라고 볼 수 있다. 다른 장면에서도 동일한 형태가 발견된다.『다케토리 모노가타리』에도 가구야히메를 발견하고 양육한 할아버지와 할머니가 등장하지만, 할머니가 할아버지 앞에 놓이는 예는 없다.

전술한 것처럼『도사닛키』의 또 한 가지 특징은 아이에 관한 묘사가 많다는 점이다.『도사닛키』가 죽은 딸에 대한 진혼적 성격이 강한 작품

이라고 일컫는 까닭일 것이다. 그러나 도사에서 죽은 여아를 그리워하는 표현이 군데군데 산재해 있는 것은 사실이지만, 죽은 여아뿐 아니라 다양한 장면에서 아이가 등장하고 있는 것으로 보아, 쓰라유키는 애초부터 일기 속에 지극히 사적인 내용을 담으려 했고, 이런 의도에 따라 여성을 화자로 삼아 여성의 시선으로 여성이 관심을 가질 만한 소재를 이용해 이야기를 전개해 나가고 있는 것으로 분석된다. 즉 아이에 관한 기록이 많은 이유는 『도사닛키』가 여성의 관점이라는 선상에서 찾을 수 있으며, 이것은 이후의 모노가타리 문학에도 지대한 영향을 끼쳤다. 그 이전의 문헌 속에서 아이의 등장을 찾는 것은 그리 쉬운 일이 아니다. 여기에도 작자 쓰라유키의 새로운 문학 창출의 의도가 엿보인다.

신화 안에서는 특별한 이유 없이 아이가 등장하는 사례는 찾아볼 수 없다. 등장하더라도 남성과 여성이 결혼하여 출산하는 장면에서 잠깐 등장할 뿐이며 아이의 성장 과정에 대한 구체적인 내용은 찾아보기 어렵다. 청년에서 성인으로 변모하는 시점의 묘사가 이야기의 중심을 이룬다. 즉 성인이 되기 위한 통과의례가 다채로운 모노가타리를 만들어 내고 있다고 할 수 있다. 초기 모노가타리 문학에서도 아이는 대체로 태어날 때와 혼인할 즈음이 되어서야 이야기 속에 등장해 온다. 『다케토리 모노가타리』에서 가구야히메는 대나무 통 속에서 발견된 후 3개월 만에 성인으로 변신하는데, 그동안의 과정은 노인과 노파의 눈에 비친 모습이 단편적으로 묘사될 뿐, 하나의 모노가타리를 형성하고 있다고는 보기 어렵다. 역시 성인식을 올리고 나서 남성들이 구혼해 오는 과정에서부터 새로운 모노가타리가 시작된다. 발견되는 과정과 성인식에서 이어지는 구혼 과정에 이야기의 비중을 두고 있다. 그 외의 작품에서도 양상은 비슷하여, 등장하는 아이의 입장과 시각을 제대로 반영하고 있는 작품은 찾아보기 어렵다.

이에 반해 『도사닛키』는 다양한 아이의 모습을 담고 있다. 앞에서 언급한 용례를 비롯하여 다수의 아이가 이야기 속에 등장한다. 이처럼 쓰라유키는 전통적인 방식을 그대로 답습하지 않고 미성숙한 아이를 적극적으로 어른의 세계 속에 등장시키고 있다. 문학이 반드시 어른만의 것이 아니라는 사실을 피력하고 있는지도 모르겠다. 쓰라유키의 이 같은 실험은 문장의 틀을 깨는 새로운 도전이었으며, 공적이고 어른의 전유물이었던 문학이 개인의 것이 되고 나아가 모두의 것이 되는 새로운 길의 모색이었을 것이다. 이와 같은 내용과 구조는 여자를 화자로 삼은 데에서 기인하고, 이는 작자 쓰라유키의 자유로운 작품 제작 의도와 깊은 연관이 있는 것으로 이해된다.

쓰라유키의 다양한 시도는 결국 여성이 가나 문학의 주체가 되는 데 선구적인 역할을 하게 된다. 『오치쿠보 모노가타리』(落窪物語)처럼 여성의 일상을 근거리에서 조명하고 관찰하여 엮은 소위 여성 밀착형 작품의 출현을 견인하고, 『가게로닛키』를 비롯하여 여성에 의한 일기 문학의 태동에도 기여했다. 결과적으로 이 한 편의 가나 일기가 호기심 많은 중급귀족 여성들을 독자층으로 끌어들였고, 더욱이 그녀들의 창

21

작 의욕에 불을 지피는 데 성공했다.

가나가 여자의 손에 의해 능수능란하게 다루어지면서 감수성 예민한 문학이 속속 성립하고, 마침내 일본이 자랑하는 세계 최고(最古)의 근대적 소설 『겐지 모노가타리』(源氏物語)가 출현하게 된다. 가나의 보급이 한문을 숭상하던 일본을 바꾸어 놓은 것이다. 일부 소수 계층의 전유물이었던 것이 다수의 것이 되었을 때 세상에는 상상을 초월하는 대변혁이 일어난다. 그 출발 선상에 기노 쓰라유키가 있다.

02. 에도시대에 태어난 로봇 '가라쿠리'(からくり) 인형

【테라다 요헤이】

쟁반을 든 작은 인형이 차를 나르는 모습을 본 적이 있는가? '차(茶)운반 인형'이라고 불리는 이 작은 인형을 '가라쿠리'(からくり) 인형이라고 한다. 이 가라쿠리 인형은 에도시대에 발명되었으며, 현대 로봇의 원형 가운데 하나로 알려져 있다. 그렇다면 이 가라쿠리 인형은 어떤 종류가 있으며, 어떤 구조로 움직이고 있을까? 이런 아주 신기한 인형의 역사와 구조에 대해 알아보도록 하자.

가라쿠리 인형의 역사

가라쿠리란 실을 잡아당겨 움직인다는 의미의 'からくる'(가라쿠루, 조종하다)라는 동사에서 유래한 것으로 알려져 있으며, 16세기 후반부터 다양한 문헌에서 찾아볼 수 있다. 그러나 그 이전부터 가라쿠리는 있었을까? 가장 오래된 기록으로는 『니혼쇼키』(日本書紀)의 사이메이(斉明)천황 4년(658) '지남차'(指南車)가 있다. 이 지남차란 원래 중국에서 처음 만들어진 것으로 2개의 바퀴가 달린 것 위에 신선 인형이 항

상 일정한 방향을 가리키는 수레이다. 이후 『곤자쿠모노가타리슈』(今昔物語集)에는 문이 여러 개 있고, 어느 문 앞에 서 있더라도 눈앞의 문을 닫으면 다른 문이 열리는 구조로 만들었다는 이야기가 있다. 현대에 전해지는 가라쿠리는 전국시대 남만무역으로 일본에 들어온 기계시계에 영향을 받은 것으로 알려져 있다. 서양으로부터 전해진 기계시계에는 톱니바퀴나 캠(cam), 태엽 등이 사용되고 있어 기계시계를 분해하거나 수리를 했던 엔지니어들이 인형을 움직이는 장치로써 응용한 것이 '가라쿠리 인형'의 시작이다.

1662년 무대 가라쿠리를 사람들에게 보여주며 돌아다니던 '다케다 오우미(竹田近江) 가라쿠리 연극' 극단이 전국을 순회하면서 많은 사람들이 가라쿠리 인형을 보게 되었다. 이 극단의 가라쿠리 인형은 1m가 넘는 큰 인형이 무대 위에서 물구나무를 서거나, 바람총을 불어 쏘거나 활쏘기를 하거나, 글씨를 적기도 했다. 이때 만들어진 가라쿠리는 그 시대를 거쳐 아이치현(愛知県)에서 행해지고 있는 마쓰리의 수레에서 등장하는 가라쿠리 인형으로 남아 있어 '수레 가라쿠리'라고 불리고 있다.

앞서 언급한 기계시계의 영향을 받은 것이 '차(茶)운반 인형'이며 '다실(자시키) 가라쿠리'라고 불리고 있다. 기계시계는 그 후, 일본(와) 시계라고 불리는, 일본 독자적인 시계로 형태를 바꾸어 거기서 사용되고 있던 기술이 '가라쿠리 인형'에 응용되고 있다. 일반적으로 불리는 가라쿠리 인형은 이 '다실(자시키) 가라쿠리'를 말한다.

가라쿠리 인형은 에도시대의 발명가인 호소카와 한조(細川半蔵)의 공적이 가장 크다. 원래 호소카와 한조는 천문학자였는데, 그는 가라쿠리 기술에도 조예가 깊어 현대의 천체망원경이나 천구의에 해당하는 것들과 해시계, 만보기 등을 만들었다고 전해진다. 한조가 저술한 『키코즈이』(機巧図彙)는 일본 최초의 기계공학 전문서로 가라쿠리 장치를 그림으로 나타낸 것이다. 거기에 그려져 있는 가라쿠리는 매우 정확해서 현대 기술자들은 그것을 참고해 에도시대의 가라쿠리 인형을 복원하고 있다. 이외에도 술을 사러 가는 가라쿠리 인형과 '유미히키도우지'(弓曳童子)라는 활을 당겨 과녁을 맞출 수 있는 가라쿠리 인형 등이 만들어졌으며, 에도시대 이래 많은 가라쿠리 인형이 발명되었다.

호소카와 한조와 어깨를 나란히 할 정도의 기술자가 다나카 히사시게(田中久重)다. 다나카 히사시게는 에도시대 말부터 메이지시대까지 활약한 가라쿠리 기술자였다. 그의 대표작은 앞서 소개한 '유미히키도우지'다. 표정이 풍부한 인형이 화살이 들어 있는 화살통에서 화살을 뽑아, 화살 시위를 당겨 과녁을 맞출 수 있는 가라쿠리 인형을 발명했다. 그 움직임은 단지 활을 쏘는 것이 아니라 인형의 움직임이 실제 인간이 활을 쏘는 움직임과 완전히 똑같아서 현대 로봇의 움직임과 매우 유사하다. 다나카 히사시게는 아주 우수한 가라쿠리 인형의 기술뿐만이 아니라, 일본에서 최초의 증기기관차나 증기선의 모형 제조 등 당시의 선진적인 기술의 개발과 제조에 관여했다고 해서 '동양의 에디슨'이나 '가라쿠리기에몬'(からくり儀右衛門)이라고 불린다. 또한 다나카 히사시게가 메이지 8년에 설립한 다나카 제조소는 훗날 시바우라(芝浦) 제작소-현재의 도시바(東芝)-로 이어진다. 그리고 다나카 히사시게의 영향

은 도시바의 로봇 개발로 이어지고 있어 업무용 로봇뿐 아니라 가정용 청소 로봇 개발 등도 적극적으로 이뤄지고 있다.

가라쿠리 인형의 구조

가라쿠리 인형은 사람이 움직이는 것과 태엽으로 움직이는 것의 두 가지로 나눌 수 있다. 다케다의 가라쿠리 인형은 스프링이나 중력을 이용한 세공과 실이나 철사를 사용해 가라쿠리 인형을 조작하는 사람이 뒤에서 조종하고 있다. 이것은 사람이 조종한다고 하는 점에서는 에도시대의 분라쿠(文楽)인 닌교죠루리(人形浄瑠璃)와 연결된다.

차(茶)운반 인형을 대표하는 다실(자시키) 가라쿠리는 일본(와) 시계(和時計)의 원리를 응용해 만들어졌다. 일본(와) 시계(和時計)의 동력은 태엽이나 추 등으로 '톱니바퀴', '큰 톱', '캠'(cam) 등을 이용해 동력을 조절하고 실을 조종하는 자동인형이다. 톱니바퀴, 캠, 본체 모두 목제로 되어 있으며 태엽을 동력으로 사용하고 있다. 그 움직임은 아래와 같다.

1. 태엽을 감는다
2. 인형이 들고 있는 쟁반에 찻잔을 올려놓으면 인형은 앞으로 나아가기 시작하고 발도 앞뒤로 움직인다.
3. 손님 앞까지 오면 고개를 갸웃하며 절을 한다.
4. 손님이 찻잔을 집어들면 인형은 멈춘다.
5. 손님이 찻잔을 쟁반에 올려놓으면 그 자리에서 180도 회전한다.

6. 고개를 들고 출발했던 곳으로 돌아간다. 이때 발도 앞뒤로 움직인다.

7. 주인이 있는 곳에 도착해 주인이 찻잔을 집어들면 인형은 멈춘다.

이와 같이 차(茶)운반 인형의 스위치를 켜고 끄는 것은 팔에 있고, 그것이 무게에 반응함으로써 인형은 다양한 동작을 한다. 유럽의 오토마타(Automata)라는 기계인형이 있는데 오토마타는 금속으로 만들어졌다. 구조적으로는 가라쿠리 인형과 비슷하지만, 가라쿠리 인형은 목제이며 나사 등이 일체 사용되지 않는다. 그래서 해체나 수리가 쉽다는 점이 오토마타와 다르다. 유미히키도우지는 이 차(茶) 운반 인형의 기술을 보다 진화시킨 것으로, 7장의 캠을 조합하여 더욱 정밀하고 정교하게 움직일 수 있게 되어 있다.

가라쿠리 인형은 에도시대에 완성되어 그 교묘한 움직임으로 많은 사람들을 즐겁게 해 왔다. 호소카와 한조가 남긴 『키코즈이』(機巧図彙)나 다나카 히사시게의 기술은 현대의 로봇에 응용되고 있다. 로봇은 인공지능(AI)을 탑재함으로써 청소 로봇을 시작으로 우리 주변에서 조금씩이지만 여러 가지 역할을 담당하고 있다. 자동차나 반도체 등을 만드는 공장에서 일하는 산업용 로봇 등은 현대 산업에는 없어서는 안 될 존재가 됐다. 그리고 인간형 로봇으로서는 HONDA가 개발한 ASIMO가 2000년에 등장하여 자립 2족 보행을 하고 계단을 오르내리거나 춤추거나 하는 모습은 온 세상의 주목을 받았다.

또한 소니가 개발한 강아지형 로봇 AIBO는 그 사랑스러움과 사람의 표정을 읽고 그것에 반응하는 것이 사람의 마음을 치유하는 효과가

있을 것으로 기대되고 있다. 그리고 몸이 불편한 사람이나 노인을 서포트하는 로봇의 연구와 개발이 진행되고 있다고 한다. 가까운 장래에 아톰이나 도라에몽(ドラえもん)이 우리 눈앞에 등장할 날도 그리 먼 이야기는 아닐지 모른다.

03. 에도시대 전염병과 요괴

【김학순】

요괴가 전염병을 퍼트리다

위생, 방역, 백신과 같은 현대적 의료체제에 대한 인식은 근대 이후에 발생한 것으로 그 이전시기 전염병은 역병(疫病)으로 불리며 코로나19와 같은 큰 공포의 대상이었다. 전근대시기에도 이러한 전염병을 퇴치하기 위한 의학적 노력과 종교적 기원은 전 세계적으로 끊임없이 행해졌다. 특히 일본 에도(江戶)시대에는 역병 퇴치를 기원하는 종교적 의식이 두드러지게 반영되어 퇴치에 대한 신앙적 염원이 사회, 문화적 집단 행위로 나타났다. 에도시대 대중들은 역병을 일으키는 존재를 신으로까지 생각하여 그들을 기리는 축제인 마쓰리(祭り)를 주기적으로 개최하고 전국 각지에 신사를 세웠다. 또한 역병이 돌 때에는 역병을 예언하는 요괴(妖怪)를 기록한 가와라반(瓦版)-에도시대 시사성, 속보성이 높은 뉴스를 다룬 한 장짜리 인쇄물로 천재지변, 대형 화재, 동반 자살 등을 수록-이 유행하고, 가와라반의 요괴 그림을 부적으로 사용하였다. 코로나19가 발생하여 팬데믹이 발생한 현재에도 역병 퇴치 기원의 전통은

「아마비에」 －교토대학 디지털아카이브 소장본

아마비에(アマビエ)라는 요괴의 다양한 이미지 확산과 관련 상품의 유행을 통해 이어지고 있다.

일본 요괴의 원형은 불교 보급에 따른 오니(鬼) 이미지에서 시작되었다. 중국에서 오니는 죽은 자의 영혼으로 일본에서는 눈에 보이지 않는 존재로 인식되었다. 눈에 보이지 않는다는 의미를 지닌 온(隱)에서 유래하여 오니라는 한자를 사용하였다. 이러한 연유로 고대 일본에서는 전염병이나 자연재해를 일으키는 재앙 등 인간에게 해를 끼치는 나쁜 존재를 오니라 칭하였다. 불교의 전파가 확대되면서 기괴한 외견을 하고 인간을 잡아먹는 존재로부터 불교의 수호신으로 변한 야차(夜叉)나 나찰(羅刹)이 오니 이미지 형성에 영향을 주었다. 이처럼 요괴의 원형인 오니는 전염병이나 자연재해와 같은 재앙을 일으켜 인간에게 불행을 초래하는 존재로 인식되어 왔다.

에도시대부터 본격적으로 요괴들은 산, 바다와 같은 이계(異界)로부터 인간 세계로 들어오게 된다. 구마모토(熊本)에서는 봄이 되면 야마와로(山童) 요괴 수천 마리가 행렬지어 산으로부터 내려온다. 이외에도 여우나 눈이 하나인 소승, 동북지방의 나마하게(ナマハゲ) 요괴 등도 봄에 산에서 내려와 마을과 여러 집들을 돌며 가을에 다시 돌아간다.

또한 산뿐만 아니라 바다에서 건너 온 신과 요괴도 존재한다. 바다로부터 건너온 신으로는 스쿠나비코나(少名毘古那)가 대표적이다. 일본을 세운 신을 기리는 이즈모(伊豆)에서는 현재에도 신과 요괴에게 제사를 지내는 의례를 하며 풍작을 기원하고 있다. 이처럼 요괴들은 산이나 바다 저편의 이계로부터 건너와 민중의 신, 행운, 재앙의 담당자가 되었다. 요괴는 이계인 산과 바다로부터 출현하여 인간이 사는 현실 세계에 등장하여 신이 되기도 한다. 풍작과 같은 행운을 주기도 하지만 자연재해, 역병, 불행과 같은 재앙을 주기도 한다. 이러한 요괴의 양면성은 역병과 관련된 요괴에도 극명하게 나타난다. 그것은 역병을 퍼트리는 재앙의 존재, 반대로 역병을 예언하고 억제시키려는 신적인 존재의 이중적 모습이다.

에도시대 질병에 대한 치료는 의사에게 직접 받기보다는 매약(買藥), 침과 뜸이 많았다. 또한 질병 치료를 위한 민간요법이 등장하고 병이나 재난을 피하기 위해 신불(神仏)에게 기원하는 가지기도(加持祈禱)와 같은 종교적 행사가 많았다. 당시 대중들은 병의 원인을 신불의 재앙, 또는 전생의 인과나 운명이라고 깊게 믿었다. 그리하여 병과 신앙을 강하게 연관시켰다.

중세시대부터 요괴들은 신불과 함께 등장하게 되면서 병과 요괴의 연관성은 종교적 믿음으로까지 확대되었다. 이러한 전통을 기반으로 역병을 일으키는 요괴가 탄생하였고, 일반적인 요괴들처럼 에마키(絵卷)-두루마리의 그림을 설명을 덧붙여 감상하는 회화형식의 작품-에서부터 등장하기 시작하였다. 『가스가곤겐겐키』(春日権現験記, 1309)에는 역병을 일으키는 역귀(疫鬼)가 등장하고, 『유즈우넨부쓰엔기에마키』(融通念

仏縁起絵巻, 1314)에는 역병의 신들을 요괴나 원령의 모습으로 다채롭게 표현하였다.

요괴가 전염병을 예언하다

코로나19 확진자가 급격히 발생하자 일본에서는 아마비에라는 요괴가 주목받으며 유행하기 시작하였다. 이 요괴는 1846년 4월 중순에 기록된 가와라반에 수록된 역병을 예언한 요괴이다. 그 기록을 보면 히고국(肥後国, 구마모토현) 바다에 매일 밤 빛나는 것이 있어 그곳의 관리가 가보니 아마비에라는 요괴가 나타났다. 아마비에는 올해부터 6년간 풍작이지만 만약 유행병이 돌면 사람들에게 자신의 그림을 보이라고 지시하고는 다시 바다로 들어갔다. 가와라반에는 머리카락이 길고 부리를 가진 인형과 같은 모습을 하고 있으며 히고의 관리가 그렸다고 한다. 일반적으로 역병 퇴치와 관련된 요괴에 공통적으로 보이는 점들은 전염병 유행이나 풍작 등을 예언한다. 그리고는 곧 사라지며 자신의 그림을 부적으로 사용할 것을 권유한다.

구단(件)은 외양간에 사는 요괴로 신체는 소이지만 얼굴은 인간으로 기묘한 모습이다. 인간과 소와의 사이에서 태어났다고 전해진다. 태어나자마자 예언을 하고는 말이 끝나자 바로 죽어버린다. 예언의 내용으로는 재해나 역병 유행이 많고 사회에 이변이 생길 때 나타난다. 그 예언은 절대 틀리지 않으며 그림을 걸어두면 집안은 번창하고 역병에 걸리지 않는다고 한다. 구단의 출현은 사회적으로 위기에 직면했을 때가 많았다. 덴포(天保) 대기근의 해에 등장하였고, 이 시기 간사이(関

「진자히메」 – 일본 국립역사민속박물관 소장본

西)에서는 민중들의 봉기가 빈번히 일어나 사회가 불안정하였다.

또한 2차 세계대전 중에는 전쟁이 끝나면 역병이 돈다. 대전쟁과 역병으로 국민의 대부분이 죽는다는 등 구단의 예언이 거리에 유포되었다고 한다.

이처럼 역병, 재해, 전쟁 등과 같은 사회 불안이 증폭되면 요괴들을 등장시켜 그들을 신으로 추앙하거나 악령을 쫓는 엑소시스트와 같은 존재로 믿으며 심리적 안정을 꾀했다. 대지진이 발생한 시기에 유행했던 나마즈에(鯰絵)는 1855년 안세이(安政) 대지진을 계기로 에도 시중에서 대량으로 유통된 메기 요괴를 그린 판화이다. 큰 메기가 지진을 일으킨다는 민간 신앙에 기반하여 그려진 판화로 지진을 막는 부적으로 사용되기도 하였다. 역시 자연재해와 같은 재앙 극복에 대한 대중들의 집단적 염원과 민간 신앙에 기반하고 있다.

역병 예언의 요괴는 바다 저 편에서 건너오기도 한다. 바다에서 출현한 대표적 요괴로는 인어의 모습을 한 진자히메(神社姫)를 들 수 있다. 1819년 히젠국(肥前国, 사가현) 해변에 나타난 요괴로 크기는 6미터 정도로 인간 얼굴에 뿔이 달려 있다. 발견된 자에게 자신은 용궁에서 온 사자로 올해부터 7년간은 풍작이지만 콜레라(虎狼痢)라는 유행병이 발생할 것을 예언한다. 그러나 내 모습을 그린 그림을 보면 그 화를 피해 장수할 것이라며 거창하게 말하곤 사라진다.

일본에서는 예부터 인어 고기를 먹고 불로장생을 하게 된 핫뱌쿠 비쿠니(八百比丘尼)-인어 고기를 먹고 800살까지 살면서 전국 각지를 여행했다고 전해지는 전설상의 비쿠니-의 전설이 확산되며 인어는 불로장생의 묘약으로 여겨졌다. 그리하여 에도시대에는 인어가 장수에 효능이 있다는 민간신앙이 생겨났다. 또한 본초학이 융성하자 요괴의 한 종류로 취급되었다. 이처럼 인어의 이미지를 가진 요괴는 역병을 예언하고 퇴치에 효능이 있는 부적으로 여겨지며 불로장생의 묘약으로까지 인식되었다.

이 외에도 중국을 경유하여 온 하쿠타쿠(白沢), 에도시대 말기에 콜레라 유행을 예견한 머리가 두 개인 예언새(ヨゲンノトリ), 구단의 이미지와 비슷한 산의 정령인 구다베(クダ部) 등도 역병을 예언하고 방지하려는 요괴이다. 앞서 살펴본 요괴들처럼 전염병 유행을 암시하고 자신의 그림을 부적으로 두면 화를 면할 것을 예언하였다. 이와 같이 당시 대중들은 사회적으로 불안정한 상황 하에서 역병을 예언하고 대책을 알려 주는 요괴를 통하여 심리적 위안을 얻고 신앙적인 염원으로 극복하고자 하였다.

전염병을 심리적으로 극복하다

위에서 살펴보았듯이 전근대 일본의 기록에는 전염병인 역병과 관련된 요괴 이야기가 다수 존재한다. 전염병을 퍼트리거나 혹은 전염병을 예언하며 퇴치하려는 양면성을 지닌다. 신앙의 대상에서부터 부적의 그림에 이르기까지 대중들의 간절한 염원을 담고 있다. 당시 사회에서 역병은 큰 재앙으로 의료제도가 발달한 현대와 달리, 신앙적이거나 토속적 제례의식으로 퇴치를 기원하였다.

　민속학적인 측면에서 살펴보면 역병 퇴치를 위한 주술적 행위는 마을 단위에서도 행해졌다. 역병 보내기(疫病送り)는 역병 퇴치에 대한 강력한 기원의 하나였다. 의학이 발달하지 못한 시대에는 역병에 대한 심리적 안정과 퇴치에 대한 기원은 신불에게 의지할 수밖에 없었다. 전염병을 일으키는 것은 행역신(行疫神)과 역병신(疫病神)의 짓이라고 생각하였다. 이러한 악귀가 침입하지 못하도록 마을의 경계나 입구에 큰 조리(草履)나 짚신을 걸거나 하는 주술적 행위를 하였다. 큰 조리나 짚신은 악귀에 대한 협박이자 더 무서운 신이 이 마을에 머물고 있음을 표현한 것이다. 마을에 환자가 생기면 역병 보내기 의식을 하며 가타시로(形代)-액막이를 할 때 사용하는 주술 도구-라는 인형을 만들어 마을 경계로 추방하였다. 마을 경계에 작은 배를 띄어 인형을 세워 흘려보내거나 해변 마을에서는 바다로 흘려보내는 의식을 행했다. 인형을 제물로 만들어 추방하거나, 바다로 흘려보내는 의식을 통해 역병을 마을로부터 격리시키려 하였다. 아마비에나 진자히메 등과 같은 요괴가 바다에서 등장하고 사라지는 것도 역병을 흘려보내려 했던 목적의 주술적 행위와 관련이 있을 것이다.

　전염병을 예언한 요괴들은 이질, 콜레라와 같은 전염병, 외부 세계의 이국선이 등장하는 19세기 초부터 가와라반에 자주 기록되었다. 전염병을 간파하는 영험이 있는 요괴들은 예언자적 성격이 강하고 자신의 그림을 부적으로 사용할 것을 권하고 사라진다. 재난, 재해, 전염병 등이 유행하면 토속적이거나 주술적인 신앙적 의식과 함께, 화를 모면하고 공포심을 줄이기 위해 역병을 예언하고 사라지는 요괴 이야기가 유행하였다. 현재의 관점에서 볼 때 과학적으로 증명되지 않은 미신으로 보일지 모른다. 하지만 당시 대중들이 전염병을 예언하고 대책을 알려 주는 요괴들을 통하여 개인의 심리적 위안과 사회의 안정을 추구한 점은 분명할 것이다.

04. 세쓰분의 에호마키 이야기

편의점 상품에서 국민적 문화로

【조규헌】

일본의 대표 절기음식 에호마키

우리는 정월대보름날 오곡밥에 나물반찬, 복날의 삼계탕, 동짓날의 팥죽과 같이 절기마다 특별한 음식을 먹는다. 일본에도 물론 다양한 절기음식이 있다. 그중에서도 일본사람들에게 아주 인기가 높은 김밥처럼 생긴 '세츠분'(節分)의 '에호마키'(惠方巻き)라는 것이 있다.

일본사람들이 세츠분에 에호마키를 즐기는 모습을 보면 모두가 한 방향을 향해서 먹고 있는 풍경을 쉽게 발견할 수 있다. 이렇게 일본의 에호마키는 '음식'만이 아니라, '먹는 방식'이 아주 중요한 문화라고 할 수 있다.

에호마키가 일본인 모두가 즐기는 국민적 풍습으로 정착한 데에는 뜻밖에도 편의점 세븐 일레븐과 깊은 관계가 있다. 여기에서는 일본의 대표 절기음식인 '세츠분'의 '에호마키'에 대한 흥미로운 이야기를 함께 알아보도록 한다.

세쓰분의 에호마키 풍경

세츠분과 두 개의 마키

일본에서 세쓰분은 입춘(立春) 전날로 대략 2월 3일경이다. 이 날의 풍경은 일본어로 두 개의 '마키'(まき)와 관련 있는데, 각각 '뿌리기'(撒き)와 '말이·감기'(巻き)의 의미를 말한다. 첫 번째 마키인 마메마키(豆まき)는 "오니와 소토! 후쿠와 우치!"(잡귀는 물러가고 복은 들어와라)라고 외치면서 콩을 뿌리는 것을 말한다. 세쓰분에 일본 유치원에서는 아이들이 마메마키로 일본의 도깨비인 오니(鬼)를 쫓아내고 있는 모습을 흔히 볼 수 있다.

둘째로 '말이·감기'의 마키다. 김이 일본어로 '노리'(のり)라서 일본식 김밥이나 김초밥을 '노리마키'(のり巻き)라고 한다. 그런데 이 노리마키의 광고를 보면 뭔가 특이한 점이 있다. 나침반 같은 것이 그려져 있고 거기에 동북동, 서남서와 같은 방위가 있다. 그리고 그 해의 연도가 써져 있는데 2019, 2020년 각 연도에 따라 방향이 다른 것을 알 수 있다.

이 방위를 '에호'(惠方)라고 하는데, 그해의 간지(干支)에 따라 길하다고 정해진 방향을 말한다. 모두가 한 방향을 향하면서 먹는 재미있는 장면이 연출된 것도 바로 "에호(惠方) 쪽을 바라보며 굵게 만 김밥을 먹으면 운이 좋다"는 속설에 기인한 것이다. 그리고 이 때문에 '노리마키'(김밥)가 '에호마키'라는 명칭을 얻게 된 것이다. 이렇게 보면 입춘

전날인 일본의 세쓰분은 새 봄을 맞이하면서 '마메마키'와 '에호마키'를 통해 '행운을 기원하는 날'로 이해할 수 있겠다.

오사카 지역의 풍습 에호마키

세쓰분에 일본 오사카(大阪)의 마트에 방문하면 도쿄와는 다른 정어리를 대량으로 판매하는 풍경을 발견할 수 있다. 이는 원래 오사카 등 간사이(関西)지방에서는 전통적으로 '이와시'(정어리)의 세츠분이라고 해서 정어리를 먹는 풍습이 있기 때문이다. 이 문화가 이어져 간사이 지방에서는 현재도 정어리 구이를 먹는 사람이 적지 않다. 옛날에는 먹고 남은 정어리 머리를 가시가 있는 나무(호랑가시 나무)에 꽂아 문 앞에 걸어두면 오니(잡귀)를 내쫓는다고 여겼다 한다.

지금은 한국과 일본 모두 절기음식이 국가적인 풍습으로 점차 획일화된 경향이 있기는 하지만, 그 유래를 거슬러 올라가 보면 지역성이 상당히 큰 문화라는 것을 쉽게 알 수 있다. 이 에호마키 역시 원래 오사카 안에서도 바닷가에 인접한 일부 지역에서만 해와서 잘 알려져 있지 않은 풍습이었다. 에호마키의 기원은 에도시대 말 오사카의 선착장에서 '귀신의 철봉'을 의미하는 둥근 김밥을 통째로 먹던 풍습으로, 자르지 않은 김밥을 그 해의 길한 방향을 바라보며 말없이 먹으면 집안이 평안해진다는 뜻이 담겨 있었다고 한다.

세츠분의 대표음식이 에호마키

그렇다면 오사카의 에호마키가 어떻게 전국적으로 유행하게 되었을까. 1989년 당시 29살의 세븐일레븐 직원 노다 시즈마(野田靜真)가 이 이야기의 주인공이다. 이 청년이 바로 에호마키를 전국에 널리 퍼지게 한 장본인이다. 노다(野田)는 당시 본사 소속 직원으로 히로시마 지역의 세븐일레븐 가맹점을 관리하던 열정이 넘치는 청년이었다.

1980년대 후반은 히로시마와 같은 지방에 편의점 문화가 새롭게 정착하던 시기로 홍보를 위한 다양한 기획이 적극 추진되고 있었다. 그러던 어느 날 히로시마의 점주 한 분으로부터 "오사카의 바닷가 지역에서는 세츠분에 그해의 길한 방향을 바라보며 김밥을 먹는 독특한 풍습이 있어요. 이렇게 하면 나쁜 일이 생기지 않고 복이 들어온다고 하네요."라는 이야기를 듣게 된다.

순간 노다는 "아! 이것을 상품화해도 좋겠는데"라고 직감했다. 그는 곧바로 본사에 '자르지 않은 두꺼운 김밥을 만들어 줄 것'을 요청했다. 그리고 일본에서 처음으로 '에호마키'(惠方巻き)라는 이름을 붙여 히로시마 지역의 세븐일레븐에서 판매를 시작했다. 당시 히로시마에는 에호마키의 존재를 거의 몰랐다. 때문에 노다와 가맹점주들은 세츠분 시기에 맞추어 "에호마키라는 것을 아십니까?", "올해의 에호는~"이라는 홍보 멘트와 함께 손님 한 명 한 명에게 열심히 설명했다.

세븐일레븐의 에호마키 판매는 히로시마에서 좋은 호응을 이끌어내면서 간사이와 규슈지방 등 서일본(西日本) 전역으로 프로모션을 확대했고, 1998년에는 전국적인 히트상품이 되었다. 세븐일레븐의 에호마키가 성공하자 2000년 이후에는 일본의 모든 백화점, 슈퍼, 편의점에서도 판매하게 되었다. 히로시마에서 한 청년의 작은 기획 센스로 시

작된 편의점 상품이 어느덧
'세츠분의 에호마키'라는 국
민적인 문화로 자리 잡게 된
것이다.

2019년(左)과 2020년(右)의 에호마키 광고 포스터

에호마키의 인기비결

에호마키의 높은 인기
를 나타내는 에호마키 쇼우센(惠方巻商戰)이라는 말이 있다. 세츠분 대
목에는 에호마키 판매처 간 치열한 경쟁이 펼쳐진다는 뜻이다. 해마다
에호마키의 인기가 높아지면서 해산물을 기반으로 한 정통 에호마키만
이 아니라, 고베 와규 스테이크가 가득 들어간 것, 고급 식자재로 유명
한 이세에비(왕새우)만으로 만든 것, 금박으로 데코레이션 한 것 등 다
양한 에호마키가 선보인다.

최근에는 일본의 유명 프렌차이즈 이자카야에서는 세쓰분 특별 메
뉴로서 무려 6천 칼로리를 자랑하는 악마 에호마키를 선보이기도 했
다. 이것은 총중량 약 1.5kg, 길이 50㎝, 돼지 안심가스 3개에 마늘밥
으로 두르고 그 위에 피자, 소시지, 스크램블 에그, 소갈비 불고기를
듬뿍 얹은 다음, 마지막에 마요네즈를 얹는 모양새를 하고 있다. 복을
부르고자 하는 날에 '악마 에호마키'라는 이름으로 어마어마한 칼로리
를 익살스럽게 표현한 것이다. 새 봄을 맞이하기 위해 이자카야에 모인
사람들은 아마도 그 해의 길한 방향을 바라보며 함께 먹는 풍경을 연출
하며 즐거운 시간을 보내지 않았을까.

일본의 다양한 절기음식 중 세츠분의 에호마키가 특히 인기가 높은 이유도 음식을 먹는 것 자체보다는 이렇게 '함께 한 곳을 바라보며 먹는다는 재미'가 더해져 있기 때문이라고 할 수 있을 것이다.

05. 반즈케(番付) 랭킹으로 읽는
일본 문화

【금영진】

　반즈케(番付)란 에도 시대에 서민들 사이에서 유행한 1장짜리 순위 표 또는 순위, 즉 랭킹을 말한다. 원래는 스모(相撲) 역사(力士)들의 이름을 순위대로 기록한 오즈모 반즈케(大相撲番付)에서 유래하였다. 오즈모 반즈케에서는 순위가 높은 선수들의 이름을 표의 제일 윗단에 굵고 큰 글자로 싣고, 순위가 낮은 선수들의 이름은 표의 아랫단에 상대적으로 가늘고 작은 글자로 싣는다. 아랫단으로 내려갈수록 글자는 더욱 작고 가늘어진다.

　스모 역사들의 이름이 동서 양편으로 나뉘어 실리기에 최고 서열인 요코즈나(橫綱)는 동쪽과 서쪽에서 각각 1명씩 나오는 것이 보통이다. 제일 윗단부터 마쿠노우치(幕ノ内)에 속하는 스모 선수들의 이름이 요코즈나(橫綱), 오제키(大関), 세키와케(関脇), 고무스비(小結), 마에가시라(前頭)의 순으로 실리고 이어서 주료(十両)가 실린다.

　굳이 우리나라의 씨름으로 치자면 각각 천하장사, 백두장사, 한라장사, 금강장사, 태백장사 정도에 해당한다. 그리고 그 아래로는 이름이

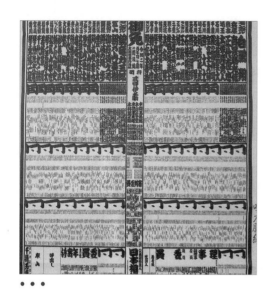

오즈모 반즈케

너무 작아 거의 안 보이는 마쿠시타(幕下)와 산단메(三段目), 조니단(序二段), 조노구치(序の口)에 속하는 스모 역사들의 이름이 실린다.

원래 스모의 순위표였던 반즈케는 점차 다양한 사물들의 우열을 비교하고 거기에 서열을 붙인 미타테(見立て) 반즈케의 형태로 발전하게 된다. 여기에서 미타테란, '스모 반즈케를 흉내 낸, 빗댄'이라는 의미이다. 한 예로, 오늘날 일본에서는 갑부랭킹 순위를 '조자(長者) 반즈케'라고 한다. 백만장자의 장자를 일본어로 '조자'라고 읽기에 조자 반즈케는 부자(갑부) 랭킹표가 되는 것이다. 포브스의 세계 100대 부자 순위의 일본 버전인 셈이다. 참고로 2020년 현재 일본의 조자 반즈케 1위는 유니클로의 야나이다다시(柳井正) 회장으로 그의 재산은 약 30조 원이 넘는다. 우리나라 최고 부자인 삼성그룹의 고 이건희 회장 재산이 약 19조 원인 것을 감안하면 상당한 부자임을 알 수 있다.

반즈케 표의 중앙에는 관인 허가를 받았다는 의미의 '고멘코무루'(蒙御免)라는 글자가 굵게 적혀 있고 그 밑으로는 주최자나 심판 등의 이름이 나온다. 한 예로 반찬 반즈케(漬物番付)를 보면 주최자인 간진모토(勧進元) 자리에 단무지의 전신인 다쿠안즈케(沢庵漬け)의 원조로 알려진 다쿠안(沢庵) 스님의 이름이 올라가는 식이다. 참고로 단무지의 과거 한국식 발음인 '다강'은 다쿠안 스님의 이름에서 유래한 것이다.

반즈케는 순위 매기기를 통하여 일본 최고를 가리려는 평판과 비교평가의 결과물이지만 그 이면에는 오늘날의 맛집 랭킹이나 미슐랭 가이드의 별, 오성급 호텔 등에서도 보듯 소비자에게 정보를 제공해 주는 측면도 있다. 우리가 어느 지역에 여행을 갔을 때 맛집을 검색하는 식이다. 그리고 이러한 반즈케들을 보다 보면 당시의 유행과 시대상황, 그리고 일본인의 삶의 모습이 보인다.

일본의 반즈케 랭킹들

먼저 온천 반즈케(温泉番付)를 보자. 에도 시대에 찍어 낸 반즈케에 의하면, 동쪽 오제키(東の方, 大関)인 구사쓰(草津) 온천(군마현 소재)과 서쪽 오제키(西の方, 大関)인 아리마(有馬) 온천(고베 소재)이 각각 일본을 대표하는 양대 온천이다. 오늘날은 요코즈나가 제일 높지만 예전에는 요코즈나도 오제키로 합쳐 불렀기에 반즈케 표에서 요코즈나 대신 오제키가 보이기도 한다. 아리마 온천은 특히 신경통에 효험이 있는 것으로 유명하며, 도요토미히데요시(豊臣秀吉)가 그의 조강지처인 네네(寧々)와 함께 온천 여행을 온 것으로도 알려져 있다.

일본의 온천에서는 역시 노천탕을 빼놓을 수가 없는데, 에도 시대에 간행된 노천탕 반즈케(露天風呂番付)에 의하면 동쪽의 오제키로 군마현의 다카라가와(宝川) 온천 노천탕을, 서쪽의 오제키로 오카야마(岡山)의 유바라(湯原) 온천 노천탕을 각각 꼽고 있다. 다카라가와 온천의 경우 고대의 전설적인 영웅인 야마토다케루노미코토(日本武尊)가 병에 걸렸을 때 흰 매가 다카라가와 온천의 노천탕으로 이끌어 주어 병이 나았다는 전설이 있다. 물론 에도 시대의 온천이나 노천탕 반즈케가 오늘날도 여전히 유효한 것은 아니다. 한 예로 현대 일본에서 서쪽의 오제키 온천을 꼽으라고 한다면 아무래도 벳푸 팔탕(別府八湯)이라 불리는 오이타현(大分県)의 벳푸 온천을 꼽기 때문이다.

한편 우리나라에서 벚꽃의 명소를 꼽으라고 한다면 아무래도 경남 진해가 유명하며 서울에서는 여의도 윤중로나 잠실 석촌 호수를 꼽을 수 있을 것이다. 일본의 경우 근세 이전에는 요시노야마(吉野山)가 벚꽃의 명소로 유명했으나 시대의 흐름에 따라 순위에도 변화가 생긴다. 영원한 1등은 없는 것이다. 필자가 확인한 에도 시대의 벚꽃 명소 반즈케(桜名所番付)에서는 지금의 동경도(東京都)에 속하는 고가네이(小金井)를 요코즈나로 친다. 고가네이의 벚꽃은 명소 도회(名所図会)나 히로시게(広重)의 니시키에(錦絵) 그림의 제재가 되기도 할 정도로 에도 시대의 벚꽃 명소였다.

명소 유적 반즈케(名所旧跡番付)에 의하면 동쪽의 오제키는 후지산(富士山)이고 서쪽의 오제키는 비와(琵琶) 호수이다. 우리나라의 명소 유적 반즈케로 치자면 백두산 천지와 한라산 백록담 정도인 셈이다. 만약 한국의 강 반즈케(川番付)를 만든다고 한다면, 아마도 한강과 대동강, 낙동강과 압록강, 금강과 두만강의 순이 되지 않을까 싶다. 그렇다면 일본의 경우는 어떨까?

일본의 강 반즈케(川番付) 1위는 도쿠시마현(徳島県)의 중심 산악지대를 동쪽으로 흐르는 요시노가와(吉野川)와 홋카이도(北海道) 남부를 남쪽으로 흐르는 무카와(鵡川)를 들 수 있다. 다만 우리가 생각하는 규모가 큰 주요하천의 개념보다는 물이 깨끗하고 경치가 수려한 점이 반즈케를 결정짓는 중요 요소가 된다. 무카와의 경우 한국의 동강처럼 래프팅도 즐길 수 있으며 연어와 열빙어가 넘쳐나는 하천이다.

한국의 절하면 해인사나 불국사, 또는 조계사를 우선 꼽을 수 있을 것이다. 그렇다면 일본을 대표하는 반즈케 랭킹 1위의 신사나 절은 어디일까? 반즈케 표에 의하면 일본 천황의 시조신인 아마테라스 오카미(天照大神)를 모신 이세 신궁(伊勢神宮)과 일본 불교 진언종(眞言宗)의 성지이자 홍법대사(弘法大師)의 발자취가 깃든 세계유산 고야산(高野山)이다. 홍법대사는 한국의 원효대사에 비견되는 일본의 고승이다. 그리고 이러한 명소 반즈케의 토대가 된 것이 바로 각지의 명소를 그림으로 소개한 책자인 『명소도회』(名所図会)이다. 이러한 책자의 발달은 에도 시대의 교통 발달과 순례 여행의 붐에 의해 촉발된 바 크다.

반즈케의 비교 평가 대상은 에도 시대에 번성한 도시로도 확장된다. 에도 시대에 가장 번성했던 3대 도시는 물론 교토(京都)와 오사카(大坂), 그리고 에도(江戸)이다. 하지만 이들 당연직 3대 도시를 제외한 도시들의 랭킹을 반즈케에서는 소개하고 있다. 반즈케에 의하면, 오제키(大関)로는 나고야(名古屋)와 구마모토(熊本)를, 세키와케(関脇)로는 센다이(仙台)와 후쿠오카(福岡)를, 고무스비(小結)로는 가나자와(金沢)와 히로시마(広島)를 각각 꼽는다. 한국 같으면 세종 신도시나 분당, 일산과 별내 정도가 되는 셈이다.

한편 현대의 일본인들이 살고 싶은 도시 또는 가 보고 싶은 지역으로는, 해마다 변동이 있긴 하지만 대개 홋카이도(北海道)와 오키나와(沖縄), 후쿠오카(福岡)와 시즈오카현(静岡県), 도쿄(東京)와 오사카(大阪) 등이 랭킹에 자주 오르내리고 있다. 또 일본인들이 가고 싶어하는 아시아 태평양권의 해외 여행지로는 하와이와 대만이 많았다. 필자의 수업을 듣는 학부생들에게 한 달간 살아 보고 싶은 일본의 도시를 물었더니 교토와 삿포로(札幌), 그리고 오키나와가 많았다.

『쇼코쿠 메이부쓰 미타테 효반』(諸国名物見立て評判)이라는 반즈케 표에 의하면 일본 전국의 각 지역 명물 반찬으로는 아오모리(青森)의 명물인 마쓰마에 미역(松前昆布)과 시코쿠(四国) 고치현(高知県)의 명물인 가다랭이 포 말림이 각각 동서 양쪽의 오제키로 나온다. 또 간장 반즈케(醤油番付)의 경우, 오늘날 우리에게도 친숙한 간장 메이커의 이름이 보인다. 동쪽의 오제키인 야마키 간장(ヤマキ醤油)과 다음 순위인 세키와케(関脇)의 깃코만 간장(亀甲マン醤油)이 그러하다. 말하자면 한국의 샘표 간장과 몽고 간장이 랭킹에 오른 셈이다. 떡의 경우 교토의 다이부쓰모치(大仏餅)가 오제키에 랭크되어 있으며 아사쿠사(浅草) 센소지(浅草寺)의 명물인 긴류잔모치(金龍山餅)가 고무스비(小結)에 랭크되어 있음을 알 수 있다.

어느 시대나 잘 나가는 직종이 있고 또 그렇지 않은 직종이 있다. 그렇다면 에도 시대에 잘 나가던 직종은 뭘까? 반즈케에 의하면 쌀집(米屋)과 환전상(両替屋)이 각각 반즈케 랭킹 1위였다. 쌀은 장기간 보관이 쉬울 뿐만 아니라 재해나 흉작이 발생하면 값이 크게 오르는 속성을 가지고 있다. 가지고만 있어도 돈이 된다. 또 환전상의 경우는 금화를 동전으로 환전해 줄 때 100문당 4문을 수수료로 받기에 많이 남는 장사였다. 경기를 크게 타지 않는다는 점도 장점이다.

　한국에서 요즘 잘 나가는 직업은 성형외과 의사이지만 과거에는 한의사가 인기가 있었듯이 직업의 랭킹도 시대에 따라 변하기 마련이다. 그렇다면 직종이 아닌 한 개인의 직업으로서 선호되었던, 에도 시대에 특히 인기가 있었던 직업은 뭘까? 반즈케에 의하면 반조(番匠)라 불렸던 건축 목수(番匠大工)와 칼 도공(刀鍛冶)이었다. 반조는 설계부터 시공까지 건축 전반을 책임지는 건축설계사 겸 목수 장인이다. 일본의 경우, 가옥의 재질이 불에 잘 타는 나무라는 특성상 늘 화재가 빈번하게 발생하였고, 또 한 번 화재가 발생하면 대형 화재로 번지기 쉽다. 덕분에 목수의 일감은 늘 넘쳐났다. 남의 불행이 곧 나의 행복인 셈이다. 또 사무라이는 평소에 우치가타나(打刀)와 와키자시(脇差)라고 하는 두 자루의 칼을 늘 찼으며, 전투용 칼인 다치(太刀)를 포함하여 칼 수요가 많았고, 늘 칼을 구매해주는 칼 도공의 주요 고객이었다. 마사무네(正宗) 같은 명검의 경우 그 값이 금화 100냥(약 1억 원)에 이를 정도였기에 부가가치 또한 무척 높은 직업이었다고 할 수 있다.

　우리나라 역사에 등장하는 장군들의 반즈케를 만든다고 한다면 아마도 이순신 장군과 을지문덕 장군이 동서 양쪽의 요코즈나 내지는 천하장사가 되지 않을까 싶다. 그것은 서울 도심의 동서를 잇는 도로의 이름이 충무로와 을지로인 것만 봐도 금방 알 수 있다. 그렇다면 일본은 어떨까? 일본의 역대 무장 순위를 다룬 『무샤카가미 반즈케』(武者鑑番付)에 의하면 동쪽의 오제키는 무로마치 막부(室町幕府)를 세운 아시카가 다카우지(足利尊氏)였으며 서쪽의 오제키는 오다 노부나가(織田信長)였다.

또 이 세상의 거짓말에 순위를 매긴 『우소 쿠라베 미타테 효반키』(うそくらべ見立評判記)라는 반즈케가 있다. 어떤 거짓말이 상위권에 랭크되었을까? '여자는 싫다는 젊은이', '빨리 죽고 싶다는 노인', '시집 안 가고 비구니 된다는 딸', '손님한테 반했어요라고 말하는 찻집 아가씨', '팔아 봐야 본전이라는 장사치', '이 생선 살아 있는 거라는 장사치', '이 여자아이는 자기 조카딸이라는 스님' 등이 그것이다. 마지막 거짓말은 스님이 자기 딸을 조카딸이라 둘러대는 모습으로 파계승의 모습을 비꼰 것이다.

지기 싫어하는 기질을 자극

스모 반즈케를 흉내 낸 미타테 반즈케가 일본에서 이토록 발달하게 된 이유는 뭘까? 필자는 좌우 두 팀으로 편을 나누어 노래 대결을 펼치고 그 우열을 평가했던 우타 아와세(歌合わせ)의 전통에서 그 이유를 찾을 수 있을 것 같다. 미타테(見立て)의 원래 의미는 물건을 서로 비교하며 고른다는 뜻이다. 우리가 과일이나 물건을 살 때 빛깔이나 가격 등 비교를 통하여 그 우열을 판단하고 최적의 것을 선택하는 행위를 하는 것처럼 양자를 비교하고 그 우열을 가리는 행위는 무척 중요하다.

그리고 우열 경쟁을 해야 하는 비교의 대상들 역시 보다 높은 평가를 얻고 순위가 올라가도록 노력하게 된다. 농민들이 쌀이나 쇠고기의 등급을 잘 받으려고 노력하는 것과도 같은 것이다. 그리고 이러한 비교와 평가, 평판의 결과물인 반즈케는 선의의 경쟁을 더욱 촉진시킨다. 일본의

마쓰리가 수백 년 이상 끊이지 않고 해마다 계속 열리는 이유 중 하나는, 지난해 멋진 신여(神輿)를 만들어 마쓰리에서 좋은 평판을 받은 이웃 마을에게 우리 마을이 이번에 또 지고 싶지 않기 때문이다. 반즈케 랭킹은 일본인의 마케즈 기라이(負けず嫌い-지기 싫어하는 기질)를 자극하기도 한다.

반즈케는 등급이라는 이름으로 오늘날도 우리 곁에 여전히 존재한다. 고교 내신 등급이나 개인 신용 등급, 국가 신용 등급, 장애인 등급, 거리 두기 5단계 등급, 지진 진도 등급, 미세 먼지 등급, 태풍 등급, 가전 제품 에너지 효율 등급, 수질 등급 등등 말이다. 대학이나 학회 역시 대학 랭킹 또는 연구재단 등재지 등급에 목을 매는 현실이다. 반즈케 랭킹은 원래 정보 제공 등 좋은 의도에서 탄생했지만, 자칫 양날의 칼이 될 수도 있다. 미슐랭 가이드 별점 3개를 받지 못할까 봐 염려하다 자살한 프랑스의 어느 요리사 이야기가 슬프게 와닿는다.

소비자의 이용자 후기나 평점이 플랫폼 노동자나 콜센터, 가전 설치 기사들을 옥죄는 스트레스가 아닌 칭찬과 격려가 되는 세상을 꿈꾼다. 그래서 난 친절 앙케이트 조사에 항상 '매우 그렇다' 고 응답한다. 아 참! 나도 이번 학기 강의 평가 받아야지?

이야기

06. 『겐지 모노가타리』의 문화학

【김태영】

국철 교토역(京都駅)에서 게이한 본선(京阪本線)과 게이한 우지선 (京阪宇治線)을 갈아 타고 우지역(宇治駅)에서 내려서 8분쯤 걸어가면, 우지시 겐지 모노가타리 뮤지엄(宇治市源氏物語ミュージアム)이라고 쓰인 나지막한 건물이 보인다. 상설 전시실 '봄의 방'은 육조원(六条院)의 축소 모형, 실제 크기로 제작된 우차(牛車), 여성의 의복, 장식물 등 『겐지 모노가타리』(源氏物語)의 주인공 히카루겐지(光源氏)가 도읍에서 보낸 화려한 시간을 형상화하고 있다. 우지십첩(宇治十帖)의 세계를 표현한 '가을의 방'으로 들어가면, 주인공이 달빛 아래 여인과 사랑을 나누는 제45권 「하시히메」(橋姫)의 한 장면이 재현되어 있다. 영상 전시실로 가보니 시노다 마사히로(篠田正浩) 감독의 영화 「겐지 모노가타리로부터 우키후네」(源氏物語より浮舟, 1998년)가 상영되고 있다. 영화에서는 물 위에 떠 있는 작은 배의 이미지를 인상적으로 보여준다. 정착하지 못하고 두 명의 남자 속에서 불안한 삶을 사는 여주인공의 생의 의미가 다시금 무겁게 다가온다.

'겐지 모노가타리 뮤지엄' 안에 자리하고
있는 실물 크기의 우차 모형(저자 촬영)

『겐지 모노가타리』도 문화화(文化化)된다. 겐지 모노가타리 뮤지엄은 우지(宇治)라는 지역성을 가지고 『겐지 모노가타리』에 흥미가 있는 전공자들 뿐만 아니라 일반인들까지도 끌어당긴다. 비단 겐지 모노가타리 뮤지엄 뿐만 아니라 교토 전체가 『겐지 모노가타리』라는 문화콘텐츠를 활용하고 있는 느낌을 준다. 794년 나라(奈良)에서 천도한 후 1868년 일본의 문화 중심이 도쿄(東京)로 옮겨질 때까지 천 년이라는 시간 동안 일본의 수도였던 교토. 천여 년 동안 축적된 문화유산과 고풍스러운 명소, 기온 마쓰리(祇園祭) 등 독창적인 문화상품을 보유한 일본 제일의 문화도시 교토의 중심에 무라사키시키부(紫式部)의 『겐지 모노가타리』가 있다. 천 년 전에 창작된 고전 소설 『겐지 모노가타리』는 일본인에게는 여전히 현재진행형의 문화콘텐츠인 것이다.

『겐지 모노가타리』가 이처럼 시공을 초월하여 사랑받는 이유는 어디에 있을까? 일본 고전문학의 대표작품인 『겐지 모노가타리』는 지금은 30개 이상의 언어로 번역되어 전 세계에서도 인기를 모으고 있다. 『겐지 모노가타리』가 시공을 뛰어넘어 사람들을 매료시키는 이유 중 하나로 보편성을 가진 여러 개의 주제를 들 수 있을 것이다. 시대와 문화를 초월하는 보편성과 공감성이 『겐지 모노가타리』에 있는 것이다. 또한 『겐지 모노가타리』는 일본의 헤이안 시대(平安時代)에 쓰여진 모노가타리이다. 이 시대는 생활 습관뿐 아니라 정치나 제도, 사상에 이르기까지 현대 사회와는 크게 다르다. 『겐지 모노가타리』는 헤이안 시대의 역사를 작품 형성에 이용하고 있기에 작품을 읽는 독자들은 당시 독자들과 비슷하게 작품을 독해하는 것이 가능해진다. "역사서에 쓰여져 있는 것은 실은 이 세상의 한 측면에 불과하고, 모노가타리야말로 인간의 진짜 모습, 진리가 존재한다."라고 작품에서 히카루겐지가 이야기한다. 『겐지 모노가타리』를 다면적으로 이해하는 것은 일본의 역사, 문화를 아는 것으로 이어지는 셈이다.

문화라는 것은 끊임없이 향상하려는 인간의 정신적 활동과 그 소산으로서, 오랜 세월에 걸쳐 형성되는 것이다. 가령, 헤이안 시대에 시작된 생육(生育) 의례인 '우부야시나이'(産養)나 '하카마기'(袴着)는 현대의 '오시치야'(お七夜), '시치고산'(七五三)의 원형으로 볼 수 있다. 전통적인 일본 문화의 원류는 천 년 전까지도 거슬러 올라가며, 그 실태를 모노가타리에서 찾을 수 있는 것이다. 헤이안 시대 이후, 일본 사회는 크게 변화했으나 모노가타리는 계속 읽혀져 왔다. 중세 무가(武家)는 겐지 모노가타리 에마키(源氏物語絵巻)와 『겐지 모노가타리』의 사본(写本)을 수집했고, 근세가 되면 조닌(町人)들도 『겐지 모노가타리』의 다이제스트판과 패러디 본을 읽었다. 전쟁 중에는 작품에 불경스러운 내용이 담겨 있다 하여 발매 금지 조치가 취해지기도 했다. 『겐지 모노가타리』의 향수사는 그대로 일본의 시대 각각의 모습을 비추어 내고 있는 것이다. 이 글에서는 문화콘텐츠로서 『겐지 모노가타리』의 사례를 들어보고, 그 성공 사례 중에서 영화와 만화를 살펴보겠다.

문화콘텐츠학에서는 대중적으로 검증된 소재나 텍스트인 원천 소

스(one source)를 매체(미디어)의 변화 및 관련 상품 개발 등에 다양하게 활용(multi-use)하여 이윤을 창출하고자 하는 전략을 '원 소스 멀티 유즈' 즉 OSMU 전략이라고 한다. 그런데 『겐지 모노가타리』는 1990 년대 전후하여 이른바 겐지 붐(源氏ブーム)이 일어나기 훨씬 이전부터 OSMU 전략의 문화물로서 활용되어 왔다는 사실은 놀랍다. 장르 전환의 예로서는 『겐지 모노가타리』 각 첩의 주요 장면을 한 폭의 그림 혹은 글과 그림으로 만들어 내는 그림 두루마리(絵巻)가 대표적이며, 일본의 전통극 노(能)에서는 14, 5세기부터 『겐지 모노가타리』를 원전으로 하는 「겐지노」(源氏能)라 불리는 일련의 작품군이 공연되어 왔다. 전통연극 가부키(歌舞伎)에서도 「겐지60첩」(源氏六十帖, 1703), 「겐지공양」(源氏供養, 1717), 「아오이노우에」(葵上, 1907) 등이 공연되어 왔다. 그 밖에 전통 유희와 관련된 상품화의 예로서는 겐지향(源氏香), 겐지 이야기 합각 맞추기(貝合わせ) 등을 들 수 있다. 헤이안 시대 이후 『겐지 모노가타리』는 전통극의 주요 소재로서 재창조되어 온 외에도, 전통문화의 재발견이라는 시대 흐름 속에서 영화, 드라마, 만화 등의 대중문화로 꾸준히 제작되어 재구성되고 변용되어 온 것이다.

『겐지 모노가타리』의 문화콘텐츠로서 대표적인 성공 사례로 『겐지 모노가타리』 원작의 영화화를 들 수 있는데, 잘 알려진 것으로 「천 년의 사랑 히카루겐지 모노가타리」(千年の恋 ひかる源氏物語)를 들 수 있다. 본 작품은 도에이(東映) 영화사 창립 50주년 기념 작품으로 천년의 사랑 프로젝트 위원회의 지원에 의해 총 제작비 14억 엔이 투입된 대작이다. 감독 호리카와 돈코(堀川とんこう), 각본 하야사카 아키라(早坂暁),

• • •
왼쪽은 하고이타(羽子板, 하고(羽子, 모감주에 구멍을 뚫고 색을 칠한 새의 깃털을 꽂은 것)를 치는 자루 달린 장방형 판자로, 겉에 그림이 그려져 있다.), 오른쪽은 겐지가이아와세(源氏貝合わせ, 조가비에 그림을 그려 짝을 맞추던 헤이안 시대 시작된 놀이 문화를 가이아와세(貝合わせ)라 하였는데, 이중 겐지 모노가타리 그림을 그린 것을 '겐지가이아와세'라 하였다.)

무라사키시키부 역에 요시나가 사유리(吉永小百合), 히카루겐지 역에 아마미 유키(天海祐希), 무라사키노우에(紫上) 역에 도키와 다카코(常盤貴子) 등 초호화 캐스팅으로 유명하다. 가상의 인물인 아게하노키미(揚げ羽の君) 역에 마쓰다 세이코(松田聖子)가 등장하여 「꿈일까 생시일까 환영일까 이 세상 모든 것은 덧없는 것」(夢かうつつか幻か この世のことはかりそめぞ)라는 노래를 부르며 막이 열린다. 직후에 나오는 화면은 히카루겐지와 후지쓰보(藤壺)의 밀통 장면을 쓰고 있던 무라사키시키부가 동생에게 제지를 당하는 장면이다. 이어서 시키부가 부친을 따라 일가가 교토를 떠나는 장면과 노부타카(藤原宣孝)와의 결혼과 출산, 남편 노부타카가 해적에게 살해당하는 장면 등이 이어진다. 본격적인 영화의 시작은 미치나가(藤原道長)가 자신의 딸 쇼시(彰子)의 교육을 위해 시키부를 교토로 불러들이는 장면이다. 이후 시키부가 쇼시에게 『겐지 모노가타리』를 소개하는 형식으로 현실과 모노가타리의 내용이 중첩되면서 영화가 전개된다. 즉 이 영화는 『겐지 모노가타리』라는 문학작품을 그대로 영화화한 것이 아니라 『겐지 모노가타리』의 작가와 독자, 그 배경과 사회 환경 등에 이르기까지 『겐지 모노가타리』가 만들어진 시대 그 자체를 영화화한 것으로 평가받는다.

　이 중 특히 모노가타리 원문에 따른 부분을 보면, 히카루겐지와 후지쓰보와의 밀통, 로쿠조미야스도코로(六条御息所)의 생령이 아오이노우에를 죽게 하는 부분, 겐지가 무라사키노우에를 발견하여 자신의 이상적인 여인으로 키워가는 내용 등을 중심으로 영화가 전개되고 있다. 특히 영화 후반에서는 히카루겐지의 여성 편력으로 괴로워하는 무라사키노우에를 통해 일부다처제 하에서 신음하는 여성들의 고뇌를 암시한다는 영화의 주요 메시지를 전달하고 있다. 고전 원문과의 괴리, 영화의 첫 부분에 그려지는 해적 장면이 원작과 아무런 관계없이 영화의 이해에도 도움을 주지 않는데도 삽입되었다는 비판은 새겨들을 만하다.

　야마토 와키(大和和紀)의 만화『아사키유메미시』(あさきゆめみし, 1980~1993)는 수많은 겐지 만화 중에서 명작으로 손꼽히는 작품이다. 수많은 겐지 만화 중에서 이 작품이 명작으로 꼽히는 이유는 학교 교육 현장에서 애용될 만큼 학습 만화 계열에서 성공적이었을 뿐 아니라 문화적인 측면에서도 그 성과가 인정되기 때문이다. 즉 비교적 정확한 고전 원문 이해에 입각한 고도의 완성도를 바탕으로『겐지 모노가타리』의 저변 확대에 크게 기여한 것으로 볼 수 있다. 본작은 고전 원문의 '어느 천황의 치세 때인지'(いづれの御時にか)로 시작되는 유명한 도입부를 과감하게 각색하여 어머니를 그리워하는 청년 히카루겐지의 모습을 클로즈업하면서 시작하고 있는데, '나는 어머니를 알지 못합니다'(わたくしは母を知りません)으로 시작하고 있다. 이것은 혼다 마스코(本田和子)의 지적처럼 겐지의 수많은 여성편력의 원인을 어머니에 대한 그리움 때

문이었다고 비극적으로 표현하고 있는 것이다. 또한 도입부에서 기리쓰보 천황(桐壺帝)과 기리쓰보 고이(桐壺更衣)의 만남을, 고양이 때문에 천황의 옷이 높은 나무 위에 걸리자 고이가 홀로 그것을 가지러 갔다가 마침 그곳을 배회하던 의문의 귀공자의 눈에 띄게 된다는 설정인데, 여기에는 『다케토리 모노가타리』(竹取物語)의 투영이 보인다. 이후 귀공자가 자신의 신분을 감추고 만남을 지속하는 전개는 『고지키』(古事記)의 미와야마 전설(三輪山伝説)에서 따온 것이다. 또한 우쓰세미(空蝉)의 이야기가 빠졌다가 1984년에 간행된 5권에서 「세키야」(関屋)권을 대폭 각색한 형식으로 회상과 현실이 합쳐진 형태가 나와 있다. 이것은 우쓰세미 이야기 전체의 맥락을 파악할 수 있다는 점에서는 긍정적이지만, 비 오는 날 밤의 품평회(雨夜の品定め) 직후에 나오는 우쓰세미의 중류계급 여성으로서의 의미는 퇴색된다고 하는 지적이 있기도 하다.

마키 미야코(牧美也子)의 『겐지 모노가타리』(源氏物語 1988~1991, 소학관)는 한 첩이 한 장(章)을 이루는 것이 아니라 작가의 주관적인 구분에 따라 장이 나누어지고 있는데 가령 기리쓰보(一), 기리쓰보(二), 몽의(夢衣), 화양염(花陽炎), 백취(白鷲), 춘란(春乱)으로 이루어진 1권이 전체의 6분의 1 분량이 된다. 극적 도입으로 시작되며, 고키덴 뇨고(弘徽殿女御)의 기리쓰보 고이 독살 계획, 우대신의 기리쓰보 천황 폐위음모 등 긴장감 있는 전개가 돋보이며, 모노가타리 전개의 인과 관계를 분명히 하려는 의도가 엿보인다.

많은 명작을 만들어 온 각본가이자 소설가인 우치다테 마키코(内館牧子)가 『겐지 모노가타리』를 소재로 쓴 장편 소설 『주니히토에를 입은 악마 겐지 모노가타리 이설」(十二単を着た悪魔 源氏物語異聞)을 실사화한 영화 「주니히토에를 입은 악마」가 2020년 11월 6일 전국 공개가 결정되었다. 젊은 실력파 배우 이토 겐타로(伊藤健太郎)와 「댄스 위드 미」(DANCE WITH ME)에서 인상적인 활약을 펼친 미요시 아야카(三吉彩花) 주연의 본작은 『겐지 모노가타리』에서 둘째 가라면 서러워할 악역으로 알려져 있던 고키덴 뇨고를 현대의 커리어 우먼 뺨치는 열정과 냉정한 분석력으로 아들을 천황으로 만들려고 하는 신념을 가진 여성으로 그린다. 변화하는 시대상에 맞게 『겐지 모노가타리』에 대한 작가들의 해석도 풍부해지고, 그에 따라 이전에 주목하지 못했던 부분에 새롭게 조명이 비춰지는 신감각의 작품들이 계속해서 생겨나고 있다. 최근의 수십 년만 보더라도 『겐지 모노가타리』 붐이 아니었던 시대가 과연 있었는가라는 생각이 들 정도이다. 『겐지 모노가타리』의 현대어역을 남긴 요사노 아키코, 다니자키 준이치로, 엔지 후미코 등 작가들의 노력 하나만 보더라도 일본인들이 얼마나 전통을 사랑하고 이를 후세에 전하고자 노력하는지 그 마음이 전해지는 듯하다. 현대 우리나라에서도 전통 예술을 되살리는 노력이 보다 더 많이 활성화되어 많은 파생 작품이 사랑받는 날이 오기를 바래 본다.

07. 인간 마음의 어두운 그림자와 음양사(陰陽師)

【김정희】

1990년대 이후 일본문화의 중요한 콘텐츠 중 하나로 자리 잡은 것이 일본의 퇴마사라고 알려져 있는 '음양사'(陰陽師)이다. 그 유행의 시발점은 1988년에 유메마쿠라 바쿠(夢枕獏)가 쓴 소설 『음양사』의 대히트부터라고 할 수 있다. 이후 만화, 영화, 드라마 등의 제작으로 이어져 바야흐로 90년대는 음양사의 시대였다. 이후에도 '음양사'라는 콘텐츠는 일본에서 꾸준하게 이용되어 2020년 3월에는 새로운 드라마 시리즈가 방영되었다. 뿐만 아니라 이것은 중국에까지 알려져 2017년에는 중국 현지에서 '음양사'라는 게임이 탄생하였다.

'음양사'라는 콘텐츠를 이용한 가장 성공적인 예는 2001년에 제작된 영화 「음양사」라고 할 수 있다. 10억 엔이라는 막대한 비용을 들여 제작한 것도 화제가 되었지만 220만 명의 관객동원에 성공한 것도 주목할 만하다. 이후에는 그 여세를 몰아 속편도 제작되었다. 그렇다면 이 영화는 어떠한 내용을 담고 있는가?

시기는 헤이안(平安) 천도-794년, 지금의 나라(奈良)에서 교토(京都)로 천도-로부터 약 150년 정도가 지난 시점으로 설정되어 있다. 영화의 도입부에는 이 시대가 귀신과 인간이 공존했던 시대라는 점이 "어둠 속에 숨어 지내던 귀신, 요물 등은 그것을 두려워하는 사람들의 마음으로 들어가 살아 숨 쉬고 있다"라는 내레이션으로 제시되고 있다. 즉 인간의 마음 속에 귀신, 요물 등이 살고 있다는 것이다. 그리고 스토리도 이와 매우 밀접하게 전개되어 간다.

실존인물이었던 음양사 아베노 세이메이(安倍晴明, 921년~1005년)를 중심으로 그 대척점에 있는 것이 권력욕에 사로잡혀 있는 사람들을 이용하는 또 다른 음양사 도손(道尊)이다. 이 작품에서는 천황과 결혼한 두 여성의 집안이 권력다툼의 중심에 있는데, 좌대신(左大臣)인 후지와라노 모로스케(藤原師輔)의 딸 도코(任子)는 천황의 총애를 받고 있었다. 그녀가 아쓰히라 친왕(敦平親王)을 출산하자 좌대신의 집안은 막강한 권력을 얻게 된다. 이에 반해 우대신(右大臣)인 후지와라노 모토카타(藤原元方)와 이미 아들을 낳았음에도 천황의 총애를 받지 못하는 그의 딸 스케히메(祐姬)는 전세가 역전되자 좌대신의 집안을 향해서 증오의 마음을 불태운다.

이러한 두 사람의 마음을 이용하여 아쓰히라 친왕에게 저주를 걸어 죽이려고 하고, 심지어는 150년 전에 억울한 누명을 쓰고 죽은 사와라 친왕(早良親王)의 악령을 부활시켜 천황마저 해하려고 하는 것이 음양사 도손이다. 그에 맞서 아쓰히라 친왕과 천황을 지킨 것이 음양사 아베노 세이메이다. 이러한 두 집안을 중심으로 한 권력구도가 영화의 배경에 있고, 인간의 어두운 마음을 이용하려는 자와 그것을 막으려는 자인 음양사들의 신비한 능력들이 판타지적 요소가 가미되어 화려하게 그려지고 있다.

　사실 이러한 영화의 배경설정은 헤이안 시대(794년~1185년)의 특징을 그대로 옮겨놓은 것이라고 할 수 있다. 이 시대는 『겐지 모노가타리』(源氏物語)라는 작품을 통해서도 형상화되어 있듯이 우아하고 여성스러운 귀족적인 아름다움이 강조된 시대였다. 그러나 그러한 귀족적인 우아한 분위기는 치열한 권력다툼을 기반으로 이루어진 것이었다. 이 시대 최고의 권력자로 알려진 후지와라노 미치나가(藤原道長, 966년~1027년)는 무려 3명의 딸을 중궁(中宮)으로 만든 외척으로, 실질적인 권력자로 군림하였다. 외척이 되어 권력을 잡기 위해서는 라이벌을 제거해야 했으며, 그 과정에서 많은 사람들이 억울한 누명을 쓰고 좌천되거나 죽음에 이르렀다. 헤이안이라는 수도, 그곳을 기반으로 성립된 이 시대는 그 시발점부터 피비린내 나는 정권 싸움으로 시작되었다. 현재의 나라현(奈良県)에 있었던 수도를 헤이안으로 옮긴 이유도 바로 억울하게 죽은 사람들의 원혼과 관계가 있다. 간무천황(桓武天皇)은 두 번의 천도를 단행했는데 첫 번째는 784년에 나가오카쿄(長岡京)로 천도한 것이다. 그러나 천도를 한 이듬해 간무천황이 총애하던 후지와라노 다네쓰구(藤原種継)가 암살되었다. 간무천황은 그 배후에 사와라 친왕을 중심으로 한 사원(寺院) 세력들이 있다고 판단하여 사와라 친왕을 유배시켰다. 이 사건에 대한 진상은 불분명하였고, 친왕은 유배지로 가는 도중에 죽음을 맞이한다. 그 후 간무천황의 황태자, 부인들의 병과 죽음이 이어지고, 역병이 도는 사건이 발생한다. 이러한 사건들을 당

65

시의 사람들은 사와라 친왕의 원령(怨靈)에 의한 것이라고 판단하고 그의 영혼을 달래기 위해 신사(神社)를 만들고 그를 제신(祭神)으로 모셨다. 그 후 두 번째 천도인 헤이안으로의 천도가 이루어진 것이다. 영화 「음양사」의 마지막 클라이맥스에서 도손이 부활시킨 악령이 바로 이 사와라 친왕인 것이다.

그렇다면 영화 속에서 사람을 저주하여 죽음에 이르게 하고, 또한 그 저주의 주문을 풀기도 하며 원령을 부활시키는 역할을 하는 음양사는 실제로는 어떤 사람들이었을까? 그들에 대해서는 헤이안 시대의 기록에서 살펴볼 수 있다.

음양사는 원래 음양도(陰陽道)라는 것을 바탕으로 성립된 음양료(陰陽療)라는 관청에 속한 관료였다. 음양도란 9~10세기에 일본에서 성립된 것으로 음양오행설, 점술, 달력, 천문, 도교신앙 등이 중요한 요소가 되어 독자적으로 발달한 것이었다. 음양사들은 점술, 달력, 천문 등으로 국가의 길흉을 점치고 흉조나 괴이를 미연에 막고자 불제(祓除) 행위를 하였으며, 제사를 지내고 주술을 하는 활동 등을 하였다. 즉 그들은 국가나 황실을 위해서 일하는 사람들이었는데, 10세기 이후에는 민간에도 퍼져나가 민간에서도 음양사를 칭하는 사람들이 등장하게 되었다. 또한 헤이안 시대 초기와 같이 천황이 실권을 잡은 정치체제가 오래가지 못하고, 천황의 외척이 되어 실권을 잡은 귀족들의 정치체제가 발달함에 따라서 국가를 위해 봉사하던 음양사가 귀족 개인의 점술, 불제행위를 담당하게 되었다. 그와 더불어 귀족의 개인적인 저주와 원한에도 음양사가 가담하게 되었다. 위에서 언급한 영화 「음양사」는 이러한 헤이안 시대의 귀족정치와 음양사의 역할을 잘 녹여냈다고 할 수 있다.

　헤이안 시대의 기록에는 당대 최고의 권력자였던 후지와라노 미치나가와 그 집안의 사람들을 정적들이 저주했다는 기술이 많이 등장한다. 당시에 저주를 행한 방법은 다양한데, 음양사가 저주를 담은 주물(呪物)을 저주하는 대상의 거처나 우물에 넣는 방법, 신에게 아이의 머리카락을 바쳐 저주하는 방법, 음양사가 시키가미(式神)라는 것을 사용하여 저주하는 방법 등이다. 여기에서 음양사가 귀족의 개인적인 원한에 동조하여 저주에 가담했다는 것을 알 수 있는데, 이와 같이 저주에 가담한 음양사들은 기록을 살펴보면 음양료라는 관청에 속해있던 사람들이 아니라 대부분 민간에서 활동했던 음양사였다.

　또한 이러한 저주의 예에서 특이한 점은 음양사가 시키가미라는 것을 사용하고 있다는 것이다. 이 시키가미란 무엇인가? 그 단서를 설화집인 『우지슈이모노가타리』(宇治拾遺物語) 2권 8화의 이야기 속에서 찾아볼 수 있다. 이 이야기 속에는 영화 「음양사」의 주인공인 아베노 세이메이가 등장한다. 어느 날 그는 유능하고 재능있는 구로우도노 쇼쇼(蔵人の少将)라는 젊은이에게 까마귀가 똥을 싸고 날아가는 모습을 보고 그가 오늘 밤에 죽을 것이라고 예언한다. 그러나 자신이 그의 죽음을 막을 수 있다고 하면서 세이메이는 구로우도노 쇼쇼를 하룻밤 동안 껴안고 부처님의 가호를 비는 기도를 외워서 그를 저주로부터 보호한다. 그 후 어떤 음양사가 시키가미를 사용하여 구로우도노 쇼쇼를 저주-시키가미가 까마귀가 되어 똥을 싼 것-했다는 사실이 밝혀지고 세이메이에 의해 그 시키가미는 저주한 음양사에게로 돌아가 오히려 그 음양사가 시키가미에 의해 정복되어 죽었다는 것이다. 이 이야기에서 알 수 있는 것은 음양사가 시키가미를 부릴 수 있었다는 것, 그리고 그것이 저주에 사용되었다는 것이다.

그러나 사실 시키가미는 원래 저주에 사용되었던 것은 아니다. 당시의 기록을 살펴보면 시키가미는 본래 사람들의 모습을 지켜보는 정령의 역할을 하였고, 이것을 후에 음양사가 사역하게 되었다고 이해할 수 있다. 또한 시키가미를 모든 음양사가 부릴 수 있었던 것은 아니라고 추측된다. 헤이안 시대의 기록에서 시키가미의 예를 살펴보면 총 21개가 확인되는데, 18개가 음양사와 관련이 있고 그중 대부분이 아베노 세이메이에게 집중되어 있기 때문이다.

아베노 세이메이는 음양사 중에서도 신비한 능력을 지닌 전설적인 인물로 알려져 있다. 헤이안 시대의 설화집에는 다음과 같은 이야기도 소개되고 있다. 『곤자쿠모노가타리슈』(今昔物語集) 24권 16화에는 세이메이가 간초승정(寬朝僧正)이라고 하는 사람의 집에 방문했을 때 젊은이들과 승려들이 세이메이에게 시키가미를 사용하여 사람을 죽일 수 있느냐고 묻자, 그는 죽일 수는 있지만 살릴 수는 없기 때문에 죄를 짓는 행위라고 대답한다. 그때 정원에서 개구리가 연못 쪽으로 뛰어오니 젊은이들이 한번 시도해 보자고 재촉한다. 이에 세이메이는 풀잎을 따서 무언가를 외우고 그것을 개구리 쪽으로 던지자 개구리는 퍼져 죽고 말았다. 이것은 세이메이가 풀잎을 매개로 시키가미를 이용하여 개구리를 죽인 것을 의미한다. 이러한 설화가 사실인지, 아니면 세이메이를 신비한 인물로 형상화한 것인지는 정확히 알 수 없다. 그러나 그가 실존했던 당시 기록되었던 귀족들의 일기에 따르면, 그는 확실히 탁월한 능력을 가진 음양사였음에는 틀림이 없다. 갑자기 병으로 누운 이치조 천황(一条天皇)을 목

『후도리야쿠엔기에마키(不動利益縁起絵巻)』
−도쿄국립박물관 소장

욕재개로 낫게 하고, 가뭄이 계속되어 세이메이가 비를 내리게 해 달라는 제사를 지내자 비가 내렸다는 것이다. 이러한 그의 능력이 11세기 이후에는 다양한 전설을 낳게 된다.

위의 그림은 14세기의 작품으로, 시키가미(오른쪽 하단)와 세이메이(오른쪽 중앙)가 모습을 드러낸 원령들(왼쪽 상단)과 대치하며 병자의 몸을 대신하게 해 달라는 기도를 드리고 있는 장면이다. 이와 같이 세이메이는 헤이안 시대 이후에도 계속 회자되었고, 근세시대가 되면 그가 인간과 여우 사이에서 태어난 아이라는 전설까지 나오게 된다.

이상과 같이 음양사는 저주에 가담하거나 시키가미를 부리기도 했지만, 주물에서 저주를 제거하는 역할, 꿈 등을 통해서 저주의 예견이 있었을 때 그것을 막는 역할 등도 하였다.

헤이안 시대는 인간의 두려움과 악의, 원한, 저주를 원령, 귀신 등의 존재로 구현하고, 실제로 그것이 존재한다고 믿었던 시대이다. 그리고 그러한 인간의 어두운 마음과 밀접한 관련이 있었던 것이 음양사

였다. 음양사는 그러한 인간의 마음을 드러내는 저주행위를 직접 행하기도 하고 막기도 하는 존재였다.

영화 「음양사」에는 세이메이와 그를 돕는 미나모토노 히로마사(源博雅)가 나누는 대화 중에 "인간은 마음먹기에 따라 귀신이 될 수도 부처가 될 수도 있는 법이로군."이라는 대사가 나온다. 이것은 영화 시작과 동시에 나오는 내레이션 중 앞서 언급했던 "어둠 속에 숨어 지내던 귀신, 요물 등은 그것을 두려워하는 사람들의 마음으로 들어가 살아 숨 쉬고 있다."라는 것과도 호응한다. 헤이안 시대의 사람들이 귀신, 원령 등의 존재를 믿고 그것에 의해 지배를 당한 것은 자신들의 어두운 마음에 의한 것이라는 의미이다. 인간의 마음의 문제, 즉 인간은 마음먹기에 따라 귀신이 될 수도 부처가 될 수도 있다는 것은 현대의 우리에게도 예외는 아닐 것이다. '음양사'가 문화콘텐츠로서 현대인을 열광시킨 이유는 바로 이러한 문제와 관련되어 있기 때문이 아닐까?

08. 인신매매담에 담긴 중세 하층민의 삶

서민이 좋아한 『산쇼 다유』

【김병숙】

한국고전문학 속 효의 상징인 심청. 심청은 아버지의 눈을 뜨게 할수 있다는 공양미 삼백 석을 구하기 위해 자신을 뱃사람에게 판다. 바다에 몸을 던졌으나 구조된 심청은 왕후가 되고 아버지도 눈을 뜨게 된다. 효성과 그에 대한 보답으로 전개되는 행복한 삶. 그러나 '행복하게 살았습니다'(Happily Ever After)라는 결말 이전에 심청이 자신을 상인에게 팔았다는 사실에 주목해보자. 이는 다름 아닌 인신매매이다. 중국 명대 소설인 『금병매』(金瓶梅)에도 돈이 필요해 아이를 혹은 여자를 사고파는 내용이 수차례 나온다.

인권을 부정하는 대표 현상 중 하나가 인간을 재산으로 간주하여 사고파는 행위이다. 현대 사회에서 인신매매를 공인하는 국가는 이미 소멸되었다. 그러나 인간에 대한 재산권이 부정된 것은 그리 오래된 일이 아니며, 법제상으로도 도덕적으로도 허용되지 않는 반인륜적 행위임에도 불구하고 인류사에서 끊이지 않고 발생한다. 이러한 현실이 여러 나라의 문학작품에 반영되어 있다고 보아야 할 것이다.

일본 문학에도 인신매매 현상을 다룬 작품들이 존재하는데, 주로 중세와 근세 초기의 오토기조시(お伽草子), 요쿄쿠(謡曲), 셋쿄부시(説経節)에 집중되어 있다. 일본 중세 문학에 인신매매담이 다수 등장하는 것은 실제로 이 시대에 인신매매가 일반적이며 조직적으로 이루어졌기 때문이다.

중세 이전 일본 자료에서 찾을 수 있는 인신매매에 대한 최초의 기록은 덴무 천황(天武天皇) 5년(676) 5월의 기사이다.

시모쓰케 지방 태수가 보고하기를, 관할하는 곳의 농민이 흉년을 당해 굶주리다가 자식을 팔고자 하였다. 그러나 조정이 이를 허락하지 않았다.

흉년으로 인해 자식을 팔고자 하는 부모의 청을 받은 지방 관리가 조정에 문의하였으나 조정이 이를 허락하지 않았다는 내용이다. 지토 천황(持統天皇) 5년(691) 기사에는 동생이 형을 위해 팔린 경우, 아이가 부모를 위해 팔린 경우의 신분에 관한 규정이 보인다. 즉 기본적으로 인신매매는 금지되었지만 실제로는 행해졌으며, 부득이하게 인정되는 경우도 있었음을 알 수 있다. 이러한 현상은 헤이안 시대와 중세 시대에도 마찬가지였을 것으로 보인다.

중세는 전란의 시대이다. 전란이라는 시대적 배경은 인신의 약탈을 용이하게 하는 동시에 전란으로 인해 부족한 노동력을 제공하는 수단이 되기도 하는 구조를 만들어냈다. 전란뿐 아니라 조세의 중압이나 기근으로 인해 경제적으로 궁핍한 서민의 자녀가 팔리는 경우가 많

있는데, 그 계기는 1231년~1232년에 발생한 대기근이다. 서민생활이 곤궁해지자 막부는 일시적으로 인신매매를 허용하였는데, 이후 상황이 호전되어 인신매매를 금지하는 조치를 취해지만 끊이지 않았다.

가나자와문고 고문서(金沢文庫古文書)에는 인신매매의 실태를 볼 수 있는 매매증서가 남아 있다.

이누마사 권리권

몸값 2관 200문이다.

위의 여아, 아사나 이누마사, 나이 십○○인데, 세습으로 매도한 것이 사실이다.(중략)

겐코 4년 자의 해 11월 19일

매도인 신지로 모친 쓰○○

1324년 이누마사라는 십여 세의 여아를 판 것을 기록한 매매증서인데, 하단의 매도인 기록을 통해 판 사람이 부모임을 짐작할 수 있다.

한편 인신매매 상인을 통한 거래가 이루어지기도 하였다. 가마쿠라 막부는 법령을 통해 '사람 상인이라 칭하여 그 일에 종사하는 자가 수많이 존재한다고 한다. 막지 않으면 안 된다. 위반하는 자는 그 얼굴에 낙인을 찍을 것', '사람을 매매하기 위해 그 일을 전업으로 삼는 자는 도적에 준하여 그 처분을 내린다'는 법을 공표하여 인신매매를 금하였다. 그러나 법령이 무색하게 인신매매는 횡행하였다.

여기서 흥미로운 사실은 문학작품에 그려진 인신매매담에는 자녀를

인신매매 상인에 의해 배에서 단고 지방으로 팔려가는
안주와 즈시오마루 : 『산쇼 다유』(さんせう太夫)–셋쿄요시치
로 정본(説経与七郎正本)

매매하는 부모의 이야기는 나오지 않는다는 점이다. 반면 실제 매매 증서 자료는 없지만 자식이 자신을 팔아 부모의 극락왕생을 위한 비용을 마련하거나 생활을 할 수 있게 하는 이야기가 『샤세키슈』(沙石集) 등의 설화집에 있다. 이러한 이야기는 늙은 부모를 부양하기 위해 자식이 자신을 파는 행위를 효의

기본으로 평가하고 있다.

인신매매담을 다루는 작품 중에서 가장 인상적인 것은 『산쇼 다유』(さんせう太夫)이다. 『산쇼 다유』는 고귀한 신분의 자녀가 인신매매를 당해 노예로서의 고난을 겪은 후 출세하여 자신을 박해한 자들에게 복수한다는 이야기로, 인신매매가 전면에 드러나 있다.

안주와 즈시오마루 남매는 아버지인 판관 마사우지의 무고함을 밝히기 위해 어머니 그리고 유모와 함께 교토로 향한다. 그러던 중 사람을 사고파는 자가 있다는 나오이 포구에서 야마오카 다유에게 속아 남매는 단고 지방의 산쇼 다유에게, 모친은 에조 지방으로 팔려 간다.

바다 쪽을 보고 있자니 안개 속에 배 두 척이 보인다. "저기 있는 배는 장삿배인가 고깃배인가"라 묻는다. 한 척은 "에조의 지로의 배", 한 척은 "미야자키의 사부로의 배"라 말한다. "당신의 배는 누구의 배인가?" "이것은 야

마오카 다유의 배."

"아 훌륭한 다유님, 팔 물건이 있소?"라 물으니 "그야 있지"라며 한쪽 손을 들어 올려 엄지손가락을 하나 접으니 4명이 있다는 신호이다. "4명이면 5관에 사겠소"라며 재빨리 가격을 부른다. 미야자키의 사부로가 이를 보고 "저 사람이 5관에 산다면 나는 선약을 했던 만큼 1관을 더해 6관에 사겠소"라며 서로 자신이 산다며 입씨름을 한다. (중략)

고된 노동에 시달리는 안주와 즈시오마루 : 「혼초니주욘코」「안주히메 즈시오마루」(『本朝廿四孝』安寿姫対王丸)

"양쪽에 나눠 팔겠소. 우선 에조의 지로는 부인 둘을 사 가게. 미야자키의 사부로는 남매 둘을 사 가게. 5관으로 깎아 주겠네"라 말한다. (중략)

다유는 대금 5관에 팔아넘기고 나오이 포구로 돌아왔다.

사람을 사고파는 흥정 과정과 가격이 무척 생생하게 묘사되어 있다. 야마오카 다유는 일곱 살 때부터 인신매매하는 배를 상대하며 노를 저은 사람으로, 사람을 유괴하여 파는 데 능한 사람이다. 실제로 중세에 인신매매를 업으로 하는 사람은 야마오카 다유처럼 주로 항구 등에서 물자 유통이나 숙박과 관련된 일을 하는 상인이었다. 이러한 상인의 활동 근거지 중 하나가 나오이 포구이다.

나오이는 현재 니가타현(新潟県) 조에쓰시(上越市) 나오에쓰(直江津)인데, 문학작품에서 종종 인신매매의 장으로 등장한다. 조루리 작품 『무라마쓰』(むらまつ)에도 '에치고 지역으로 데려가 나오이에 사는 지

로에게 비단 오십 필에 팔아버렸다'는 묘사가 나오기도 한다.

나오이 포구는 가마쿠라 시대부터 해상교통의 요충지로 자리 잡아 14세기에는 에조(蝦夷)와 교토를 중심으로 하는 경기(京畿) 지방을 연결하는 일본 해상교역의 중간 기착지였으며, 무로마치 시대에는 동서의 경계로 인식되던 곳이다.

『산쇼 다유』에는 나오이 포구 외에 인신매매가 이루어지던 장소가 하나 더 등장한다. 가혹한 노동에 시달리다가 죽음을 결심한 남매를 말리는 고하기라는 여성 노예는 이세의 후타미 포구에서 팔렸다고 말한다. 이세 후타미 포구는 현재 미에현(三重県) 와타라이군(度会郡) 후타미초(二見町)로, 이세 가도(伊勢街道)의 기점이다.

이처럼 『산쇼 다유』에는 중세 인신매매와 관련된 실상이 상세하게 반영되어 묘사되고 있다. 이러한 점이 이야기를 듣는 서민 청자들에게 더욱 현실감있게 다가갔으리라. 자신들이 인신매매 상인에 의해 팔리는 것도 알지 못하던 남매와 어머니는 배가 서로 다른 방향으로 향하는 것을 보고서야 현실을 알아차린다. 어머니는 박정한 야마오카 다유를 원망하며 비탄에 찬 말을 쏟아내나 가족은 흩어지게 된다.

이후의 이야기는 남매의 고난을 중심으로 전개된다. 귀족 집안에서 자라난 두 남매에게 육체노동은 익숙하지 않은 것이었다. 새벽 3, 4시에 일어나 바닷물을 긷고 성인 남성도 어려운 양의 땔감을 하는 일은 두 남매가 감당할 수 없을 정도였다. 『산쇼 다유』는 노동과는 무관했던 고귀한 신분의 인물이 최하층민인 노예로 가혹한 노동에 종사할 수밖에 없는 상황의 낙차를 인신매매라는 극적인 장치를 통해 끌어낸 것이다.

그렇다면 과연 중세의 아동은 어떤 생활을 했을까. 『사이교 모노가타리 그림첩』(西行く物語絵巻)이나 『연중행사 그림첩』(年中行事絵巻)을 보면 놀이나 학습을 하는 그림을 볼 수 있다. 이와 더불어 두드러지는 것은 노동을 하는 모습이다. 『곤자쿠 모노가타리슈』(今昔物語集)를 보면 물긷기, 가축을 돌보거나 뽕잎을 따는 일을 하는 모습이 나온다. 물론 낫으로 나무를 하다가 떨어져 낫에 머리를 찔려 죽은 아이 등 비극적인 이야기도 나온다. 하나 아이의 일반적인 노동 강도는 견습 노동의 성격을 지니고 있었다.

반면 두 남매는 주위의 성인 노예들의 도움을 받아 하루 일을 하지만, 이후 더욱 강도 높은 노동을 강요당한다. 정해진 노동량을 채우지 못할 경우에는 목숨을 부지하지 못할 것이라는 가혹한 현실에 두 남매는 죽음을 결심하기에 이른다.

노예 생활에서 벗어나기 위해 누나 안주는 자신의 죽음을 댓가로 동생을 탈출시킨다. 산쇼 다유에게서 도망친 동생 즈시오마루는 결국은 아버지의 무고함을 밝히고 신원을 회복한다. 그 후 누나를 죽게 하고 자신을 노예로 부리며 핍박한 산쇼 다유 부자와 야마오카 다유에게 극형을 내린다.

『산쇼 다유』를 전파하고 향수한 계층은 유랑하는 하층민과 서민들이었다. 불안정한 현실과 고된 노동에 지친 이들에게 폭압적 권력을 행사하던 자의 비참한 죽음은 일종의 카타르시스를 안겨주었을 것이다. 인신매매라는 현실의 상황을 문학적 장치로 이용한 『산쇼 다유』가 중세와 근세의 서민들에게 인기 있었던 이유는 이에 있지 않았을까.

09. 괴담으로 야밤의 적적함 달래기

【한경자】

이야기꾼 오토기슈

에도시대는 괴담이 크게 유행하여 소설, 연극, 회화 등 다양한 장르에서 다루어졌던 시기였다. 괴담이 유행하는 데에 기초적인 역할을 한 것이 오토기슈(御伽衆)라는 직종을 가진 자들이었다. 오토기슈는 정치 및 군사에 대한 이야기를 하거나 여러 지방의 동정을 전하거나 하면서 주군을 모시던 측근을 말한다. 그들이 하는 이야기에는 우스운 이야기와 전쟁이야기 외에 괴담도 포함되어 있었다. 유명한 오토기슈로는 오다 노부나가(織田信長)의 노마노 후지로쿠(野間藤六)와 도요토미 히데요시(豊臣秀吉)의 소로리 신자에몬(曽呂利新左衛門) 등이 있다.

히데요시가 늘 곁에 두고 아꼈다고 하는 소로리 신자에몬은 "정말 무서운 이야기를 하면 눈에 보이지 않은 귀신도 바로 나타날 것 같은 기분이 들면서 뭔가 오싹하고, 또한 차분히 슬픈 이야기를 하면 용맹한 무사도 나약하게 우는 모습을 보이게 된다."-『소로리모노가타리』(曽呂利物語)』,1663)-고 할 정도로 이야기를 잘 한 걸로 알려져 있다. 『소로리모노가타리』라는 책은 히데요시가 그런 그를 불러 "무시무시한 이야기를 해봐"라 하자 열 개씩 열 번 이야기 한 것을 근신이 받아 적어 간행한 괴담집이다. 『소로리모노가타리』 서문에는 다음과 같은 글이 실려 있다.

사람의 마음을 달래는 일은 한없이 많지만 귀천빈부의 차이가 있어서 마음대로 할 수 없는 놀이가 많다. 그중에서 위에서 아랫사람까지 구별없이 즐길 수 있는 것은 본 것 들은 것을 마음대로 이야기하는 것 만한 것이 없다.

즉 남녀노소 신분의 고하를 막론하고 즐길 수 있는 놀이가 '이야기'라는 것이다. 그런 인식으로 인해 전국적으로 오랜 기간 동안 많은 괴담이 전해져 내려올 수 있었다.

오토기슈의 '오토기'란 밤의 적적함을 달래기 위해 말벗이 되는 것을 의미하는데 괴담집 이름에 잘 붙여졌다. 예를 들어 『오토기보코』(伽婢子, 1666), 『오토기모노가타리』(御伽物語, 1677), 『오토기햐쿠노가타리』(御伽百物語, 1706) 등이 있다. 이중 『오토기보코』는 중국의 『전등신화』(剪灯新話)와 그 속편 『전등여화』(剪灯余話), 그리고 조선의 『금오신화』(金鰲新話) 속 이야기를 번안하는 등 외국의 괴담집의 영향을 받고 성립된 괴담집이었다.

한편 『오토기모노가타리』는 『도노이구사』((宿直草)라는 제목이었던 것을 이름을 변경하여 재간행한 것이다. '도노이구사'도 역시 적적함을 달래는 것이라는 의미를 갖는다. 『오토기보코』가 중국과 조선 소설의 영향을 받은 것과 달리 『오토기모노가타리』는 일본 민화계통의 괴담집이다. 발문에는 저자가 7, 8세 때부터 45년 동안 들은 이야기를 모은 것이라 밝히고 있다. 서문에는 스승님이 일본 국내의 여러 지방의 이야기를 모아 놓은 것이 그대로 방치되어 있는 것이 아쉬워 출판한 것이라며 간행에 이르게 된 경위에 대해 말하고 있다. 이 책의 제1권 제1화의 도입부분은 다음과 같다.

옛날에 시간 가는 것을 아쉬워하며 밤에 불을 낮처럼 밝게 켜서 지낸 사람이 있다. 그런데 당신은 왜 시간을 아쉬워하지 않고 주무시는 건가. 듣는 족족 잊어버리는 나 같은 사람이 주워들은 이야기이지만 심심풀이로 이야기 하나 해드릴까요?

책이지만 마치 오토기슈와 같은 이야기꾼이 이야기를 풀어내기 시작하는 모습으로 본문을 시작하고 있는 점이 흥미롭다.

이 괴담집에서 주목을 받는 이야기는 소위 '미미나시 호이치'(耳なし芳一, 귀 잘린 호이치) 이야기일 것이다. 라프카디오 한(小泉八雲, 고이즈미 야쿠모)의 소설 *Kwaidan*에 실리면서 주목을 받았고, 지금도 일본에서는 어린이부터 어른까지 잘 알고 있는 이야기이다. 『소로리모노가타리』에 이미 실려 있던 이야기 「귀 잘린 운이치 이야기」(耳切れうん一が事)를 각색한 것이며 줄거리는 다음과 같다.

시나노(信濃)의 젠코지(善光寺)에 비구니 사원이 있었는데 에치고(越後) 지방의 자토(座頭) 운이치(うん一)가 들락거렸다. 그러다 몸이

안 좋아 반년 만에 사원에 갔는데 밤도 늦어 거기서 묵게 되었다. 그런데 30일 정도 전에 죽은 게이쥰(けいじゅん)이라는 비구니가 나타나 그를 자기 방으로 데려가 감금해버린다. 운이치는 겨우겨우 탈출할 수 있었는데 스님들은 유령이 된 게이쥰이 다시 운이치를 데려가는 일이 없도록 운이치의 온몸에 다라니경을 쓴다. 그날 밤 게이쥰이 나타나 운이치를 찾는데 보이지 않는다. 게이쥰이 자세히 찾아보니 다라니경이 쓰여 있지 않은 귀가 보여 두 귀를 잘라 가져갔다는 이야기이다.

『오토기모노가타리』에서는 운이치를 『헤이케모노가타리』(平家物語)를 이야기해서 들려주는 비파법사(琵琶法師) 단이치(団一)로, 배경을 아마가사키(尼崎)로, 단이치를 찾아오는 사람은 다이라노 미치모리(平通盛)의 아내 고자이쇼(小宰相)로 바꾸었다. 즉, 단노우라전투(壇ノ浦の戦い)에서 죽은 헤이케 측 인물이 자기네 마지막 이야기를 듣고자 단이치를 매일 찾아온다는 이야기가 되었다. 이 이야기가 다시『와유기담』(臥遊奇談,1782)에 들어가 라프카디어 헌의 이야기의 바탕이 되었다. 한 가지 이야기가 여러 지방 여러 사람을 거쳐 다양한 내용을 덧붙여가며 전해졌다는 것을 알 수 있다.

괴담회 햐쿠모노가타리(百物語)

위에서 오토기슈 소로리 신자에몬이 히데요시의 요구에 따라 무서운 이야기를 열 개씩 열 번, 즉 100화를 했다고 언급했다. 괴이담만 100화를 혼자 외우고 들려주었다니 놀라울 따름이다.『소로리모노가타리』외에도 에도시대에는 괴이담 100화를 모은『○○햐쿠모노가타리』라는 책이 다수 간행되었다. 『오토키햐쿠모노가타리』도 서문을 보면 여러 지방을 수행하며 도는 행각승이 하룻밤 묵으며 들려주는 이야기를 집주인이 밤새 받아 적다 보니 100화 정도가 된 것 같아 『오토키햐쿠모노가타리』라 이름지었다고 하고 있다. 이들 책은 이름이 '햐쿠모노가타리'이기는 하나 모두가 100개의 괴담을 수록한 것은 아니다. '햐쿠'(百) 즉, 백은 많다는 의미이기도 하고, 그 외에 '햐쿠모노가타리' 괴담모임에서 나온 이야기라는 의미도 있었다. 『오토기보코』에는 다음과 같이 괴담회 햐쿠모노가타리에 대한 설명이 있다.

옛부터 전해져 내려오는 무서운 일, 괴이한 일을 모아 백 개 이야기하면 반드시 무서운 일, 괴이한 일이 있다고 한다. 햐쿠모노가타리에는 법식이 있다. 달 어두운 밤에 파란 종이를 붙인 등롱 100개의 등심에 불을 붙인다. 이야기를 하나 할 때마다 등심을 하나씩 뽑으면 점점 어두워지며, 파란 종이의 색이 변하면서 어딘지 오싹해진다. 계속 이야기해 나가면 반드시 괴이한 일, 무서운 일이 나타난다고 한다.

여러 명이 모여 돌아가며 괴담을 하나씩 이야기하는데, 이야기가 하나 끝날 때마다 하나씩 등불을 끈다. 그러다 100개째가 되면 괴이한 현상이 나타난다고 하는 것이다. 전국시대에는 무사들의 담력훈련처럼 진지했던 것이 에도시대가 되자 유희성을 띠며 오락이 되었다고 한다. 이 괴담회는 유행하여 '햐쿠모노가타리'라 이름지어진 괴담집도 다수 간행되었다. 이 괴담회가 어떤 모습이었는지를 여러 괴담집에서 확

인할 수가 있다. 『오토기모노가
타리』 제2권 제3화에는 혈기왕
성한 무사들이 모여 이야기하는
모습이 그려진다. 무사들은 "햐
쿠모노가타리를 하면 괴이한 일
이 일어난다고 하니 해보자."고
시작한다. 99화가 되자 천장에
서 거대한 괴물거미가 나타났다
는 이야기이다.

　『쇼코쿠햐쿠모노가타리』서
문에는 젊은 무사 서너 명이 모
여 햐쿠모노가타리를 한 것을 기
록하여 출판한 것이라 쓰여 있으

『도노이구사(宿直草)』−国文学研究資料館蔵
[クリエイティブ・コモンズ・ライセンス表示
−継承 4.0 国際 (CC BY−SA 4.0)]

며 실제로 100개의 이야기를 담고 있다. 제5권 제20화가 그 마지막 이
야기인데, '햐쿠모노가타리해서 부귀를 누리게 된 일'이라는 제목으로
햐쿠모노가타리에 관한 내용을 담았다. 줄거리는 다음과 같다.

　교토(京都)의 어느 강변에 쌀가게를 운영하는 집이 있었는데 남자
혼자 10명의 아이를 키우고 있었다. 어느 날 남자가 아이들만 남기고
오쓰(大津)에 쌀을 사러 가자 아이들은 동네 친구들을 불러 햐쿠모노카
타리를 시작했다. 80, 90화 정도가 되자 동네아이들은 무서워서 하나
둘 집에 가버렸다. 혼자 남은 이 집의 큰 아들은 "괴물 요괴를 보려고
시작한 거니까" 하며 혼자 100화를 채웠다. 그리고서 뒷문으로 볼 일

을 보러 나갔더니 털이 복슬복슬한 손이 아이의 다리를 꽉 잡는 것이었다. 아이가 놀라 쳐다보았더니 17~18세 정도의 여자가 서 있었다. 이여자는 자기가 이 집의 주인이었고 출산을 하다 죽었는데 아무도 추선해주지 않아 성불하지 못하고 있으니 대신 불경을 100부 읽고 추선공양 해달라고 부탁하는 것이었다. 이야기를 듣고 큰 아들이 그만한 돈이 없다고 말하자 여자귀신은 뒷문 쪽 감나무 아래에 금 백량을 묻어 넣은 것이 있으니 그것을 쓰라고 말하며 사라졌다. 다음날 아버지가 돌아오자 아들은 자초지종을 말하며 감나무 아래를 파보니 과연 금 백량이 있었다. 아버지와 아들은 그것으로 이 여자를 추선해주었고, 이후 이 쌀가게는 크게 번성했다는 이야기이다.

어린아이들이 햐쿠모노가타리를 하는 모습, 그리고 마지막에 괴이가 나타난 것을 확인할 수 있으나 그것으로 끝나지 않고 햐쿠모노가타리를 한 이가 부자가 된다는 새로운 결말을 볼 수 있다.

『태평햐쿠모가타리』(太平百物語, 1732) 마지막 이야기도 괴담회 햐쿠모가타리에 관한 이야기이다. 어느 지방 다이묘의 어린 아들이 근신들에게 무서운 이야기를 요구했다. 근신들은 그 요구가 매일 계속되자 이야깃거리가 없어져 고민하고 있었는데, 요리사 중에 요지(与次)라는 자가 무서운 이야기를 잘 한다 하여 그를 불러 매일 이야기하게 했다. 이 어린 아들이 커서 다이묘가 되자 요지를 불러 다음과 같이 말한다.

너는 내가 어릴 때 여러 이야기를 해주어서 마음을 달래주었는데, 어린 마음에 용맹함과 겁쟁이의 차이를 깨닫고 수치와 명예의 시비, 좋고 나쁨의 분별을 할 줄 알게 되어 지금 많은 도움이 되고 있다. 그래서 너를 그대로 하인으로 둘 것이 아니라 생각한다.

그렇게 말하고 요지에게 영지를 하사하고 대우를 높였다고 한다. 이는 햐쿠모노가타리를 잘 알고 있어서 일어난 일이라고 부러워하지 않은 사람이 없었다는 말로 이야기를 맺고 있다. 여기서는 햐쿠모노가타리는 여러 명이 모여 하는 괴담회가 아니라 여러 무서운 이야기 정도의 의미로 쓰이고 있다. 다이묘는 어릴 때부터 괴이한 이야기를 많이 듣고 자라다 보니 용맹한 것과 비겁한 것의 차이와 옳고 그름을 깨닫게 되었다고 한다. 괴담이라는 것이 단순히 심심함, 적적함을 달래는 것에 그치지 않고 인생을 살아가는 데에 도움이 되는 것이라고 말하고 있다.

『태평햐쿠모가타리』는 서문에도 괴담은 '잠을 깨우고 적적함을 달래는 데에 도움'이 될 뿐 아니라 '자연스럽게 선악과 옳고 그름을 분별하게 되고 현우(賢愚), 득실(得失)의 경지'에 이르게 된다고도 하고 있다. 남녀노소 신분을 막론하고 즐긴 괴담은 결코 심심풀이와 적적함을 달래기 위한 것만이 아니었다. 괴담은 듣는 이에게 인간의 내면에 잠재되어 있는 의식과 그에 따른 행동을 보고 깨닫게 한다. 그럼으로써 괴담은 괴이한 현상에 대한 이해를 통해 인생을 살아가는 처세훈을 얻게 하는 기능도 가지고 있었기에 오랜 기간 사랑을 받는 장르가 될 수 있었던 것이다.

10. 400년 전 일본 상인의 성공 스토리

【이창민】

스탠퍼드 대학 경제학과 교수이자 미국의 유명한 경제사학자인 애
브너 그라이프(Avner Grief)는 어느 날 자료실에서 히브리어로 쓰인
낡은 편지 몇 통을 발견했다. 11세기 지중해를 배경으로 활발히 무역
을 했던 마그리비(Maghribi) 상인들이 주고받은 편지였다.

편지의 내용은 부정 거래를 하다가 적발된 대리인을 고발하는 것
이었는데, 더 이상의 피해를 막기 위해 앞으로 이 대리인과는 절대로
거래를 하지 말라는 경고문도 적혀 있었다.

당시 마그리비 상인들은 넓은 지중해를 항해하며 해상무역을 했
다. 항구도시마다 지점장의 역할을 하는 대리인을 두고서 평상시 대부
분의 거래를 대리인에게 일임하는 방식을 취했다. 재미있는 것은 감시
카메라를 설치한 것도 아닌데, 대부분의 대리인들이 거금의 운영자금
을 들고 도망가거나 부정한 방법으로 경제적 이익을 취하려 하지 않았
다는 사실이다.

기술적 한계로 사실상 감시가 불가능했다는 것 말고도 생각해 볼

문제가 하나 더 있다. 지중해 전체를 아우르는 통일된 정부나 사법체계가 존재하지 않아서 부정 행위가 발생해도 법적 책임을 물을 수가 없었다는 것이다. 즉, 누구라도 마음만 먹으면 한몫 단단히 챙겨 외국으로 달아나 새로운 인생을 시작할 수 있었지만 그런 대리인은 거의 없었다. 왜일까? 11세기 지중해 사람들은 특별히 도덕적이었던 것일까?

　무역거래를 온전히 보호해 줄 수 있는 시스템이 전무한 상황에서도 마그리비 상인들이 성공적으로 부를 축적할 수 있었던 이유에 대해 그라이프 교수는 재미있으면서도 깊은 통찰력이 엿보이는 가설을 제시한다. 해답은 바로 그라이프 교수가 찾아낸 낡은 편지 몇 통에 있었다. 마그리비 상인들은 중세 유럽의 길드와 비슷한 상인 공동체를 결성하고 있었다. 이 상인 공동체는 부정 행위를 저지른 대리인들의 정보를 공유할 뿐만 아니라, 한 번 부정 행위를 저지른 대리인은 누구도 두 번 다시 그를 고용해서는 안 된다는 원칙을 가지고 있었다. 게임이론에서는 이러한 전략을 다각적 징벌전략(Multilateral Punishment Strategy)이라고 하는데, 말하자면 한 번 낙인찍힌 대리인은 두 번 다시 이 세계에 발붙일 수 없도록 퇴출시키는 것이다.

　이러한 시스템이 아주 잘 기능하고 있었기 때문에, 대리인들은 야반도주를 하기에 앞서 미래에 벌어질 수 있는 두 가지 시나리오를 놓고 깊은 고민에 빠지게 된다. 머나먼 외국으로 도망간다면 거금의 운영자금은 고스란히 내 몫이 되겠지만, 두 번 다시 이 세계에 돌아올 수는 없다. 반면 대리인으로서 성실하게 일한다면 올해 벌어들인 만큼의 소득을 내년에도 기대할 수 있고, 내후년은 물론 그 이후에도 계속 기대할

• • •

니혼바시(日本橋)의 포목점(越後屋)과 상인들

수 있다. 결국 야반도주를 했을 때 얻게 되는 일확천금이 클지, 아니면 성실히 일할 때 얻게 되는 생애소득의 현재가치가 클지를 잘 따져보고 행동을 결정해야 한다.

상인들은 대리인들의 이러한 고민을 잘 이해하고 있기 때문에, 대리인들이 더는 복잡한 고민할 필요가 없도록 제도를 만들 필요가 있다. 즉, 대리인이 야반도주를 했을 때 얻게 되는 일확천금의 크기보다 성실히 일했을 때 얻게 되는 생애소득의 현재가치가 더 클 수 있도록 고용계약을 맺어야 한다. 결국 상인과 대리인 간에 적절한 균형을 찾아낼 수 있었기 때문에, 11세기 지중해의 시장경제는 오랫동안 번영을 누릴 수 있었다. 그라이프 교수의 이러한 재기 넘치는 주장은 학계에서 널리 인정을 받게 되었고, 유명한 국제학술잡지에 실리게 되었다.

그라이프 교수가 그려 낸 장대한 지중해 세계를 보면서, 도쿄대학 경제학과 교수이자 일본의 유명한 경제사학자인 오카자키 데쓰지(岡崎哲二)는 한 가지 궁금증이 생겼다. 왜 11세기 지중해에서만 이러한 놀라운 일들이 발생했던 것일까? 마그리비 상인은 단지 특수한 사례였던 것일까?

사실 전근대 사회 어디에서나 상인 조직은 존재했고, 일본도 예외는 아니었다. 그라이프 교수가 11세기 지중해에서 건져 올린 '상인들의 결탁'과 비슷한 그 무엇이 전근대 일본에서 발견되었다 해도 전혀 이상한 일은 아니었다.

당장 연구에 착수한 오카자키 교수는 400년 전에 일본 사회에서도 가부나카마(株仲間)라는 상인 조직이 기능하고 있었다는 사실을 알아냈다. 가부나카마는 일종의 상인 길드로서 동업자의 수를 제한하고, 가격이나 판매수량을 결정했다. 예컨대, 오사카(大阪)의 소금 가부나카마(塩問屋仲間)는 누가 소금을 팔지, 얼마에 팔지, 얼만큼 팔지 등을 정했다. 즉 소금 가부나카마는 오사카에 소금을 독점적으로 공급하는 권한을 가지고 있었던 것이다.

중세 지중해의 마그리비 상인들이 대리인들을 고용했던 것처럼 근세 일본의 가부나카마는 중개인들과 활발한 거래를 하고 있었다. 지중해만큼 넓은 지역은 아니었지만, 감시카메라도 인터넷도 없었던 시대라는 점에서 400년 전 일본에서도 중개인들의 부정행위는 얼마든지 발생할 수 있었다. 그러나 중세 지중해의 대리인들과 마찬가지로 근세 일본의 중개인들도 부정한 방식으로 경제적 이익을 취하려고 하지 않았다. 이를 증명할 수 있는 증거들이 고문서 더미 속에서 발견되었다. 오카자키 교수가 찾아낸 것은 상인들이 중개인들로부터 피해를 입었을 때 그 피해상황을 가부나카마에 보고한 문서, 이러한 피해사실을 가부나카마의 다른 구성원들에게 알리는 문서였다. 근세 일본의 상인들도 마그리비 상인처럼 다각적 징벌전략을 통해 상거래의 안전성을 확보할 수 있었던 것이다.

그런데 여전히 해결되지 않은 문제가 하나 남아 있었다. 중세 지중해 세계에는 통일된 정부나 사법체계가 존재하지 않았지만, 근세 일본은 그렇지 않았다. 근세 일본은 중앙정부에 해당하는 막부(幕府)와 지방정부에 해당하는 번(藩)이 있었고, 각 정부는 행정권과 사법권을 가지고 있었다. 중세 지중해 세계와 비교할 때 근세 일본의 국가권력은 훨씬 강력했던 것이다.

여기에서 오카자키 교수의 고민은 시작되었다. 그리고 결국 하나의 질문에 대한 답을 찾는 과정을 통해 이 문제를 해결할 수 있었다. 그 질문은 '당시 일본의 정부(막부와 번)가 흔히 우리가 알고 있는 정부라고 말할 수 있을까?'였다. 예컨대 사기 사건이 벌어지면 범인을 체포하고, 범행을 조사한 뒤 재판을 통해 처벌을 할 수 있는 시스템이 제대로 기능하고 있었을까? 하는 의문이다. 사실 오늘날 우리가 생각하는 형사소송과 민사소송은 근대적인 형법과 민법의 토대 위에 기능할 수 있는 것이다. 당시에는 이러한 법적 절차들이 원활하게 진행되었다고 보기 어려운 증거들이 많다. 오카자키 교수는 아이따이스마시레(相対済令)가 수시로 발포된 사실만 봐도 그렇다고 주장했다.

아이따이스마시레는 당사자 간에 분쟁을 해결하도록 만든 법령이다. 이 법령은 상인(町人)에게 돈을 빌리고 궁지에 몰린 무사들을 구제하기 위한 법이었다고 알려져 있다. 흔히 에도(江戸)시대로 불리는 근세 일본은 안정된 정치체제를 갖추고 260년 동안 큰 전쟁 없이 평화로운 시기를 보냈다. 아이러니하게도 이러한 오랜 평화는 무사들의 역할과 지위를 축소시켰다. 경제적으로 궁핍한 상황에 몰린 무사들은 부유

포목점이 늘어선 니혼바시의 오덴마쵸(大伝馬町)

한 상인에게 반복적으로 돈을 빌렸지만 사실상 갚을 길은 막막했다. 돈을 돌려받지 못한 상인들은 소송을 제기했지만, 정부로서도 뾰족한 수가 없었던 탓에 수리되지 못한 소송들은 쌓여만 갔다. 무사는 자신들보다 신분이 낮은 상인들에게 압박을 받는 상황이 불편했고, 상인들은 빌려준 돈을 돌려받지 못해 불만이 쌓여갔다.

양쪽의 갈등이 사회문제를 야기할 수준까지 이르면 정부는 당사자들끼리 알아서 해결하라는 취지의 아이따이스마시레를 발령하고 그 책임을 회피했다. 무사들은 기다렸다는 듯이 상인들에게 채무를 탕감해 줄 것을 요구했고, 칼을 든 무사들 앞에서 상인들은 어쩔 수 없이 부당한 요구를 들어줄 수 밖에 없었다. 260년 동안 아이따이스마시레는 전부 열 번 정도 발령되었다. 아이따이스마시레와 거의 비슷한 성격의 다른 명령들-예컨데 기엔레(棄捐令)-도 종종 발령되었는데, 근세 일본에서 국가권력에 의한 계약집행이 얼마나 취약한 기반을 가지고 있었는지를 알 수 있는 대목이다.

중세 지중해와는 달리 근세 일본에는 정부가 존재했지만, 시장질서의 교란을 막기에는 역부족이었다. 감당할 수 없는 경지에 이르면 때때로 그 기능이 정지되곤 했다. 이렇듯 공권력이 안정적인 시장거래를 담보해줄 수 없는 상황임에도 불구하고 상인들은 가부나카마를 조직하여 거래의 안정성을 확보하고, 시장경제의 번영을 누리며 부를 축적할 수 있었다. 흔히들 근세 일본 사회를 사농공상(士農工商)의 봉건적 신분질서가 공고했던 사회로 인식하지만, 현실 세계의 주인공은 무사가 아닌 상인이었다. 상인들은 수요와 공급의 시간적 불일치를 절묘하게 이용하여 일본열도를 촘촘한 유통망으로 엮었고, 연공미(年貢米)가 모이는 오사카 쌀 시장을 중심으로 전국적인 금융망을 형성하였다. 쌀을 기반으로 한 어음, 수표의 발행이 활발했던 오사카의 도지마(堂島) 쌀 시장이 세계 최초의 선물시장이라는 사실은 널리 알려져 있다.

일본 상인들은 대대로 가업을 계승한다고 알려져 있지만, 데이터를 보면 상점들의 평균 생존기간이 채 13년이 되지 않을 정도로 가업을 잇는 길은 멀고도 험했다. 매년 많은 상점들이 호기롭게 새로이 시장에 진입하는 한편, 또 다른 상점들은 경영악화로 시장에서 퇴출당하였다. 이러한 가운데 상인들이 생각해 낸 '가부나카마의 다각적 징벌전략'은 생존을 위해 치열하게 고민한 흔적이라고 할 수 있다.

400년 전 일본 상인들은 오늘날 못지않은 냉엄한 경쟁 속에서 살아남기 위해 지혜를 짜냈고, 그 결과 새로운 제도와 조직의 탄생을 통해 시장경제의 번영과 그 과실을 누릴 수 있었다.

11. 관음보살과 함께 걷는 순례

【김용의】

일본의 관음순례를 떠나다

'색불이공 공불이색 색즉시공 공즉시색' 순례 참가자들이 중얼거리는 반야심경 구절이 버스 안에 나지막하게 울려 퍼진다. 일본 오사카에 본점을 둔 어느 여행사에서 마련한 '사이고쿠 삼십삼소순례'(西国三十三所巡禮)'-이하 사이고쿠 순례-일정에 와카야마현에 소재한 세이간도지(青岸渡寺)라는 절을 향하는 버스 안 광경이다. 2017년 나는 이들 일본인들과 동행하며 순례를 체험하였다. 세이간도지는 제1번 순례지이다. 봄에 벚꽃을 보며 시작하여 눈꽃 피는 겨울에 끝냈으니 제법 많은 시간이 걸렸다.

사이고쿠(西国)는 일본열도의 서쪽 지역을 가리키는 말이다. 현재의 광역 행정구역으로 하자면 주로 교토부, 오사카부, 나라현, 효고현, 와카야마현, 시가현 등이 여기에 해당한다. '삼십삼소순례'는 사이고쿠 지역에 산재한 33곳의 절을 돌며 기원하는 순례이다. 이들 절은 모두 관음신앙으로 유명한 곳이다. 특히 33곳의 절을 정해서 도는 것

은 흔히 관음경이라고 부르는 묘법연화경관세음보살 보문품 제25(妙法
蓮華経観世音菩薩 普門品 第二十五)에 근거를 두고 있다. 관음경에 따르
면 관세음보살이 중생을 구제하기 위해 33가지 모습으로 변신하여 세
상에 나타난다고 한다. 사이고쿠 순례를 하면 그 공덕을 받아서 현세에
서 지은 죄업이 소멸하고 극락왕생한다는 것이다.

　　사이고쿠 순례는 33곳 사찰로 정해져 있지만, 실제로는 37곳의 절
을 순례한다. 33곳에 포함되지 않는 번외(番外) 절이 3곳 있으며, 순례
를 모두 마치면 마지막에 무사히 순례를 마친데 대한 감사의 마음으로
나가노현에 위치한 젠코지(善光寺)를 찾는 것이 관례이기 때문이다. 이
를 가리켜 일본어로는 오레이마이리(お礼参り)라고 부른다.

1300년 이어진 순례의 역사

　　사이고쿠 순례의 역사는 무척 오래되었다. 관련 설화에 의하면
2018년은 순례가 시작된 지 1,300년이 되는 해이다. 순례의 기원에

관한 설화는 『나카야마데라 유래기』(中山寺由来記·中山寺縁起) 및 『다니구미산 네모토 유래기』(谷汲山根元由来記·華厳寺縁起) 문헌에 전하는데 이를 요약하여 소개하면 다음과 같다.

718년 도쿠도 상인(德道上人)이 사후에 염라대왕을 만났다. 생전의 죄업으로 지옥에 보내진 사람들이 많았다. 일본에 있는 삼십삼 관음영장을 순례하면 죄업이 소멸되는 공덕이 있다 하여 순례로 사람들을 구제하도록 탁선을 내렸다. 삼십삼 보인(宝印)을 받아서 현세로 돌아왔다. 도쿠도 상인이 사람들에게 설법하였으나 전파되지 않았으므로 나카야마데라(中山寺)에 보인을 보관하였다. 약 270년 후에 가잔 법황(花山法皇)이 나치산(那智山)에서 기도하고 있을 때에, 구마노 권현(熊野権現)이 출현하여 삼십삼 관음영장(三十三観音霊場)을 재흥하도록 탁선을 내렸다. 그리하여 가잔 법황이 순례를 시작한 이후부터 확산하였다.

물론 781년에 사이고쿠 순례가 시작되었다는 기록은 어디까지나 설화적 차원의 전승으로 역사적으로 엄밀하게 입증된 것은 아니다. 왜냐하면 기록에 보이는 가잔 법황(花山法皇) 시대에는 아직 세워지지 않았던 절도 현재 33곳의 절에 포함되어 있기 때문이다. 그렇지만 관련 종단을 비롯하여 순례지에 들어가는 33곳의 절에서는 설화적 기원에 근거를 두고, 2018년을 전후하여 다채로운 이벤트 행사를 개최하였다. 대표적인 행사 중 하나는 이른바 비불(祕佛)을 공개하는 것이었다. 각 절마다 평소에 좀처럼 공개하지 않던 관음보살 불상을 공개하여 일

'마두관세음보살'이라 적힌 제29번 마쓰노데라의 본당 제등

반인들이 관람하도록 하였다. 이들 불상은 여의륜관음(如意輪観音), 십일면관음(十一面観音), 천수관음(千手観音), 불공견색관음(不空羂索観音), 준지관음(准胝観音), 성관음(聖観音), 마두관음(馬頭観音) 등으로 이른바 육관음에 들어가는 관음 불상이 대부분이다. 육관음은 종파에 따라서 약간의 차이가 있는데, 천태종에서는 육관음에 불공견색관음(不空羂索観音)을 포함시키며 진언종에서는 이 대신에 준지관음(准胝観音)을 포함시킨다.

사별한 이에 대한 그리움과 그리프 케어

순례자들이 사이고쿠 순례를 행하는 가장 큰 동기는 사별한 가족 및 친지들에 대한 그리움과 슬픔을 달래기 위한 그리프 케어(grief care)이다. 이는 이 순례가 시작된 이래로 현재에 이르기까지, 변함없이 이어진 가장 전통적이면서 현재적인 순례의 목적이기도 하다. 순례자들은 혼자서 혹은 가족 및 친지들과 함께 33곳의 절을 돌면서, 사별한 이를 회상하며 이들의 극락왕생을 기원한다. 내가 순례를 돌며 만난 한 남성은 부부가 함께 순례를 다니다가 몇 년 전에 아내가 사망하자, 지금은 혼자서 사이고쿠 순례를 한다고 하였다. 본인이 사망한 후에는 자식들이 순례를 이어주기를 바란다고 들려주었다. 또 다른 한 남성은 공무원으로 퇴직을 하였는데 3년 전에 어머니가 돌아가신 후에 친구의 권유로 순례를 시작하였다고 한다.

인간은 누구나 생전에 사별을 체험한다. 특히 뜻하지 않은 사건이나 사고, 혹은 질병이나 재난으로 인해서 가족이나 친지를 잃게 된 경우는 그리프 케어가 더욱 절실하다. 일본에서는 2005년 4월에 발생한 서일본여객철도(西日本旅客鉄道)의 후쿠치야마선(福知山線) 탈선사고를 계기로 그리프 케어가 시작되었다고 한다.

사이고쿠 순례는 일본에서 그리프 케어라는 용어가 사용되기 훨씬 이전부터 그리프 케어로써의 기능을 다하고 있었다. 오늘날에도 마찬가지이다. 홋카이도 출생으로 오사카 다카라즈카(宝塚)에 거주하는 60대 여성은 내가 순례를 하면서 오랜 시간 사적인 대화를 나눈 순례자이다. 그는 10년 전에 부모가 잇달아 돌아가시고 슬픔에 잠겨있을 때 친구의 권유로 사이고쿠 순례를 시작한 경우이다. 그 친구 역시 어머니와 사별한 후에 순례를 시작하였는데, 이를 계기로 어느 정도 슬픔을 극복하고 일상생활로 돌아올 수 있었다고 한다. 사이고쿠 순례는 사별한 이들의 극락왕생을 기원하며, 순례자의 슬픔을 진정하고 일상성을 회복한다는 점에서, 그 무엇보다도 뛰어난 그리프 케어 장치였던 셈이다.

순례자들은 순례를 하는 동안 흔히 소지한 백의(白衣)나 족자에 33곳 절에서 찍어주는 주인(朱印)을 받는다. 이 백의를 가리켜 일본어로 오이즈루(おいずる)라고 부르며, 백의에는 33곳 절 이름이 새겨져 있다. 혹은 납경장(納経帳)이라고 부르는 공책에 주인을 받는다. 납경장

순례를 하며 절에서 받은 주인(朱印)이 찍힌 족자

에는 각 절의 이름과 함께 관음보살상이 그려져 있다. 보통 이들 백의나 납경장은 가까운 가족이나 친지가 사망했을 때에 관속에 넣어준다고 한다. 아니면 본인이 사망했을 때 넣어달라고 희망하기도 한다. 그렇게 하면 죽은 이가 극락왕생한다고 믿기 때문이다. 말하자면 앞으로 다가올 죽음에 대비한다는 의미가 담긴 셈이다.

건강한 몸을 위한 기원과 트레킹

사이고쿠 순례의 행로에 들어가는 33곳 절 가운데는 일찍이 특정한 질병을 치유하는 데에 효험이 있는 것으로 유명한 곳이 있다. 예를 들면 제6번 순례지인 쓰보사카데라(壺阪寺) 절이다. 여기 안치된 십일면관음보살은 근대 이전부터 눈병 치료에 효험이 있다고 널리 알려져 있었다. 메이지 시대에는 이를 소재로 하여 『쓰보사카영험기』(壺阪霊験記)라는 조루리(浄瑠璃) 인형극이 공연되기도 하였다. 그 영향으로 지금도 눈병을 앓는 사람들이 자주 찾아와서 건강해지기를 기원한다. 현재 절 경내에 맹인들을 위한 요양시설이 설립되어 있을 정도이다.

역사적으로 사이고쿠 순례와 질병 치료의 인연이 오래된 관계로, 지금도 어딘가 몸이 아픈 사람들이 건강 회복을 위한 목적으로 순례를 하는 경우가 많다. 말하자면 순례가 자연스럽게 트레킹(trekking)으로 이어진 셈이다. 사이고쿠 순례에 포함된 33곳의 절들은 지역적으로 넓게 분포한다. 지역적으로 넓은 지역에 분포할 뿐만이 아니라 대부분의 절들이 평지가 아닌 높고 깊은 산중에 위치한다. 따라서 사이고쿠 순례는 저절로 트레킹 효과를 거두게 된다.

물론 이는 순례의 본래적 목적과는 동떨어진 부수적인 효과일 수도 있지만, 건강을 중시하는 현대사회에서 매우 중요한 의미를 지니고 있다고 말할 수 있다. 사별한 사람들의 극락왕생을 기원하고 이를 통해서 슬픔을 극복하는 것만이 순례의 유일한 목적은 아닐 것이기 때문이다. 실제로 순례자 중에는 애초부터 건강을 위한 트레킹을 목적으로 하여 순례를 시작한 사람도 있다. 내가 만난 사람 중에는 부인과 사별하고 홀로 남은 남성들의 경우가 두드러졌다.

함께 걷는 인생에 대한 감사

일본에서는 흔히 조상을 위해서 한 번, 가족을 위해서 두 번, 본인을 위해서 세 번 순례를 한다고 한다. 말하자면 순례는 한 번으로 그치지 않는다. 나는 사이고쿠 순례 중에 열 번 이상 순례를 경험한 사람을 여러 명 만나기도 했다. 순례 경험이 풍부한 사람들은 대개 복장도 제대로 갖추고 돈다. 순례 복장은 일본 시코쿠(四国) 지역을 순례하는 '시코쿠 헨로'(四国遍路)의 복장이 잘 알려져 있지만, 사이고쿠 순례에서도 흔히 목격할 수가 있다. 차림새가 정형화되어 있어서, 머리에는 스게가사(菅笠)라고 부르는 삿갓을 쓰고 손에는 곤고즈에(金剛杖)라는 지팡

이를 든다. 그리고 앞서 소개한 오이즈루라는 백의를 위에 걸친다. 추리작가 마쓰모토 세이초의 소설을 원작으로 하는 영화「모래 그릇」(砂の器) 중에 이 복장이 등장한다. 떠돌이 행각을 하는 주인공 부자의 차림새가 바로 순례 복장으로, 이 장면은 영화사에 오래 남을 명장면으로 알려져 있다.

순례는 묵묵히 혼자서 절을 도는 사람들도 있지만, 그중에는 부부, 부모와 자식, 형제자매 등의 가족이나 마음을 나눌 수 있는 친구들과 함께 순례를 다니는 사람들이 있다. 전자의 경우는 마음 속 깊이 무언가 아픔을 간직한 사람들이 많다. 이 경우에는 같이 동행하는 사람들도 배려 차원에서 될수록 방해하지 않으려고 한다. 후자의 경우는 특히 여행사에서 기획한 버스투어를 이용하는 순례자 중에 많다.

가족이나 친구와 함께 하는 순례는 자연스럽게 서로의 유대 및 친분을 확인하고 더욱 돈독하게 하는 계기가 된다. 심지어는 순례 중에 처음 만난 사람들과 친해져서, 순례가 끝난 후에 정기적 혹은 비정기적으로 모임을 갖는 사람들도 있다. 모임에서는 각자의 순례 체험을 편하게 주고받으며 이를 공유한다.

사이고쿠 순례는 일본에서 역사적으로 가장 오래된 불교 순례이다. 불교 순례이지만, 오늘날 종교에 얽매이지 않고 남녀노소 많은 일본인들이 체험한다. 순례를 통해서 사별한 이들을 그리워하고 추억하며, 본인 또한 심적인 안정과 위로를 받는다. 그리고 살아 있는 이들이 함께 걷는 인생에 대한 감사함과 겸손함을 배운다.

12. 일본인과 시코쿠 순례

【송영숙】

일본을 대표하는 순례, 시코쿠 헨로

지난해(2019년) 7월 초에 나는 오래전부터 계획했던 시코쿠 순례 (이하 시코쿠 헨로)에 참여하는 기회를 가졌다. 시코쿠 헨로(四国遍路)란 시코쿠의 4개 현에 위치한 88개소의 영장(靈場)을 차례로 참배하는 순례이며, 고보 대사(弘法大師)의 행적을 되짚는 과정이기도 하다. 시코쿠 헨로 팸플릿의 내용을 통해 이에 대한 이해를 돕고자 한다.

시코쿠 88개소 영장은 지금으로부터 약 1200년 전에 고보 대사 구카이(空海)께서 수행하신 유서 깊은 영장으로, 현재에도 많은 사람들의 돈독한 신앙에 의해 그 법등(法燈)이 지켜지고 있다. 전체 1,450km로 발심(도쿠시마현), 수행(고치현), 보리(에히메현), 열반(사누키현)의 4개 지방을 일주한다. 시코쿠 헨로는 '동행이인'(同行二人) 즉 고보 대사와 함께 심신을 닦으면서 88가지 번뇌를 하나씩 떨치는 한편 대자연의 은혜 속에서 살아가는 자기 자신을 되돌아보는 수행의 여정이다. 또한 종파를 불문하고 참배자들

제14번 영장 조라쿠지(常楽寺)에서 참배하는 순례자들

의 기도가 성취되는 신앙의
도장이기도 하다. 태평양
의 거친 파도, 온화한 세토
나이카이(瀬戸内海), 험준한
시코쿠의 영장들, 평화로운
전원, 다채로운 변화, 속세

의 티끌로부터의 자유, 대자연과의 만남, 사람과 사람사이의 따뜻한 만남
등에 감사하면서 살아 있음의 환희를 느끼고 몸과 마음이 다시 태어나게
하는 순례 여행이다.

간단한 내용이지만 여기에는 시코쿠 헨로의 유래와 성격, 의의 등
을 알기 쉽게 소개하고 있다. 무엇보다 눈길을 끄는 것은 순수한 종교
적 목적 외에 시코쿠의 대자연과의 만남과 사람사이의 따뜻한 만남에
감사하며 살아있음의 기쁨을 느끼고 심신을 치유하는 순례여행이라는
점이다. 실제로 나는 2019년 여름, 스스로 순례자가 되어 다른 이들과
동행하면서 이와 비슷한 체험을 할 수 있었다.

현재 시코쿠 헨로는 일본 국내는 물론, 외국 매스컴에 일본을 대표
하는 순례지로 꾸준히 소개되면서 외국인들이 가장 많이 찾는 순례지
및 관광명소로 인식되고 있다.

오헨로상의 독특한 복장과 소지품

오헨로상(お遍路さん)이란 시코쿠 헨로를 실천하는 순례자를 가리

키는 말이다. 오헨로상들은 일본의 일반적인 순례자와는 달리 정형화된 복장으로 순례에 임한다. 이들은 전통적으로 대나무 모자인 스게가사(菅笠)를 쓰고 하쿠이(白衣)라는 흰옷을 입으며 곤고즈에(金剛杖)라는 지팡이를 짚고 걷는다. 이처럼 매우 독특한 복장이 탄생된 배경에는 시코쿠 헨로에 함축된 여러 가지 상징성 때문이다.

현재와 같이 교통편이 발달하지 못한 시대에 순례에 나선다는 것은 상상 이상의 고난과 위험을 초래하는 경우가 많았다. 순례 중에 사망하는 이들도 적지 않았기 때문에 이에도 대비를 해야만 했다. 만약 자신이 순례 도중 길에서 죽더라도 누군가가 장사를 지내줄 수 있도록 소복을 상징하는 하쿠이를 입고, 관 뚜껑을 대신할 스게가사를 썼으며, 묘비로 사용할 지팡이도 필요했던 것이다. 물론 이러한 것들은 생전에는 순례자를 보호하는 역할을 하지만, 사후에는 타인에게도 피해나 부담을 줄이는 기능을 동시에 하였다.

현재에도 오헨로상의 정형화된 복장은 전통성이 꾸준히 이어지고 있다. 전통 복장을 갖춘 오헨로상들은 시코쿠의 어느 지역을 가더라도 그 지역의 주민들로부터 오셋타이(お接待)라고 하는 환대를 받는다. 시코쿠 지역에서 오헨로상은 곧 고보 다이시를 상징한다고 여겼기 때문에 숙식과 필요한 물품을 보시하던 전통을 말한다. 현재 오셋타이 전통은 규모면에서는 매우 축소되었으나, 오헨로상을 맞는 시코쿠 사람들의 따뜻한 인심과 배려, 보시하는 모습을 통해 나는 순례자로서 여전히 환대받는 체험을 할 수 있었다.

오헨로상은 이외에 약식 가사의 일종인 와게사(輪袈裟)를 간단히

제51번 영장 이시테지(石手寺) : 전통적 복장의 오헨로상 부부

목에 두르며, 납경장(納経帳)을 소지하는데, 이 책에는 88개소 각각의 영장에 참배했다는 표식인 묵서와 도장을 기록한다. 납경장은 사후에 극락왕생을 기원하며 관에 함께 묻는데, 족자와 백의에 묵서와 도장을 받아서 매장하는 경우도 있다.

이 외에 염주, 양초와 향, 그리고 순례자의 이름과 주소를 기입하여 본당(本堂)과 대사당(大師堂)을 참배한 후에 바치는 오사메후다(納め札)를 소지한다. 오사메후다는 오헨로상이 순례를 한 횟수에 따라 그 색깔이 달라진다. 이를 테면 오사메후다는 순례의 횟수를 나타내는 것이기 때문에 매우 소중하게 인식되며, 선배 오헨로상이 후배에게 격려 차원에서 건네주는 일종의 오셋타이의 역할을 한다.

시코쿠 헨로를 순례하는 방법

시코쿠 헨로의 88개소 영장은 4개 현에 흩어져 있으며, 각각의 지역은 불교의 4전(四轉) 사상에 따라 발심(發心), 수행(修行), 보리(菩提), 열반(涅槃)의 도량으로 구분된다. 발심의 도량은 도쿠시마현 소재의 23개 영장(제1번 료젠지靈山寺~제23번 야쿠오지薬王寺), 수행의 도량은 고치현 소재의 16개 영장(제24번 호쓰미사키지最崎寺~제39번 엔코지延光寺), 보리의 도량은 에히메현 소재의 26개 영장(제40번 간지자이지観自

在寺~제65번 산카쿠지三角寺), 열반의 도량은 가가와현 소재의 23개 영장(제66번 운벤지雲辺寺~제88번 오쿠보지大窪寺)까지이다.

88개소 영장은 원형으로 배치되어 있으며 시계방향으로 순환한다. 따라서 순례하는 방법은 반드시 1번 영장 료젠지부터 시작하여 88번 영장 오쿠보지까지 일주해야 하는 규칙은 없으며, 순례자의 편의에 따라 영장을 선택하여 돌 수 있다.

예를 들면 1번 영장 료젠지부터 영장의 번호순으로 도는 것을 준우치(順打ち)라고 하며, 반대로 88번 영장 오쿠보지부터 순례하는 것을 역으로 돈다고 하여 사카우치(逆打ち)라고 한다. 이외에 모든 영장을 단 한 번에 순례하

제1번 영장 료젠지(靈山寺) : 순방향의 출발점이 되는 영장

는 방식을 도시우치(通し打ち), 몇 번에 나누어서 순례하는 방식을 구기리우치(区切り打ち)라고 한다. 현재 시코쿠 헨로의 참배방식에는 특별한 종교적인 제한이 따르지 않는다. 이를테면 참배 시기나 참배 순서, 결원(結願)까지의 기간 등에 별도의 제한은 없다. 참배시기를 몇 회로 나누거나 몇 년이 걸려도 무방하듯이 시코쿠 헨로의 시효는 따로 존재하지 않는다.

영장을 참배하는 순서

오헨로상은 먼저 산문(山門)에 들어서기 전에 합장한 후, 미즈야(水屋)에서 손과 입을 헹구는 일종의 정화의식을 치른다. 그리고 종각에 가서 종을 친 다음 본당에 향을 올리고 커다란 방울 와니구치(わに口)를 흔들어서 본존에게 순례하러 왔음을 알린다. 이어서 자신의 이름과 주소를 적은 오사메후다를 납찰(納札) 상자에 넣고 반야심경(般若心経)과 진언을 독송한다.

이어서 고보 대사가 모셔진 대사당 앞에서도 이와 동일한 방식으로 참배하지만, 고보 대사를 향해 '나무대사편조금강'(南無大師遍照金剛)을 3회 창하는 것이 다른 점이다. 여기서 '편조금강'이란 고보 대사가 진언종(眞言宗)에서 법을 수여받을 때의 호이다. 이 밖에 경내의 다른 불당과 부처를 참배할 경우에는 해당 부처의 가피를 받기 위한 진언을 창한다. 이상의 순서대로 참배를 마치면 최종적으로 납경소에 가서 해당 사찰과 본존불의 명칭을 적은 기념묵서와 주인(朱印)을 받은 후 합장하며 산문을 나온다.

시코쿠 헨로의 현재적 모습

시코쿠 헨로는 현재까지도 고보 대사가 순례자와 늘 함께 한다는 동행이인(同行二人)의 믿음이 존재하는 특별한 곳이다. 그래서 오헨로 상들의 전통 모자와 복장, 휴대용 가방 등에는 항상 동행이인이 빠지지 않고 쓰여 있는 것을 볼 수 있다. 이와 같이 88개소의 영장은 여전히 고보 대사의 신앙을 기반으로 하지만, 다양한 종파와 본존불이 공존한다는 점에서 종교문화적으로도 매우 다채롭고 흥미로운 순례지이다.

제13번 영장 다이니치지(大日寺), 반야심경 독송 모습

그렇다면 오늘날 오헨로상들은 무엇을 위해 순례를 하는 것일까. 내가 실시했던 현지답사의 결과를 종합해보면 가장 비율이 높은 항목은 사별한 가족이나 친족, 친구를 추모·추도하는 선조·사자(死者)의 공양으로 나타난다. 이는 본래 순례의 출발점이 사자의 극락왕생을 기원한다는 점에서 순례의 전통적 의미가 현재까지 이어진다는 것을 보여주는 셈이다.

이어서 '기원'(대원성취)과 '인생방향의 설정'이 뒤를 이었고, 건강과 질병 치료, 신앙, 인간관계의 교류증진 등의 순서로 집계되었다. 이 가운데 순례를 통해 교류증진을 도모하는 것은 특히 현대에 이르러 새롭게 추가·강화되었다고 볼 수 있다. 나아가 문화광광의 목적은 시코쿠 88개소 영장이 위치한 빼어난 자연경관 및 국보급 문화재 등을 감상할 수 있는 장점이 있기 때문에 트레킹을 선호하는 현대인들에게 매우 각광받는 추세이다.

1200년의 역사를 간직해온 시코쿠 헨로는 현재도 전통의 보존과 변용을 수용하며 나날이 새롭게 탈바꿈되고 있다. 문득 순례 체험이 그리워지는 요즘 같은 때에, 시코쿠의 순례자가 되어 한적한 시골길을 거닐던 나를 호기심 가득 찬 눈빛으로 바라보던 아이들의 수줍고 천진난

제19번 영장 다쓰에지(立江寺) 산문 근처에서 만난 아이들

만한 얼굴이 떠오른다.

오늘날에도 여전히 아이들의 순수한 눈망울에는 끊임없이 이어지는 오헨로상의 행렬이 비춰지고 있다. 나는 그런 아이들의 미소를 통해 미래의 오헨로상의 모습을 자연스럽게 상상할 수 있었다. 그들에게 오헨로상은 더 이상 낯선 순례자의 모습이 아닌 너무나 익숙한 일상으로 자리 잡았기 때문일 것이다.

13. 식기는 요리의 기모노

【강소영】

'인간에게 미란 무엇인가'라고 끊임없이 물으며 고미술에 대한 날카로운 심미안과 탁월한 미의식을 가지고 기품 있는 작품을 만들어낸 이가 기타오지 로산진(北大路魯山人, 1883~1959)이다. 로산진은 뛰어난 미각의 탐구자이며 요리, 도예, 서화, 전각, 칠기에서부터 건축, 정원 만들기 등의 공간에 이르기까지, 섬세하고 청신한 감성으로 종합예술을 추구했던 사람이라고 할 수 있다.

그는 유명 녹차 광고에 흑백 사진으로 나타나거나, 한국에서는 『맛의 달인』으로 번역된 미식 만화 『오이신보』(美味しんぼ)에 나오는 오만불손한 미식 도예가의 모델이기도 하며, 최초로 일본요리에 전채라는 발상을 도입하기도 했다. 일본 근대의 시작인 '메이지'부터 '다이쇼', '쇼와'에 걸쳐 격동의 시대를 살았던 로산진은, 시대의 공기를 흡수하고 파악하는 데에 뛰어났던 미의 탐험자로서 일본 대중들에게 널리 사랑받고 있다.

그가 구현한 폭넓은 예술영역 중에서 가장 인기 있는 분야는 도자

로산진이 등장하는 녹차 광고

기이다. 특히, '식기는 요리의 기모노'라 칭하며 맛있는 음식에 어울리는 아름다운 식기를 만들기 위해 직접 도기 제작을 하게 된다. 이러한 로산진은 일제강점기에 두 번의 한국체험을 한다. 로산진의 예술세계는 한국의 미와 어떤 관계가 있는 것일까?

로산진은 28세 때인 1910년 말에 어머니와 함께 한국에 간다. 이복형이 경성역에서 기관수로 근무하기 시작했을 때였다. 그는 어머니의 요청으로 한국행을 결행했는데 이때의 동기를 후에 '모친에 대한 효도와 글씨(書)의 도(道)를 깊이 연구하기 위해서'라고 밝히고 있다. "조선의 생활에서는 여러 가지 수확이 있었지만 조선 도기에 흥미를 갖게 된 것도 그중 하나이다."라는 회고를 통해 약 3년간의 첫 번째 한국 체류(1910.12~1912.?)기간에 한국 도자기에 관심을 갖게 되었다는 사실도 확인할 수 있다.

로산진은 조선총독부 산하 인쇄국의 관리로 일했는데 근무하는 틈틈이 고미술품 및 비석(石碑), 전각, 글씨(書)를 보며 돌아다녔다. 일본 문화와 예술의 원천인 한국에는 여러 곳에 고대로부터의 도기, 서화, 전각 등이 남겨져 있었다.

나가하마(長浜)는 이렇게 말한다.

그에게 한국 예술과의 만남은 적어도 그때까지 몰랐던 것을 깨닫는 새로운 경험과 발견의 연속이었을 것이다. 그는 탐욕스럽게 이들 문물을 흡수하고 눈에 깊이 새겼다. 그리고 입수 가능한 것은 사들였다. 당시는 놀랄 만큼 염가로 귀중한 물건을 손에 넣을 수 있었다.

그리고 귀가하면 그 문물을 손에 들고 붓으로 베껴보는 나날이 이어졌다. 로산진은 진정한 미를 발견한 기쁨으로 매일 매일 충만했다. 한국 체류는 로산진이 본래 가지고 있던 능력을 개화시키는 계기가 되었던 것은 틀림없다. 그 정도로 결기 넘치는 정진을 하지 않았다면 후의 기타오지 로산진은 없었다. 로산진의 생애 속에서 이 시기만큼 일사불란하게 공부와 연구에 매진했던 때는 없었다고 해도 좋다.

이 글은 로산진이 얼마나 한국 예술의 흡수에 매진하는 나날을 보냈으며 그 경험이 후에 얼마나 굳건한 로산진 예술 세계의 토양을 형성했는지를 말해준다.

1927년 10월, 로산진은 '로산진가마예(窯芸)연구소 호시오카가마'라는 이름으로 도자기 가마를 발족시켰다. 직인의 주택과 작업장, 참고관도 지었는데, 다른 도예가와 도방에 유례없는 설비는 참고관이었다. 여기에는 중국 도자기 뿐만 아니라 고려의 청자, 일본도기, 페르시아, 네덜란드, 프랑스 등의 옛 도자기를 2~3천여 점 수집, 소장하고 있었다. 도자기 조각들을 참고로 흙이나 유약의 성질도 잘 이해할 수 있었다. 그는 이러한 설비와 자료를 1925년 3월에 개업한 요릿집 호시오카의 성공에서 나오는 이윤으로 충당할 수 있었으며, 마침내 우수한 직인을 두고 도기제작 체제의 만반을 갖추게 되었던 것이다.

바로 이즈음 두 번째로 한국을 방문하여 한 달간 체류하게 된다.

나는 1928년, 조선에 옛 가마터 탐사와 도기원료 수집을 목적으로 건너갔다. 5월 1일부터 30일까지 조선반도의 경성에서 동쪽을 거의 전부 여행했다. 이때 강진군, 즉 목포 조금 못 미쳐 있는, 강진에서 고려청자의 가마터를 살피고, 많은 자료를 수집하여 돌아오는 길에 암초가 많은 해안을 따라 순천·마산·부산 방면으로 여행하며 돌아다녔다.

로산진은 45세 때인 1928년 5월 1일부터 한 달간 한국의 '옛 가마터 탐사와 도기원료 수집'을 목적으로 한국에 갔다. 이 시기는 가마쿠라에 가마가 완성된 지 얼마 안 되어 여행을 할 때가 아니었지만 어떻게 해서든지 한국의 청자와 백자 등을 보고 조사하며 모으고 싶었기 때문이었다. 게다가 조선철도부설 중에 엄청난 도자기가 발굴되고 있다는 신문 보도도 시급히 도항을 하게 된 계기가 되었다. 한국에 오기 전에 '미식구락부', '요릿집 호시오카'의 단골이었던 귀족원의장 도쿠가와(德川家達)가 조선총독 야마나시(山梨半造), 정무총감 이케가미(池上四郎) 두 사람 앞으로 소개장을 써주었기 때문에 어디에 가든지 공용차에 경호경관이 붙은 호화로운 여행이었다.

시모노세키에서 배로 부산에 가서 대구, 대전을 경유하는 철도로 경성으로 직행했다. 계룡산, 강진, 순천, 하동, 언양, 경주 등의 옛 가마터를 보며 돌았다. 이 여행에서 조선의 옛 가마를 거의 볼 수 있었기에 상당히 큰 공부가 되었다. 수천 엔을 소지했던 로산진은 트럭 한 대분의 도자기를 손에 넣어 일본으로 보냈다고 한다. 가마쿠라 가마에서 이때 계룡산에서 가져온 흙을 사용하여 술병(德利)과 다완을 만들었는데 표면이 견고하고 그림도 잘 그려지는 좋은 것이 만들어졌다고 한다. 이 시기에 계룡산의 흙으로 만든 것에는 '조선흙(朝鮮土)'이라고 상자에 서명날인이 되어 있다.

로산진은 이 조선 가마터 조사 때 일본으로 보낸 계룡산과 하동의 흙으로 고히키(粉引き), 하케메(刷毛目), 미시마(三島), 에히케메(繪刷毛目) 등을 녹로로 제작하여 완성해 나간다. 로산진이 1927년 본격적인 도기제작을 위해 호시오카 가마예연구소를 설립한 후에 제일 먼저 한 일은 1928년 한 달간의 조선의 옛 가마터 탐사와 도기원료 수집 여행이었다. 그의 도기 제작 토양을 형성하고 초석을 다지게 한 것은 한국의 도예였다고 할 수 있을 것이다.

로산진이 '일본적인 것'에 눈을 뜬 계기는 한국의 예술을 공부하면서부터였다. 1932년부터 1935년 무렵의 일로, 자신의 몸 안에 싹튼 이 새로운 감각에 따라 한국 도자기에 대해서 다음과 같은 감상을 피력하고 있다.

고려 항아리

한국의 도기는 소위 당나라 것과 달리, 그 제작기교 및 느낌이 일본인의 성격과 공통된 점이 있어서 중국의 것보다도 한층 친근함을 느낀다. 이 '고려 항아리'도 대단히 순수해서 빈틈이 있어 보이면서도 빈틈이 없이 모든 것이 자유로운 느낌으로 이루어져 있다. 이것이 이 항아리의 취할 점이다. 게다가 시대가 그렇게 만드는 것인지 강건하다. 초라한 것을 조금도 갖고 있지 않다. 그러나 일본인이 좋아하는 그윽하고 품위 있는 것을 풍부하게 갖추고 있다.

고려 자기에 대한 솔직한 감상을 드러내며 매우 높게 평가하고 있지만 2년 후인 1934년 글에서는 '강건'한 자기의 미적 요소가 '저력이 빠진'으로 바뀌게 된다. 식민지 조선에서 출발한 아름다움은 '순연한 일본 정신'으로 옮겨간다. 1938년에는 국수주의적일 정도로 일본예술 예찬을 하게 되는데, 이러한 미학의 변화는 사실은 중일전쟁의 확대에 의한 일본 제국주의의 고양과 깊은 관계가 있다.

'아미(雅美)'라는 말은 로산진이 만든 조어인데, 1938년 6월 『아미생활(雅美生活)』 창간호에서 그는 다음과 같이 설명하고 있다.

천 오백 년간의 옛 미술, 예술을 오랫동안 걸으며 알게 되는 것은 세계 어느 것보다도 일본의 미술, 예술이 범상치 않고, 일본의 성격과 국민성으로 심혼의 활동이 비범하고 뛰어나다는 점이다. 품격도 가장 높다. 당연한 이야기지만 그윽한 빛도 가장 강하다. 회화나 일반 공예 모두 그러하다. 일본 이외에 태어난 사람은 상식을 초월하여 생각지도 못할 정도의 월등한 일을 해낼 수 있는 천성이 결여되어 있다.

'아(雅)'-품위가 있는 것, 풍정이라고 할까, 맛이라고 할까, 예술상 없어서는 안 되는 것을 도무지 타고나지 않았다. 조선에 얼마간의 '아(雅)'의 종자

『맛의 달인』 일본판

가 보이지 않는 것도 아니지만, 애석하게도 그것을 키워서 강하고 높게 살리려는 기량이 주어지지 않았기 때문에 속아(俗雅), 속미(俗美)로 끝나고 있다. 아(雅)의 요소는 이치로 만들 수 있는 것이 아니다. 이성으로 태어나는 것도 아니다. 나라와 사람들의 성격에 뿌리를 내리고 태어난 불가사의한 맛이다. 틀림없이 일본민족이 지구상의 누구나 갈망하면서도 이루기 어려운 목표를 이뤄낸 포상으로 주어진 하늘의 선물이다.

로산진의 식기

지면 가득 히노마루 그림을 올린 이 잡지의 글은 일본민족에 대한 자부심과 찬미로 넘치고 있다.

로산진의 예술세계는 1910년부터 3년간, 그리고 1928년에 직접 한국 땅에서 접하고 공부한 한국의 미에서 출발했지만 1930년대 일본제국주의의 팽창과 더불어 '아미(雅美)'라는 '일본정신'의 발양을 내포하는 국수주의적 미학의 세계로 전환되었다. 이것은 그의 미학적인 변화 이외에 중일전쟁 발발에 의한 일본인의 의식 변화와 밀접히 관련되는 것이었다.

현재 로산진의 대표적인 작품으로 알려진 90 퍼센트 이상이 1936년 이후의 것이다. 한국과 중국의 미에서 탈각하여 일본 예술 예찬과 일본정신을 부르짖기 시작한 당시 로산진의 미학에는 시대 영합적인 일본주의 정신이 숨어있다고 볼 수 있다. 최근 들어 로산진의 인기가 더욱 높아지고 있는 것은 더욱 강화하고 있는 일본 사회의 배외 내셔널리즘 및 국수주의적 분위기와 전혀 무관하지 않아 보인다. 일본국민만이 가지는 배타적 미의 기억을 공유하게 하는 기능을 1936년 이후의 로산진의 예술세계가 제공하고 있는 측면이 있다고 볼 수 있을 것이다.

14. 사라진 일본 단오절 풍습, 인지우치

【김미진】

일본의 단오절은 5월 5일로 남자아이가 건강하게 성장한 것을 축하하는 날이라는 의미를 갖는다. 이 날은 창포를 처마 끝에 장식하거나 창포물로 목욕을 하거나, 창포를 잘라 담근 술을 마시는 풍습이 있어 '창포의 절구'(菖蒲の節句)라고도 불렸다. 일본어로 '창포'(菖蒲)의 발음이 무도를 중요시 한다는 '상무'(尙武)와 같기 때문에 남자아이가 용맹하게 성장하기를 바라는 마음을 담아 다양한 풍습이 생겨나게 된 것이다. 5월이 되면 남자아이가 있는 집은 지붕이나 집 앞에 '고이노보리'(鯉のぼり)라고 하는 잉어 모양의 깃발을, 집 안에는 갑옷과 투구, 무사 인형(武士人形)을 장식한다.

이와 같은 풍습은 현대 사회에도 그 맥이 이어지고 있지만, 사라진 단오절의 풍습도 존재한다. 그것은 바로 '인지우치'(印地打)이다. 인지우치의 '인지'(印地)는 '돌 던지기', '우치'(打)는 '맞추다'라는 의미를 지닌다. 이러한 돌 던지기 싸움을 단오절에 행했다는 사실이 여러 고문헌에서 기술하고 있다. 예를 들어, 이치조 가네요시(一条兼良)의 『세이겐

몬도』(世諺問答, 1544년 간행)에는 '5월 5일 아이들의 인지우치'(印地打)라는 제목으로 소년들이 강을 사이에 두고 서로에게 돌을 던지고 활을 쏘는 모습이 〔그림1〕과 같이 생생하게 그려져 있다.

히시카와 모로노부(菱川師宣)의 『쓰키나미노아소비』(月次のあそび, 1692년 간행)에도 〔그림2〕와 같이 단오절에 소년들이 강가에서 돌싸움을 하는 장면이 묘사되어 있다. 그리고 이에 대해 다음과 같이 설명하고 있다.

교토(京都), 시골에서도 노소를 막론하고 서로 뒤엉켜 강가에 나가서 돌싸움인 인지키리(印地切)를 한다. 동서로 나뉘어 서로 승부가 결정날 때까지 양쪽을 상징하는 깃발을 세우고 돌을 서로 던진다.

〔그림2〕『쓰키나미노아소비』 삽화의 오른쪽과 왼쪽 페이지에 서로 다른 문장의 깃발이 그려져 있듯이, 두 진영으로 나누어 승부가 결정날 때까지 돌 던지기 싸움을 했음을 알 수 있다.

이와 같은 일본의 단오절 풍습을 조선통신사도 경험하였다. 한양을 출발한 조선통신사 일행은 부산에서 오사카(大坂)까지는 해로를 통해 그 이후는 육로를 이용해서 에도(江戸)를 향해 갔다. 조선통신사는 방일 중에 일본 각지를 통과하면서 다양한 연중행사를 경험하였는데, 그중 제1회 조선통신사 일행은 에도, 제5회는 쓰시마, 제10회는 이바초(伊庭町)-지금의 시가현(滋賀県) 히가시오우미시(東近江市)-, 제11회는 오사카, 제12회는 쓰시마에서 단오절을 보냈다. 이 중 제1회 조선통신사의

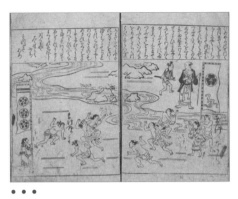

〔그림2〕『쓰키나미노 아소비』, 9丁裏 · 10丁表

사행록에 보이는 단오절에 행해진 인지우치(印地打)라 불리는 석전(石戦)에 관한 기술이 매우 흥미롭다.

제1회 조선통신사의 부사인 경섬의 사행록『해사록』(海槎録)에는 그들의 눈에 비친 단오절의 풍습에 대해 다음과 같이 기술하고 있다.

흐렸다 개임. 강호에 머물렀다. 지관이 떡 세 그릇을 올렸다. 왜국의 달력은 중국과 하루 차이가 나므로, 달의 대소(大小)와 날의 진퇴(進退)가 혹 같지 않다. 올해는 윤달이 4월에 들었기 때문에 오늘을 단오(端午)로 삼는다 했다. 초하루부터 남자가 있는 집은 각기 종이 기[紙旗]를 세워 싸움을 보고 하는 도구로 삼아 미리 용맹을 기른다. 이 날이 되면 먼저 아이들을 곳곳에 모아, 이쪽 저쪽이 대진(対陣)하여 돌로 투석전(投石戦)을 마구 벌이는데, 마치 우리나라의 씨름놀이처럼 한다. 오후에는 원근의 장정이 귀천을 가리지 않고 창과 칼을 메거나 들고, 뒤질세라 분주히 모여들어 수천 명이 떼를 지어 진을 치고 상대하는데, 그 나아가고 물러나고 앉고 일어서며, 모이고 헤어지고 유인하는 형세는 한결같이 전법(戦法)에 의거하였다. 각기 정

121

예(精銳)를 내보내어 칼로 교전하되 나아가기도 하고 물러서기도 하며, 서릿발 같은 칼날은 햇빛이 쏘는 것 같다. 서로 다투어 치고 죽여, 죽음을 봐도 굳세게 나아가는데 해가 저무는 것을 시한으로 삼는다. 죽은 자가 많게는 40여 명이나 되고, 그 나머지는 어깨가 잘리고 다리가 베어져 상처를 입고 돌아온 자가 이루 다 기록할 수 없다. 살인의 많고 적음을 가지고 승부를 결정한다. (중략) 왜관이 와서 말하기를, "우리나라가 이날에는 으레 이 놀이를 베풀지만, 사신이 묵고 계시는 관에서 지극히 가까우니, 만약 요란스럽다면 금지하겠습니다." 하기에, 국속(国俗)을 금지할 것이 없다는 뜻으로 대답하였다. 대개 일본의 국속은 사람 잘 죽이는 것을 담용(膽勇)으로 삼는다. 그러므로 살인을 많이 하는 자는 비록 시정(市井)의 천한 사람일지라도 성가(声価)가 곧 배로 오르고, 두려워서 회피하는 자는 비록 권귀(権貴)의 자제일지라도 온 나라가 버려서 사람들에게 용납되지 못한다. 그 삶을 가벼이 여기고 죽기를 즐겨하는 풍속이 이와 같다.

제1회 조선통신사는 1607년 5월 29일부터 6월 14일까지 에도에 머물었다. 이 해는 4월이 윤달이었기 때문에 에도에 체재하던 중인 6월 5일에 통신사 일행이 머문 숙소-혼세이지 절(本誓寺), 현재의 도쿄도(東京都) 후카가와쿠(深川区) 나카다이쿠초(仲大工町)-에서 일본의 단오절 풍속을 경험하게 된 것이었다. 그들의 눈에 비친 단오절의 풍속은 과히 놀라지 않을 수 없었다. 소년들이 양쪽으로 나뉘어 투석전(投石戦)을 펼치며, 오후에는 수천 면의 젊은이들이 창과 검으로 싸오는데 그 모습이 마치 전투와 같았다고 묘사하고 있다. 이를 바라본 통신사 일행은 일본인은 생명을 경시하는 풍조가 있다는 견해를 내비치고 있다.

단오절의 돌 던지기 싸움인 인지우치는 '인지키리'(印地切)로 명칭이 바뀌었다가 나중에는 '쇼부우치'(菖蒲切) 바뀌었다고 한다. 이에 대해서 류테이 다네히코(柳亭種彦)는 『요샤바코』(用捨箱, 1841년 간행)에 다음과 같이 설명하였다.

> 단오절의 인지우치는 '인지키리'(印地切)로 명칭이 바뀐다. 1644~1652년에는 어린 아이들이 장난삼아 싸웠다는 내용이 『무카시무카시 모노가타리』(昔々物語)에 자세히 적혀 있다. 그리고 인지키리는 얼마 안 가 '쇼부우치'(菖蒲打)로 바뀌게 된다. 『주코 후조쿠시』(中古風俗志)에는 "1716~1736년경에는 곳곳에 있는 넓은 공터에 아이들이 모여서 커다란 창포 줄기 3개로 밧줄을 만들어 지나가는 아이들을 놀라게 하여 주저앉게 하고, 또는 장대 등으로 왕래하는 아이들을 (깜짝 놀래켜) 주저앉게 했다." (이하 생략)

단오절의 인지우치는 17세기 초반에 행해진 이래로 중반에 이르러 인지키리로 명칭이 바뀌었고, 18세기에 들어서 결국 창포 줄기로 아이들을 놀라게 하는 놀이인 쇼부우치로 바뀌게 되었다. 즉, 돌 던지기라는 단오절의 풍속인 인지우치는 시대의 변화와 함께 변용되어 결국 사라진 것이다.

15. 음악과 춤으로 채색되는 교류의 시공간, 부가쿠

【이부용】

우리 문화의 전통무용이라고 하면 부채춤이나 강강수월래와 같이 여러 명이 추는 춤, 장고춤이나 북춤처럼 특정한 악기와 함께 공연하는 춤, 사자춤이나 학춤처럼 동물의 모습을 흉내낸 춤, 처용무처럼 설화를 바탕으로 한 춤 등이 떠오른다. 춘앵전과 같이 봄날의 꾀꼬리 소리를 바탕으로 만들었다는 연원을 가진 춤도 있다.

한편 일본의 전통무용이라고 하면 마쓰리(祭り) 때 행해지는 아와오도리(阿波踊り)와 같은 집단무용, 노(能)나 가부키(歌舞伎)에서 볼 수 있는 배우들의 춤, 절이나 신사에서 공연되는 춤 등이 생각날지 모르겠다.

나라(奈良)에 위치한 가스가(春日) 신사에서는 매해 12월에 와카미야(若宮) 온마쓰리(おん祭り)를 열고 료오(陵王)나 나소리(納蘇利) 등 관현의 리듬과 곡조에 맞추어 동작을 하는 춤을 봉헌한다. 이것은 역사상 오래 전부터 전해내려온 춤들로 부가쿠(舞楽)라고 부르는데 보다 넓은 범위의 구분으로는 가가쿠(雅楽)에 속한다.

한자로는 동일하게 표기하지만 한국에서 아악(雅樂)이라고 하면 넓은 의미의 궁중 음악 전반을 의미한다. 그 시초는 고려시대에 송나라에서 들어온 국가 제례에 사용하는 음악으로 조선 세종 때 정비되었다. 현재 남아있는 대표적인 아악으로는 문묘제례악을 들 수 있는데 매년 2월과 8월 성균관이나 지방의 향교에서 열리는 석전(釈奠) 때 이를 감상할 수 있다.

일본에서 가가쿠(雅楽)라고 하면 대체로 과거에 궁중이나 귀족들이 행사에서 즐기던 음악을 말하는데 크게 네 가지 종류로 분류할 수 있다. 춤이 수반되는 부가쿠(舞楽), 악기 연주가 중심이 되는 간겐(管絃), 곡조에 맞추어 가사를 읊조리는 우타모노(歌物), 그리고 일본 고유의 춤을 말하는 국풍가무(国風歌舞)이다. 이 중에서도 부가쿠에 대해 자세히 살펴보자.

일본 고대에는 아즈마아소비(東遊)처럼 고유의 춤도 있었지만 중국과 한반도 및 그 외 지역에서 받아들인 춤들도 있었다. 정치외교적 교류나 불교를 중심으로 한 문화교류에 예술 공연은 반드시 포함되었고 이를 계기로 외국의 춤들이 일본으로 전해졌다. 또한 이 춤들은 그 이후에도 형태를 보존하며 전승되어 갔다. 대표적 예로는 8세기 중엽 동대사(東大寺) 대불 개안공양회 때 외교사절을 초대하였고 고구려, 백제, 신라의 춤들이 연행된 일을 들 수 있다.

헤이안(平安) 시대에 이르게 되면 외래로부터 전해진 춤들은 좌무(左舞)와 우무(右舞)로 나뉘어지고 악무의 공연형태가 정착되게 된다. 이러한 이분법적 춤과 악곡의 구분을 좌방악, 우방악이라 부르는데 크게 중국 계통, 한반도 계통으로 묶어 각각 도가쿠(唐楽), 고마가쿠

(高麗楽)라고 칭한다. 공연 때 좌방악은 붉은색 옷을 많이 입고, 우방악은 푸른색 옷을 많이 입는다. 또한 무용수가 등장할 때 좌방악에서는 무대의 왼쪽에서 등장하고 우방악에서는 무대의 오른쪽에서 등장한다.

이렇게 좌우로 나뉜 부가쿠는 두 팀으로 나누어 승부를 경쟁하는 스모(相撲) 경기나 활쏘기, 말달리기 시합 등에서 자주 공연되었다. 미리 승리의 부가쿠를 정해서 연습해두고 이긴 팀이 먼저 승리의 부가쿠를 공연하는 형태를 띄었다. 『가게로 일기』(蜻蛉日記)에는 저자의 아들이 활쏘기 대회를 위해 춤 연습을 하는 장면이 나오기도 한다. 마치 오늘날 야구시합의 마지막 경기에서 각 팀이 세리머니를 준비해두는 것처럼 부가쿠를 준비한 것을 상상해볼 수 있겠다.

좌우로 짝을 지어 공연되는 곡목을 쓰가이마이(番舞)라고 한다. 쓰가이마이는 대칭을 이루는 곡으로 세트로 공연되는 경우가 많았다. 에도(江戸) 시대에 아베 스에히사(安倍季尚)가 정리한 『악가록』(楽家錄)에는 그간의 역사 속에서 공연된 쓰가이마이가 기록되어 있다. 대표적인 곡으로는 다음과 같은 예를 들 수 있다.

좌방악	우방악
만자이라쿠(万歳楽)	엔기라쿠(延喜楽)
가료빈(迦陵頻)	고초(胡蝶)
산주(散手)	기토쿠(貴德)
료오(陵王)	나소리(納蘇利)

만자이라쿠와 엔기라쿠는 정제된 동작의 평무(平舞)로 기원이나 축원의 의미가 담겨 있다. 가료빈과 고초는 각각 불교와 노장사상에서의 이상향을 나타내고 날개 달린 의상을 입는다는 점에서 유사하다. 산주와 기토쿠는 창을 들고 춤추는 모습이 유사하다. 료오는 용이 달린 가면을 쓰고, 쌍룡무라는 별칭을 갖는 나소리는 용과 관련된 춤이라는 점에서 유사하다. 두 춤 모두 동작이 역동적인 하시리마이(走舞)이다. 료오는 라료오(羅陵王)라고도 불리며 나소리는 두 명이 출 때 라쿠손(落蹲)이라 부른다.

료오와 나소리가 쓰가이마이로 공연된 역사적 예로는 히가시산조인 센시(東三条院詮子)의 40세 수연(寿宴) 때 손자들이 춘 춤을 들 수 있다. 때는 1001년 10월 9일의 일이다.

또한 고 뇨인의 수연 때 이 관백님(요리미치)이 료오를 추고, 동궁대부님(요리무네)이 나소리를 췄는데 그 멋진 모습은 어땠을까. 료오는 정말로 기품있고 우아하게 추셨다. 상으로 옷을 하사받았는데 춤이 끝나자 옷을 떨어뜨리고 천진난만한 얼굴로 퇴장하시니 귀여움과 사랑스러움은 비교할 이가 없겠다고 생각될 정도였다.

그런데 나소리도 정말 훌륭하고 또한 이 춤은 본래 이렇게 추는 것이라고 생각될 정도로 잘 추시니 상으로 이쪽도 정말로 어깨에 가득하게 옷을 걸쳐 받았다. 그러자 무동은 말없이 다시 한 자락 춤을 추어 보였다. 이에 여흥 또한 각별하여 과연 이렇게 하는 것이 정석이구나 라고 생각될 정도였지요.

위 인용문은『오카가미』(大鏡)라는 역사 이야기(歷史物語) 속에 나오는 내용으로 할머니 센시의 장수를 축하하기 위해 손자들이 춤을 춘 이야기를 그리고 있다. 당시에는 평균 수명이 길지 않았기에 헤이안 시대 귀족사회에서는 40세부터 10년 단위로 잔치를 벌였다.

이 작품 자체는 역사를 소재로 하여 창작한 이야기로 긴 세월을 살아온 할아버지와 할머니가 가타리테(語り手, 나레이터)가 되어 이야기를 들려주는 형식으로 되어 있다. 이 에피소드는 실제로 있었던 일을 바탕으로 하고 있다. 1001년 10월 9일 후지와라 미치나가(藤原道長,966~1028)의 어머니인 센시의 수연을 축하하기 위해 두 손자, 미치나가의 장남 요리미치(賴通)와 차남 요리무네(賴宗)가 각각 료오와 나소리를 추었다. 당시에는 춤을 잘 추면 옷을 하사품으로 내렸는데 10살이었던 요리미치가 하사받은 옷을 어떻게 하는 줄도 모르고 어린이다운 천진한 모습으로 춤을 마치고 퇴장했다는 모습은 미소를 자아낸다. 한편 어머니가 다른 동생 요리무네(9세)는 하사받은 옷을 어깨에 걸고 답례로 다시 한 번 춤사위를 펼쳤다고 하니 무대 매너가 남다른 것 같기도 하다. 이렇게 많은 관객들의 주목을 받는 부가쿠 공연은 수연의 백미를 장식하는 화려한 퍼포먼스였다.

료오 공연의 문맥은 헤이안 시대의 산문문학『겐지 모노가타리』(源氏物語)에서도 찾아볼 수 있다. 작품을 3부 구성으로 나눌 때 제2부의 후반부에 해당하는 미노리(御法)권에는 여주인공 무라사키노우에(紫上)가 법화경(法華經) 천부(千部) 공양을 마치고 베푸는 연회가 그려진다. 이러한 묘사를 통해 보면 부가쿠 공연은 법회가 끝난 후 여흥으로 공연

식기는 요리의 기모노

된 측면도 있음을 알 수 있다.

밤새도록 존귀한 법회에 맞추어 끊임없이 울리는 북소리가 정취있다. 점점
엷게 밝아져 가는 여명에 안개 사이로 보이는 여러 꽃들도 봄의 계절에 마
음을 멈추게 하는 향기를 퍼뜨리고 여러 새들의 지저귐도 피리 소리에 못
지않게 들리는데 마음의 감동도 즐거움도 다해갈 즈음이었다. 료오 춤을
추며 급(急)의 곡조에서 마칠 때의 음악이 화려하고 야단스럽게 들리니 참
가자들이 하사품으로 내리려고 벗어둔 옷들의 다양한 색깔들도 때가 때인
만큼 멋지게만 보인다. 친왕들은 상달부 중에서도 솜씨가 좋은 이들이 남
김없이 놀이를 즐긴다. 무라사키노우에는 윗사람 아랫사람이 마음을 터놓
고 흥취가 있는 기색이 도는 것을 보시면서도 인생이 얼마 남지 않은 몸임
을 떠올리고 마음 속으로 여러 일들을 슬프게 느끼신다.

여기서는 힘차고 역동적인 료오 공연을 보면서 이와 대비적으로
살 날이 얼마 남지 않은 무라사키노우에가 인생의 회한을 느끼는 부분
이다. 어린이나 젊은이들이 화려한 옷을 입고 춤추는 부가쿠는 북과 피
리 등 관현 악기의 울림 속에서 힘찬 동작을 연출하며 재미를 선사한
다. 문학작품 속에서는 이런 료오의 이미지를 차용하고 있다.

부가쿠 등을 총칭하는 가가쿠는 1955년에 일본의 중요무형문화재
로 지정되고, 2009년에는 유네스코 무형문화유산목록에 지정되어 일
본의 중요한 전통 중 하나로 인식되고 있다.

온라인에서는 국립극장과 연계된 일본예술문화진흥회의 홈페이지

129

'雅樂, 한·일 영혼의 울림' 포스터

'문화디지털 라이브러리'를 통해 가가쿠의 종류, 사용되는 악기, 부가쿠 공연 모습, 춤의 형태와 기법, 의상과 가면 등을 비롯하여 현재까지의 공연에 대한 정보를 찾아볼 수 있다. 객석에서는 잘 보이지 않는 의상이나 악기의 세세한 무늬까지 선명하게 볼 수 있는 좋은 자료이다.

부가쿠의 전승과 교육을 맡고 있는 곳으로는 궁내청(宮内庁) 가가쿠부(雅樂部)를 들 수 있다. 이는 궁중 전속의 음악기관으로 여러 의식, 향연, 원유회(園遊会) 등의 음악을 담당하여 즉위식과 장례식 등 공식행사의 연주와 공연을 맡는다. 이들의 공연은 제한된 범위 내에서 공개하고 있는데 춘계에는 문화단체, 외교사절, 추계에는 일반인을 대상으로 연 2회 정기공연을 열고 있다. 그 외 국립극장 등에서도 공연을 열고 있다.

최근에는 한국 아악과의 교류도 조금씩 이어지고 있다. 2002년은 FIFA 한일월드컵 공동개최를 기념으로 문화교류 행사가 열렸다. 한국의 국립국악원 정악연주단과 일본의 궁내청 가가쿠부는 도쿄와 오사카, 서울과 부산에서 합동연주회를 열었다. 아악과 가가쿠는 각 문화에서 다르게 전개되었지만 서로 공감할 수 있는 공통점이 많기 때문일 것이다.

또한 2015년 11월에는 한일국교정상화 기념으로 '雅樂, 한·일 영혼의 울림'이 열렸다. 일본의 가가쿠 전문 연주 단체인 레이가쿠샤(伶樂舍)의 아악 공연으로 라쿠손 등이 소개되었다. 동시에 국립국악원 국악박물관에서는 한국과 일본의 아악을 테마로 특별전시도 진행되었다. 이는 전통음악 교류를 통해 서로의 문화를 알아가려는 노력이기도 하다.

부가쿠는 이문화와의 만남이 새로운 문화적 요소를 부여하여 창조된 문화의 예로 볼 수 있다. 그것이 이제 일본의 전통문화가 되어 숨쉬고 있으며 부가쿠가 내뿜는 이문화적 요소들은 다시 외국과의 교류를 가능케 하는 원천이 되고 있다.

일상

16. 우리 아이들을 위한 날

【고선윤】

여자아이들의 축제 '히나마쓰리'

3월 3일은 여자아이의 명절 '히나마쓰리'(ひな祭り)다. 헤이안 시대(794~1185) 딸아이의 무병장수를 기원하는 것에서 비롯된 것이니 천 년의 역사를 간직하고 있다. '히나'는 원래 옷을 입힌 인형이라는 뜻이다. 당시 나무로 만든 인형을 강물에 흘려보내면서 병이나 재앙까지도 함께 보내는 액막이 행사의 하나였는데, 지금도 '히나나가시'(ひな流し)라면서 이런 풍습이 남아있는 지역이 몇 군데 있다.

이것이 오늘날과 같이 빨간 천을 깐 단(ひな壇) 위에 히나인형(ひな人形)을 장식하고 여자아이의 축제로 자리매김한 것은 에도시대(1603~1867)부터의 일이다. 궁전의 여성들이 성대하게 맞이한 이 행사가 훗날 막부의 오오쿠(大奥)-도쿠가와 쇼군의 처첩, 생모, 자녀 및 시녀들이 거처하던 곳-에서, 그리고 일반 서민들 사이에서도 유행했다.

'히나마쓰리'는 복숭아꽃이 피는 시기의 축제여서 '모모노셋쿠'(桃の節句)라고도 하고, 여자아이의 축제라는 뜻으로 온나노셋쿠(女の節

旬)라고도 한다. 이날이 다가오면 어린 딸을 둔 집에서는 히나인형을 장식한다. 천황과 황후의 두 개의 인형만 장식하기도 하지만, 대개 적게는 2단에서 많게는 8단까지 화려하게 장식한다. 최상단에는 천황과 황후의 인형, 그 아랫단부터는 궁녀, 궁중대신, 음악연주자, 가재도구, 우마차 등을 화려하게 배치한다. 히나인형만이 아니라 히시모치(菱餅)-떡-와 시로자케(白酒)-누룩과 술로 만든 희고 걸쭉한 단술-, 과자 등도 함께 단 위에 올린다. 3월 3일 축제를 마치면 바로 치워야 한다. 그러지 않으면 딸아이의 혼사가 늦어진다는 속설이 있다.

후쿠오카 남부에 위치한 야나가와(柳川)는 옛 성읍을 가로지르는 수로로 유명한 도시다. 여행자를 실은 쪽배는 잔잔한 물결을 일으키면서 시간을 역행하고 낭만을 선사한다. 1738년 야나가와 번주(藩主) 다치바나 사다요시(立花貞俶)는 가족을 위한 쉼터를 이곳에 마련하는데, 사람들은 이것을 '오하나'(御花)라고 했다. 메이지 시대

(1868~1912)에는 다치바나 백작의 저택이 되었고, 14대 당주 도모하루(寬治)는 서양식과 일본식 건물을 같이 배치해서 당시 유행하는 형식의 저택으로 갖추었다. 마당에는 흑송으로 둘러싸인 연못이 있고, 대지 7천 평에 이르는 오하나는 '다치바나 정원'으로 명명되면서 일본의 명승지가 되었다. 2011년의 일이다.

2월 초에 규슈를 여행했다. 야나가와 번주 다치바나의 저택 '오하나'는 온통 히나마쓰리의 인형들로 가득했다. 들어가는 입구에서부터 구석진 방 하나하나에 다양한 모양의 히나인형들이 화려하게 장식되어 있었다. 긴 복도를 지나기 전 벽면에는 몇 개의 사진이 걸려 있었는데, 다치바나 14대 집안 가족사진도 있었다. 온 가족이 함께 한 사진이었지만 나에게는 할머니, 며느리, 딸들의 모습만 왜 그리도 또렷하게 기억되는지 모르겠다. 서양식 건물 앞에 안경 쓴 며느리의 모습에서는 메이지 시대를 살아간 여자의 향기가 느껴졌다. 흑백사진이 가지는 묘한 이미지와 함께 히나마쓰리의 화려한 색상은 '오하나'를 더욱 매력적으로 장식했다.

야나가와 히나마쓰리에는 다른 곳에서는 좀처럼 볼 수 없는 특별한 것이 있다. '사게몬'(さげもん)이라는 것인데, 굳이 말한다면 '모빌'이라고나 할까. 여자아이가 태어나면 이 아이의 행복과 건강, 무병무탈, 좋은 혼처 등을 기원하면서 친가에서는 히나인형을, 외가에서는 사게몬을 보내는 풍습이 있었다. 사게몬은 할머니와 친척들이 손으로 직접 만들어서 선물하는데, 히나 단의 좌우에 장식한다. 부잣집에서는 화려하게 만들어서 손님들을 초빙해 보여주기도 하고, 그렇지 못

여자아이 출생시 외가에서 보내는 사게몬

한 집에서는 히나 단 대신 이것만 장식하기도 한 모양이다.

대나무로 원을 만들고 거기에 붉은색과 흰색의 천을 두른다. 그리고 7개의 줄을 늘어뜨린 다음 다양한 모양의 '행운을 부르는 장식품'(緣起物)을 단다. 하나의 줄에 7개의 장식품을 단다고 하니, 모두 49개의 장식품을 다는 셈이다. 중앙에는 커다란 장식 공을 2개. 그러면 모두 합해서 51개의 장식품이 달린 모빌이 완성된다. 행운을 부르는 장식품에는 여러 가지가 있는데 그것이 상징하는 바가 재밌다.

- 기어가는 아이 – 태어나서 처음 기어갈 때 부모의 기쁨
- 복주머니 – 마음의 풍요로움
- 토끼 – 얌전하고, 설산(雪山)을 건강하게 뛰어다닌다
- 비둘기 – 행복과 평화의 심볼
- 병아리 – 귀엽고 천진난만
- 쥐 – 자식 복
- 대합 – 두 남자를 섬기지 않는다
- 표주박 – 무병식재(無病息災)
- 매화 – 추위를 이기고 봄에 가장 먼저 핀다
- 산반소(三番叟, 광대) – 축하하는 자리에서의 춤

〈다치바나 저택의 설명문 참조〉

더 재미난 사실은 '51' 숫자가 상징하는 바이다. '인생 50년'이라는 시대에 조금이라도 더 오래 살기를 바라는 부모의 바람'이라고 한다. '인생 50년'이라…. 그 참, 그리 오래 전의 이야기는 아닌 것 같은데.

등용문의 주인공 '고이노보리'

오랜 외국생활을 정리하고 귀국한 친구의 집을 찾았다. 주름이 하나둘 늘어난 친구의 얼굴이 무척 반가웠는데, 순간 나를 매료시킨 건, 그녀의 환한 얼굴이 아니라 거실 벽 하나를 장식하고 있는 8쪽 병풍이었다. 금박지 위에 수십 마리의 크고 작은 화려한 빛깔의 잉어가 헤엄치고 있는 그림인데 얼마나 정교하고 아름다운지, 보고 있자니 빠져드는 느낌이었다.

잉어라면 출세의 관문을 뜻하는 '등용문'의 아이콘이 아닌가. 황하의 물길을 따라가다 보면 중국 상서성에 이르러 물살이 빠르고 험한 폭포를 이루는 곳이 있는데, 이곳의 지명이 '용문'(竜門)이다. 그 밑에는 거센 물기둥을 거슬러 올라가고 싶어 하는 많은 잉어들이 살고 있어서 매년 봄, 물이 불어나면 다투어 급류를 향해서 몸을 날려 튀어오르는 잉어들의 모습을 볼 수 있다. 그중 힘세고 용맹한 잉어가 마침내 물살을 뚫고 오르면, 비늘이 거꾸로 돋고 용으로 변하여 하늘에 오른다는 '어변성룡'(魚変成竜)의 고사가 있다. 등용문은 여기서 비롯된 말이다. 당나라 때는 과거급제를 의미했고, 지금은 어려운 관문을 통과해서 입신양명하는 것을 이렇게 말한다.

그리고 또 하나의 뜻이 있다. 『후한서』「이응전」(李膺傳)에 '선비로

'등용문'의 아이콘이 된 잉어

서 그가 가까이 하는 사람을 등용문이라고 하였다'(士有被其容接者 名爲登龍門)라는 구절이 있다. 성품이 고결하여 천하의 모범이라고 칭찬을 듣는 자인지라 젊은 관료들은 그와 알게 되는 것을 '등용문'이라며 자랑스럽게 여겼다는 것이다. 『선조수정실록』에도 '이영은 어려서부터 재주가 뛰어나고 행실이 훌륭했다.…당시 그를 흠모하고 존중하여 그와 만남이 있는 사람은 마치 용문에 오른 것처럼 여겼다'(嶸幼有逸才至行…一時慕尙 被接者如登龍門)라는 구절이 있는 것으로 보아, '등용문'에는 '훌륭한 인물과의 만남'이라는 뜻도 있는 것 같다.

어려움을 딛고 용이 되어 승천하기 위해서는 훌륭한 자와의 만남 없이 혼자서는 불가능한 일이다. 나는 그렇게 생각한다. 살아감에 있어서 사람과의 만남만큼 더 소중한 것이 있으랴.

여하튼 중국의 등용문 고사는 우리에게도 그대로 받아들여져, 잉어를 용종(竜種)으로 보고 입신출세를 상징한다.

유네스코 세계문화유산으로 등록된 창덕궁은 산세에 의지해 자연속에 살포시 들여놓은 듯한 궁인데, 가장 사랑을 받는 곳은 역시 부용정이 두 다리를 담그고 있는 인공연못 부용지가 아닐까 생각한다. 부용지의 축대 동남쪽 모서리에는 물 위로 솟구치는 잉어의 돌을새김이 하나 있다. 용문의 어변성룡 고사는 이곳에서 고스란히 재구성된다.

부용정 맞은편 높은 언덕 위로는 주합루(2층)와 규장각(1층)이 있다. 여기에 이르기 위해서는 구름무늬를 조각한 돌계단을 올라 어수문(魚水門)을 통과해야 한다. 왕은 어수문으로, 신하는 어수문 옆 작은 문으로 출입한다. 이른바 어수문은 왕과 신하의 만남을 상징하는 것으로, 부용지의 물고기가 훌륭한 임금을 만나 용이 되고 하늘로 오르는 등용문인 셈이다. 영화당 앞마당에서 과거시험을 치른 인재들은, 어수문을 통해서 왕과 신하가 정사를 논하고 연회를 즐기는 학문과 예술의 전당인 주합루와 규장각으로 오를 수 있다.

5월 5일 일본 하늘에는 천이나 종이로 만든 잉어 모형을 장대에 단 '고이노보리'(鯉のぼり)가 바람을 타고 휘날린다. 이 날을 '단고노셋쿠'(端午の絶句)라고 한다. 중국의 세시풍속 단오에서 유래된 것이다. 음력 5월은 역병이 발생하기 쉬운 달이라 이를 예방하기 위해서 여러 풍습이 있었다. 그 하나가 창포나 쑥을 몸에 지니거나 지붕에 얹는 것이었다. '창포'를 일본어로 '쇼부'(しょうぶ, 菖蒲)라고 하는데, 이는 '승부'(勝負), '상무'(尚武, 무예숭상)와 같은 발음이다. 그래서 무사 집안의 남자아이들이 창포로 만든 투구 같은 것을 쓰고 놀면서 남자아이들을 위한 축제의 날로 자리 잡았다.

에도 시대 무사의 집에서는 아들의 입신출세를 기원하면서 등용문 고사를 본따 '고이노보리'를 지붕보다 높은 곳에 달았다. 일본의 음력 5월은 때마침 장마다. 쏟아지는 빗줄기와 어우러진 '고이노보리'는 인생의 험한 파도를 헤치고 씩씩하게 성장해서 등용문하기를 바라는 부모의 마음을 담고 있다. 이후 신분의 차가 없어지면서 서민들 사이에서도 유행되었고, 남자아이의 축제로 이어졌다.

일본은 메이지유신으로 새로운 근대국가를 출범시키고 음력을 사용하지 않는다. 그래서 양력 5월 5일을 어린이날로 정하고, '단고노셋쿠'의 행사를 마치 어린이날의 행사인 양하고 있다.

17. 몸(身)과 아름다움(美)을 지키며 사는 사람들

【김경옥】

    일본을 상징하는 언어 가운데 '남에게 폐를 끼치지 마라'(人に迷惑を懸けるな)라는 말이 있다. 이 말은 아마도 일본인이라면 태어나면서부터 귀가 따갑게 듣고 자랐을 것이다. 그런데 사회적 또는 생리적으로 남에게 폐를 끼치지 않고는 도저히 살아갈 수 없는 것이 인간이다. 자신의 의도와 상관없이 어떤 방식으로든 서로 간의 관계를 통해 폐를 당하기도 하고 또 끼치기도 하는 인간의 삶 속에서 도대체 남에게 폐를 끼치지 않으려면 어떻게 해야 하는 걸까.

    일본인들은 그 첫 번째 방법으로 몸을 아름답게 해야 한다고 생각했다. 물론 여기에서 말하는 몸을 아름답게 한다는 것은 외모를 예쁘게 치장해야 한다는 의미는 아니다. 남이 나를 봤을 때 부끄럽지 않고 거북하지 않게 몸가짐을 바르게 해야 한다는 의미이다.

    몸을 아름답게 하라는 의미로 몸[身]과 아름다움[美]를 합쳐 만들어놓은 일본식 한자가 있다. 바로 미(躾)라는 한자인데 이 글자는 한자라고는 해도 중국에서 유입된 한자가 아니라 일본이 독특하게 만들어 사용하고 있는 글자, 즉 국자(国字)이다. 따라서 그 의미도 일본 특유의 문화적 깊이를 지니고 있다고 할 수 있는데, 얼마나 아름다운 몸가짐을 중요하게 생각했으면 이런 한자를 만들어서까지 그 중요성을 강조하려 했을까.

미(躾)는 일본어 발음으로 시쓰케(しつけ)라고 읽는다. 시쓰케(躾)란 인간사회·집단의 규범, 규율, 예절 등 관습에 맞는 행동을 할 수 있도록 훈련하는 것이다. 즉 규범을 내면화하는 것으로서 전통적으로 아이들에게 칭찬하는 방법 및 처벌하는 방법이라는 개념을 갖고 있으며, 일본의 가정에서 부모가 자식에게 가르치는 도덕적인 생활을 말한다. 한국의 가정교육이라는 용어와 비슷한 개념으로 쓰이지만 시쓰케는 단순한 가정교육보다는 좀더 포괄적이고도 깊은 의미를 지니고 있다. 즉 생활 전반에 뿌리내린 더욱 더 근원적인 것에 관련된 부분을 가르치는 행위를 말한다.

특히 아직 언어를 이해하지 못하는 유아들의 교육에서는 다양한 교육태도로 접근해야 하는데, 예를 들면 '해야 할 행동을 했을 때에는 칭찬을 받고, 하지 말아야 할 행동을 했을 때에는 벌을 받는다'는 구분을 명확히 몸에 익히도록 하는 것이 시쓰케다.

또 시쓰케는 '시쓰케'(躾)라는 말과 '시쓰케'(仕付け)라는 말을 모두 포함하는데 두 용어는 같은 소리로 발음하지만 다른 의미를 지니고 있다. 예를 들면 기모노(着物)를 만들 때 말하는 시쓰케는 본 바느질에 들어가기 앞서 하는 한국어의 '시침질'에 해당하는 용어다. 즉 성공적으로 옷을 잘 만들기 위해 시침질을 하는 것인데, 교육을 이와 연관시

켜 보면 성공적인 인간
교육을 위한 시침질(仕付
け)이 시쓰케(躾)에 해당
된다.

躾の言葉を世界語に。

여기서 중요한 것은
기모노의 형태가 잘 잡히도록 미리 꿰매두는 시침질을 의미하는 시쓰
케(仕付け)는 기모노가 완성되면 시침질했던 실은 빼 버린다는 것이
다. 기모노는 더 이상 시침질의 실이 남아 있어서는 안 되기 때문이
다. 마찬가지로 어릴 때는 시침질을 의미하는 시쓰케가 필요하나 점
점 성장하면서 시침질의 실에서 벗어난다. 즉 아이가 스스로의 행동
과 생활 습관을 만들어 가기 전까지는 부모가 외부에서 행동과 생각의
틀을 제공해야 한다는 것이다. 시침질을 잘못 했을 경우 제대로 된 기
모노를 만들 수 없는 것처럼 시쓰케를 잘못 했을 경우 이후의 제대로
된 성장을 기대할 수 없으며 이는 제대로 된 인간형성이 불가능하다는
논리로 이어진다.

이렇게 시쓰케는 예의범절 및 인간으로서의 도리를 가르치는 가
정교육으로서의 역할을 한다. 가정은 최초의 교육현장이라고 할 수
있는데 일본은 가정의 형태가 핵가족화로 변화하면서 시쓰케의 양상
도 바뀌었다. 과거의 시쓰케는 대가족제도 안에서 가족 구성원 모두
각각의 역할이 있었고 가족뿐만이 아니라 주변 이웃의 배려나 조직에
의해 이루어졌다. 그러나 시쓰케도 과거의 대가족제도하의 상황과는
다르게 오늘날은 가정이 하나의 독립된 공간이 되어 개별적으로 담당

하게 되었다.

한편 학교교육의 과열로 인해 사실상 현실적으로 볼 때 부모는 시쓰케 보다는 학교 성적을 우선시 하게 됨에 따라 시쓰케의 부재가 문제시되기도 하였다. 가정이나 학교에서 시쓰케를 담당할 수 없는 상황이 되자 이를 전문적으로 지도하는 학원이 등장하기도 했는데, 그만큼 일본인들의 인식 속에 시쓰케의 중요함이 자리하고 있기 때문이라고 할 수 있다.

또 시쓰케는 일본사회의 구성원으로서 일본사회가 요구하는 일본인을 만드는 역할을 한다. 전술한 바와 같이 시쓰케는 주로 남에게 폐를 끼치지 않도록 몸가짐을 바르게 하는 것을 말하기 때문에 부모는 자식의 몸가짐에 나타나는 자세나 태도가 다른 아이들의 몸가짐과 다르지 않도록 가르친다. 쉽게 말해 너무 튀게 행동하는 것을 지양한다. 이렇듯 시쓰케는 사회 일반이 갖추고 있는 행동 양식이나 몸가짐을 너무 두드러지게 다른 것을 부끄러워하거나 겁내도록 습관화시키는 것이다.

따라서 시쓰케는 일본사회가 가지는 일종의 룰과 같은 '공통의 틀'을 지니고 있다. 예를 들어 가정에서의 경우 가족 구성원으로서의 역할, 기상과 취침시간, 식사예절 등과 같은 일상생활의 태도를 정해놓는 것이다. 가정 밖에서의 행동에 대해서는 인사나 말투와 같은 타인을 대하는 태도를 비롯하여 공공물을 사용하는 방법과 자세가 매뉴얼화되어 있다. 일본인이라면 누구나 어렸을 때부터 부모로부터 또는 이웃으로부터 이러한 가르침을 배우기 때문에 일본사회가 요구하는

올바른 일본인상을 만들
어간다.

　최근 사회적 문제가
되고 있는 아동학대도 시
쓰케에 주목하고 있다.

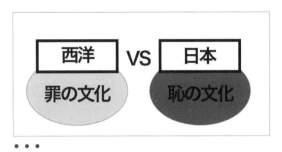

즉 시쓰케가 아동학대의 명분(구실)이 되고 있는데 이는 전통적인 시
쓰케 훈육에 체벌을 포함할 때도 있기 때문이다. 아이의 입장에서 보
면 시쓰케를 명분으로 한 부모의 일방적이고도 불합리한 대우에 대해
항변하기가 어렵다. 따라서 시쓰케는 매우 신중하게 해야 할 필요가
있다. 위압적인 태도를 보이거나 아이의 말을 들어보려고 하지 않는
시쓰케에 아이는 표면적으로만 부모의 말을 따르게 된다. 내심으로는
그 불합리성에 반발하는 경우도 있을 것이다. 특히 부모 쪽이 도의적
으로 옳지 않다거나 일반적인 도덕과는 명확히 다른 시쓰케를 할 때는
아이 입장으로서는 혼란스럽거나 반발심으로 울분이 쌓일 것이다. 그
렇기 때문에 시쓰케는 공정해야 하고 일반적인 룰에 상반되지 않는 일
관성을 갖도록 해야 한다. 시쓰케와 혼동하여 자신의 감정에 휩싸여
학대나 폭력을 휘두르는 부모나 교사들을 종종 볼 수 있다. 뉴스 등에
서 자주 보도되는 아동학대 사건으로 체포된 가해자가 "시쓰케였다"고
혐의를 부인하지만 이렇게 가해가 명백한 사건은 행위자체에 죄가 있
기 때문에 사실상 "시쓰케였다"는 항변은 의미가 없다.

　시쓰케는 흔히 말하는 일본 문화의 특징과도 연관성을 갖는다. 일
명 '수치의 문화'(恥の文化)가 바로 그것이다. 이는 미국의 문화인류학

자 루스 베네딕트(Ruth Fulton Benedict)가 『국화와 칼』(菊と刀, The Chrysanthemum and the Sword/1946)에서 사용한 용어이다. 수치 (=창피)의 문화는 타인의 내적 감정에 대한 배려와 자신의 체면을 중시하는 행동양식으로 일본 특유의 문화 체계다. 즉 일본인의 행동양식은 '창피를 당하지 않는다'(恥をかかない), '창피를 주다'(恥をかかせる)와 같이 '수치'(창피)의 도덕률이 내면화되어 있으며 이러한 행동양식이 일본인의 문화를 특징짓고 있다. 이러한 수치의 문화를 만들어내는 요소 가운데 하나가 시쓰케다. 남들이 나를 볼 때 창피하지 않게 사회 규범 및 규칙에 의거하여 하나하나 체계화된 행동을 할 수 있도록 몸에 익여 습관화시키는 것이 바로 시쓰케이기 때문이다.

이렇게 일본인은 자신의 행동 기준을 자신에게 두지 않고 타인이 어떻게 생각하는지를 기준으로 행동한다. 그렇기 때문에 남들이 눈살을 찌푸리는 행동을 하지 않으려 신경쓰고 노력한다. 다른 사람의 심기를 불편하게 만드는 것이 곧 폐를 끼치게 되는 것이며, 이는 곧 사람들로부터 소외를 당하게 된다. 주변사람들 즉 집단으로부터의 소외는 일본인이 가장 두려워하는 상황이다. 그렇기 때문에 수치스러운 행동을 삼가도록 훈련하여 몸에 익히는 시쓰케를 중요하게 생각하는 것이다.

시쓰케를 긍정의 측면에서 볼 때 몸가짐뿐만 아니라 마음가짐을 아름답게 하여 남들과 조화를 이루며 살아가고자 노력하는 모습은 바람직한 삶의 자세로 비춰진다.

18. 작은 건 뭐든지 다 귀엽다

미성숙의 미학 '가와이(KAWAII)'

【김경희】

일본인들의 작고 귀여운 것에 대한 애착은 『축소지향의 일본인』을 통해서도 잘 알려져 있다. '작고', '귀엽고', '사랑스러운' 대상을 향해 감정을 표현할 때에 일본인들은 주저 없이 '가와이~'라고 외친다. 한류 스타들을 대하는 일본의 팬들 가운데 특히, 여성 팬들이 즐겨 쓰는 단어가 바로 '가와이'이다. 목소리를 높여 감탄사처럼 '가와이'를 연발하며 환호하는 모습이 매스컴을 통해 소개되기도 한다. 어쩌면, 일본에서 이 말을 듣지 않고 지내는 날이 거의 없다고 해도 지나친 말은 아닐 것이다. 현대 일본인들에게 있어서 '가와이'라는 표현은 사물이나 대상을 인식하고 받아들이는 것에 대한 긍정적인 자기감정의 표출로서 사용되고 있다.

NHK 수석 프로듀서 이시하라 신은 일본 음악 시장과 팬들의 관계에 대하여 '육성형 아이돌'을 선호하는 경향이 강하다고 이야기한다. 일본 팬들은 젊은 시절부터 가능성 있는 아티스트를 발견하고, 그 아티스트의 노래와 댄스 실력이 조금씩 늘면서 성장해 가는 것을 보며, 마치

친척의 아이가 성장하는 것처럼 지켜보게 된다는 것이다. 일본문화의 특징이 '귀여워하는 문화'라는 것이며, 한 예로 가부키나 스모에 통용되는 '후원자 문화'라는 것이 여전히 뿌리 깊게 남아있음을 보아도 알 수 있다.

일본의 '가와이'한 문화적 특징과 그러한 것을 선호하는 문화 현상에 관한 연구는 아직까지 일천하다. '가와이'와 관련된 문화가 한 사회의 정통이면서 전통적인 위상을 지닌 중심 문화가 아닌, 일부에 한정된 서브컬처(subculture)라 불리는 하위문화에 속하는 영역이기 때문이다.

그러나 21세기에 들어오면서 '가와이'한 것이 지배하게 되는 영역이 점차 확대됨에 따라 그것에 대한 담론 형성이 학문의 영역에서도 시작되고 있다. 비교문학자인 요모타 이누히코(四方田犬彦)의 『'가와이'론』('かわいい'論)에 따르면, '가와이'를 후기 자본주의 사회에서 일어나는 세계적 현상으로만 이해해서는 그것이 일본에서 발신된 이유를 이해할 수 없을 것이다. 공시적인 인식과 통시적인 인식을 동시에 사용하지 않는다면 21세기의 미학, 신화학에 접근하는 것이 불가능하기 때문이다. '가와이'한 문화상품들이 전 세계 소비 시장을 석권하고 있다는 점에서 21세기의 미학으로서 주목해야 함을 지적한다.

이러한 '가와이' 용어의 개념에 대해 사전적 정의를 살펴보자. 『현대형용사용법사전』에서는 '가와이'에 대하여 '대상의 연령과 성별에 관계없이 어딘가 한 곳에서 모성본능을 일으킬만한 사랑스러운 모습이 보였을 때 감동사처럼 사용된다'고 설명한다. '가와이'가 한자로 쓰여질

때는 '可愛'(=愛すべし)로 나타나며, 이것은 '사랑할 만하다', '당연히 사랑해야 한다'는 의미를 내포한다. 즉 작고, 연약하고, 귀엽고, 사랑스러운 대상에 대한 긍정적 평가로서 사용되고 있다는 것이다.

그렇다면 이러한 일본인의 '가와이'에 대한 애착이 언제부터 생겨났는지, 시대의 흐름에 따라 어떻게 변화해왔는지가 궁금해진다. 일본의 고대로 거슬러 올라가 '가와이'라는 의미의 말이 언제부터 등장하게 되었는지 문학 작품을 통해 살펴보자.

9세기 후반에 성립한 것으로 추정되는 『다케토리 모노가타리』(竹取物語)는 일본에 현존하는 가장 오래된 이야기이다. 대나무를 팔아 생계를 꾸려가는 할아버지가 대나무 안에서 손가락만한 크기의 어린 여자아이를 발견하여 데리고 오면서 시작되는 내용이다. 거기에 보면 '가구야히메'(かぐや姫)라고 불리는 엄지공주에 대한 묘사가 다음과 나온다.

(대나무 통) 속을 보니 세 치 밖에 안 되는 사람이 매우 귀여운 모습으로 들어 있었다.

원문에서 사용된 '귀엽다'는 단어는 '가와이'가 아닌 '우쓰쿠시'(うつくし)이다. '우쓰쿠시'는 현대 일본어에서 '아름답다'로 해석되는 말이지만, 상대어 사전을 살펴보면, 당시 쓰인 '우쓰쿠시'는 '아름답다'는 의미가 아닌 '귀엽다', '사랑스럽다'의 의미로 사용되어 한자도 '愛'로 표현되었다. '우쓰쿠시'가 오늘날의 '아름답다'는 의미로 사용되는 것은 무로마치 시대(1338~1573) 무렵에 이르러서부터라고 한다. 비슷한 의미를

지닌 고대어의 '우루하시'가 온전하고 훌륭한 모양이나 단정한 모습을 나타내는 것에 비해, '우쓰쿠시'는 부부 사이나 부모 자식 간 또는 연인 사이에 생겨나는 친밀한 감정을 나타낸다. 즉, 고대에서는 '우쓰쿠시' 가 작고 귀여운 것에 대한 사랑의 의미로 쓰였음을 알 수 있다.

또 한 예로, 11세기 초 세이쇼 나곤(清少納言)이라는 여류 작가가 쓴 일본 최초의 수필 작품 『마쿠라노소시』(枕草子)를 살펴보자. 여기에는 고위 궁녀인 뇨보(女房)의 신분을 가진 세이쇼 나곤이 천황비인 데이시 (定子)를 섬기면서 경험한 궁중 생활에 관한 300여 단의 단편 이야기들 이 수록되어 있다. 그중 145단에는 '귀여운 것'(うつくしきもの)에 대한 작가의 관찰과 감각이 서술되어 있다.

단발머리 아이가 앞으로 내려온 머리카락을 쓸어 올리려 하지도 않고 고개 를 삐딱하게 하고 바라보고 있는 모습도 정말 귀엽다. (중략) 장난감 인형, 연못에서 들어 올린 작은 연꽃잎, 작은 접시꽃, 역시 작은 것은 뭐든지 다 귀엽다.

그야말로 작고 미성숙한 것을 오히려 애정을 가지고 긍정적으로 인정하는 작가의 자세가 엿보인다. 이러한 용례들은 일본 고대 사람들 이 작은 것에 애착을 가지고 있었음을 말해주는데, 그러한 사고방식은 감성에 기초를 두고 심정으로나 정서적으로 판단하는 것이었다. 무엇 보다 오늘날 일본인들에게서 가장 흔히 찾아볼 수 있는 작고 귀여운 것 에 대한 미학이 일찍부터 발달했음을 확인할 수 있다.

한편, 현대에서 귀엽고 사랑스럽다는 의미의 대명사로 쓰이는 '가와이'는 처음에 어떠한 의미로 쓰였는지 좀 더 살펴보자. 고어의 '가와유시'(かはゆし)는 '가

호하유시'(顔映ゆし)가 축약된 형태로, '딱하다', '측은하다', '부끄럽다', '부끄러워서 얼굴이 달아오르다' 등의 의미로 쓰였는데, 이 말이 바로 현대 일본어 '가와이'의 어원이 된다. '부끄럽고 딱하다'는 부정적인 의미의 '가와이'가 오늘날의 '귀엽고 사랑스럽다'는 긍정적인 의미의 '가와이'로 바뀐 것에 대하여 요모타는 다음과 같이 설명한다.

'가와이'는 원래 하층민들의 속어였고, 귀족 계층의 사람들이 귀여운 것을 이야기 할 때는 '우쓰쿠시'를 사용했다. 그것이 중세 말기에 이르러서는 '가와유이'로부터 '측은하다', '딱하다' 등의 부정적인 의미가 점차 소멸하게 되고, 에도 시대(江戸時代)에 이르러서는 '사랑스럽다'는 의미를 갖게 되면서 오늘날의 '가와이'의 뜻으로 사용된 용례들이 등장하게 된다. 이후 메이지 시대(明治時代)로 넘어가면서 아이들의 얼굴이나 젊은 여성들의 모양이 사랑스러운 모습으로 인식되어, 작고 귀여운 대상에 대하여 '가와이'라고 말하게 된 것이다.

현대사회가 되면서 '가와이'는 그 의미가 더욱 복잡하고 다양해져 간다. 일본의 전통사회에서는 '가와이'라는 말이 아기나 동물을 대상으로 사용되어 작고 귀여운 것에 대한 감정을 표현했지만, 한편으로는

'미성숙'을 뜻하는 말이기도 하기에 성인이나 윗사람, 상사 등에게 사용해서는 안 된다는 사회적 분위기가 있었다. 그러나 차츰 '가와이'의 소비 주체가 되는 젊은 여성들의 학력이 신장되면서 사회로 진출하는 그녀들의 사회적 위상과 성적 역할에도 변화가 생긴다. 그 결과, 여성들이 남성들과 대등한 사회적 지위를 획득함에 따라 그들의 언어인 '가와이'도 인기를 누리게 된다. 더욱이 산업계는 젊은 여성들의 경제력에 주목하여 그들이 좋아하는 '가와이 패션'에 어울리는 상품들을 쏟아내기 시작하면서 한층 '가와이'의 유행이 자연스러워졌다. 젊은 여성들의 취향이 바로 트렌드가 되면서 기업은 기호에 맞춘 관련 상품들을 만들어내게 되었고, 이러한 제품이 시장에 넘쳐나면서 사회는 더욱 더 '가와이' 스타일을 추구하게 된 것이다.

그런 반면, 현대 일본사회의 매스컴을 통하여 '가와이'의 의미가 복잡화되고 분화되어 가는 것을 살펴볼 수 있다. 예를 들어 에로틱하다는 표현의 '에로이'(エロい)와 '가와이'를 합성하여 '에로카와'(エロかわ)로 축약시켜 '섹시하면서 귀엽다'는 의미의 파생어가 등장하거나, '기모치와루이'(気持悪い)라는 기분 나쁘다는 말의 '기모이'(キモい)와 '가와이'를 합성하여 '기모가와'(キモかわ)로 축약시킨 '징그럽고 엽기적이지만 귀엽다'라는 뜻의 파생어가 유행한다.

그 밖에도 못 생긴 여자를 가리키는 속어인 '부스'(ブス)와 '가와이'를 합성하여 '부스카와'(ブスかわ)를 만들어냈다. 이 말은 주로 애완동물이나 여성에게 사용하게 되는데, 여성의 경우에는 못 생기긴 했지만, 어딘가 애교가 느껴지는 얼굴이어서 못 생긴 부분이 오히려 귀엽게

느껴진다는 의미이다. 즉, 부정적인 이미지로 쓰이던 형용사에 '가와이'를 합성하여 긍정적인 이미지를 만들어 내는 것이다. 이러한 현상으로 인해 '가와이'의 의미가 가진 경계가 모호해지는 반면, '가와이'의 가치는 모든 상황에서 활용되도록 확대되었다고 할 수 있다.

일본에는 고대로부터 일본적인 미를 대표하는 관념을 발전시켜 오면서 그 속에서 작은 것, 미숙한 것들을 긍정적으로 감상하는 문화가 있었다. 그러한 일본문화가 가지는 특수성은 어리고 작은 것들에 대하여 사적인 가치를 인정하고, '가와이'의 적용범위를 확대시켜왔다. 프랑스의 비평가 롤랑 바르트가 일본에 대해서 '일상적인 것이 미학화되어 있는 나라'라고 평한 것도 그러한 문화적 체험에서 얻어진 것이라 할 수 있다.

이러한 상황 가운데 일본은 자신들의 매력적인 대중문화를 통해 자국에 대한 긍정적인 이미지를 구축하여 문화외교에 공헌하려고 힘쓰고 있다. '가와이' 문화를 비롯한 다양한 서브컬처를 통해 누구나가 쉽게 일본 문화에 흥미를 갖게 하고 스스로 일본어를 배우게 하면서, 한 번쯤은 일본에 가보고 싶도록 유도하는 것이다. 문화를 전략화하여 사람들의 마음에 호소하는 힘을 발휘하려는 셈이다.

이제 '가와이' 문화는 어리고 젊은 여성들에게만 환영받는 문화가 아니다. 연령이나 국적에 상관없이 '가와이'라는 키워드를 중심으로 전 지구적으로 친구, 동료, 가족 간에 커뮤니케이션을 촉진시키는 역할을 하고 있다고 해도 과언이 아니다.

19. 에스컬레이터를 타고 대학으로

【와카츠키 사치코】

매년 11월이 되면 일본 뉴스에서도 소개되는 한국의 연중행사가 있다. 김장도 단풍놀이도 아닌 바로 한국의 대학수학능력시험이다. 지각할 것 같은 수험생을 경찰관이 오토바이로 시험장까지 데려다 주고, 기업은 출근 시간을 늦추고, 시험 중에는 비행기 이착륙이 금지되기까지 하는 등, 수능은 거국적인 이벤트 같다. 솔직히 한국에 온 지 얼마 되지 않았을 때에는 왜 나라에서 대학 입학시험을 위해 이렇게까지 하는지 이상하기도 하고 이해하기 어려웠다.

사실 일본도 한국 못지않게 학력(学歷) 위주의 사회다. 학력이 인생의 전부는 아니지만 그래도 학력이 있는 것이 살아가는데 선택의 폭이 넓어질 수 있다는 생각은 마찬가지다. 그래서 한국에서도 일본에서도 이른바 '일류 대학', '좋은 대학', '유명 대학'에 들어가는 것이 학생, 학부모, 심지어 학교의 목표가 되어 있는 것 같다.

일본에서는 '편차치'가 높은 대학을 좋은 대학으로 여기고 있다. '편차치'라는 것은 수험생의 평균치를 50으로 생각하는 수치로, 한국의 대학에 적용시켜 보면 편차치 60이상이면 'In Seoul' 대학이고, 편차치가 70이상이면 'SKY' 수준의 대학을 말한다. 여기서는 한국과는 조금 다른, 일본의 교육 제도 몇 가지에 대해 이야기해 보고자 한다.

일본의 교육 제도

일본의 학제는 6·3·3·4제로 한국과 같다. 초등학교 6년과 중학교 3년이 의무교육이며, 공립학교에 진학하는 학생들은 주소지에 따라 정해진 인근 초등학교나 중학교에 다닌다.

그런데 고등학교부터는 한국과 크게 다른 점이 있다. 일본의 고등학교는 공립이든 사립이든 입학시험을 치러야 들어갈 수 있다는 것이다. 한국의 외국어고등학교나 과학고등학교 같은 특목고가 아닌 일반 고등학교에도 입학시험이 있다. 중학생은 대부분 두세 곳에 입학시험을 치르고 자신의 학력 수준에 맞는 고등학교에 입학한다. 그러므로 일본의 학생들은 대학에 진학하기까지 고등학교 입시와 대학 입시, 최소한두 번의 시험을 봐야만 한다.

사립학교와 일부 공립학교 중에는 '중고일관교육'이라고 해서 중·고등학교 6년 연속 커리큘럼을 운영하는 학교가 있다. 중고일관교에 진학하려면 중학교 입학시험을 봐야 한다. 중학교 3학년 때 고등학교 시험을 보는 대신 초등학교 6학년 때 고교진학까지 연결되는 중학교 입학시험을 미리 응시하는 것이다.

중고일관교는 유명 대학 진학률이 높으므로 특히 도시 지역에서 인기가 높다. 중고일관교에 진학을 원하는 학생들은 초등학교 4학년

중고일관교는 유명 대학 진학률이 높아 인기가 높다

때부터 중학교 입시 학원에 다니는 것이 일반적이다. 필자도 중고일관교 출신이다. 중학교 3년 때까지 고등학교 1학년 수준의 수학과 사회, 과학을 배웠다. 고등학교 2학년 이후에 문과와 이과로 클래스가 나누어져 대학입시에 관련되는 과목을 중심으로 수업을 들었다.

중고일관교의 장점은 중·고등학교의 교육과정이 학교 나름대로 일반학교와는 다른 특색을 가지고 있다는 점이다. 필자의 모교는 기독교 학교였기 때문에 매일 예배시간이 있었다. 학교에서는 학생들의 영어능력 향상과 더불어 해외연수에 역점을 두었다. 학교의 이러한 영향으로 중·고등학교 학창시절의 친구 중에는 현재 외국에서 활동하는 사람도 여럿 있다. 또한 중학교 1학년부터 고등학교 3학년까지 6년을 같은 학교 내에서 배우고, 동아리 활동도 함께 하는 선·후배들은 학년 차이나 나이 차이에도 불구하고 서로 친밀하게 교류를 지속하는 경우도 많이 있다.

중고일관교 중에는 사립대학 부속학교도 있다. 한국에도 대학 부속학교가 있지만 대학 진학에 있어서는 특별한 혜택이 주어지지 않는 것으로 알고 있다. 그러나 일본의 사립대학 부속학교에는 '내부추천제도'라는 것이 있다. 내부추천제도는 학생의 성적이 일정 수준만 되면 그 대학에 진학할 수 있게 하는 제도이다. 학생이나 학부모의 입장에서는 대학 입학시험이라는 부담감을 덜어주는 이런 유용한 제도 때문에 사립대학 부속학교에 들어가려고 한다.

오쥬켄(お受験) 수험제도

앞서 일본은 고등학교 3학년 때 치르는 대학 입학시험뿐 아니라 고등학교 입시와 중학교 입시가 있다고 간략하게 설명하였다. 그러면 설마 초등학교 입학시험은 있을까 하는 의문이 들 것 같다. 좀 의아하겠지만 초등학교뿐만이 아니라 심지어 유치원 입학시험도 있다. 특히 인기가 높은 곳은 유명 사립대학 부속 유치원과 부속 초등학교 등이다.

유치원 입학시험은 만 2~3세, 초등학교 입학시험은 만 5~6세 때 시험을 치른다. 단, 중학교 이상의 시험과 다른 점은 학력을 평가하는 것은 아니라는 것이다. 유치원이나 초등학교의 시험은 대부분 부모에 대한 면접이나 자녀가 집단생활에 잘 적응할 수 있을지, 혹은 다른 아이들과 사이좋게 지낼 수 있는지를 보는 것 같다. 하지만 분명한 것은 이 시험은 당사자인 자녀의 의사로 응시하는 것이 아니라 순전히 학부모의 의사로 응시하는 시험이라는 것이다. 그래서인지 유치원과 초등학교 수험은 '오쥬켄'이라고 하여 중학교 이상의 응시와 구별하고 있다.

'오쥬켄'이란 말은 '쥬켄'(受驗, 시험을 보다)이라는 단어에 공손함을 나타내는 접두사인 '오'(お)를 붙인 말이다. 이는 고급 주택가에 사는 '사모님'들이 코오차(홍차)에 '오'를 붙여 '오코오차', 비이루(맥주)에 '오'

를 붙여 '오비이루' 등 원래 '오'가 붙지 않아도 되는 단어에 굳이 '오' 자를 붙여 말한다는 이미지에서 나온 말이라고 추측한다. 아무튼 '오쥬켄' 즉 유치원과 초등학교 입학시험은 경제적으로 여유가 있는 가정의 자녀들이 볼 수 있는 좀 차별화된 시험이다.

중학교, 고등학교, 대학 입시를 위한 학원이 있듯이 유치원과 초등학교 입시를 위한 학원도 있다. 유치원에 만 4세가 되는 해에 입학하는 것을 감안하면 '오쥬켄'을 위한 입시 학원은 만 2세 정도부터 다닌다. 일본에서는 4월 2일생부터 이듬해 4월 1일생까지 같은 학년이 되는 것이 법으로 정해져 있다. 영유아의 경우 몇 개월 차이로 할 수 없는 것과 할 수 있는 것이 확연히 달라지기 때문에 자녀를 사립유치원에 보내고 싶어 하는 부모들 중에는 자녀의 생일이 5월쯤이 되도록 미리 계산하여 임신, 출산하는 경우도 있다고 한다.

유명 대학의 부속 유치원이나 초등학교에 입학해서 성적이 어느 정도 뒷받침 되면 대부분의 학생들은 같은 학교 내의 중학교, 고등학교, 대학교에 순조롭게 진학할 수 있게 된다. 그래서 사람들이 이런 경우를 빗대어하는 재미있는 표현으로 "에스컬레이터를 타고 대학에 들어간다"고 말한다. 이는 일단 에스컬레이터를 타기만 하면 원하는 데까지 올라갈 수 있기 때문이다.

에스컬레이터를 타는 사람들

위에서도 언급했지만 '오쥬켄'을 통해 유치원이나 초등학교부터 아주 수월하게 대학까지 에스컬레이터를 타고 올라갈 수 있는 사람은 소

수이다. 우선 중학교, 고등학교, 대학
교까지 에스컬레이터를 타고 올라갈 수
있는 유치원의 수가 많지 않고, 유치원
이 있는 곳이 주요도시에 국한되어 있
기 때문이다. 또 여자대학 부속학교라
면 여학생은 대학까지 진학할 수 있지
만 남학생은 중학교까지만 다닐 수 있
는 제한도 있다. 또 남녀공학대학이지
만 부속학교는 남자학교 밖에 없는 경
우도 있다. 더구나 경제적으로도 넉넉

대학으로 이어지는 에스컬레이터는 아무나
탈 수 있는 것이 아니다

하지 않으면 유치원이나 초등학교부터 계속해서 대학교까지 다니기는
어려울 것이다. 예를 들면 도쿄 중심에 있는 유명대학의 부속 유치원과
초등학교의 경우 연간 100만 엔(약 1000만 원) 정도의 학비가 든다고
한다. 그 외에도 교복비, 교통비, 체험학습비 등 기타 비용이 많이 필
요할 것이다. 이러한 조건 때문인지는 모르지만 '오쥬켄'에 응시하는 부
모의 연령이 다소 높다고도 한다.

 이상 여러 가지 까다로운 조건을 충족하고 유치원 시험에 합격하
여 처음부터 끝까지 유명 대학으로 이어지는 에스컬레이터를 탈 수 있
는 사람은 얼마 되지 않는다. 그러나 다행인 것은 유치원 시험에 떨어
져도 초등학교 입시에서 만회할 기회가 있으며, 초등학교 입시에 실패
해도 공립초등학교를 다니고 중학교 입시에 도전할 수도 있다. 설혹 중
학교에 떨어져도 고등학교 입시로 희망하는 대학 부속학교에 들어갈

대학 부속교에 입학하는 것은 좁은 문이다

수도 있다. 게다가 고등학교 입시에 안 돼도 대학입시를 볼 수 있다. 다시 말하면 언제든지 도중에 에스컬레이터에 올라 탈 수 있는 기회는 있다는 것이다. 왜냐하면 유치원보다 초등학교에서 모집하는 인원이 많고 중학교, 고등학교, 대학교에서 학생을 뽑는 수가 많아지기 때문이다. 단지 일본에서 특이한 것은 처음부터 에스컬레이터에 오를 수 있는 소수의 정예인원을 뽑는 적은 수의 유치원이나 초등학교 입학시험이 한국과는 다른 '좁은 문'이라는 것이다.

도쿄에 있는 어느 사립학교 합동 설명회에서 실시한 설문조사에서 흥미로운 결과가 나왔다고 한다. 초등학교 설명회를 들으러 오는 가정에서는『일본경제신문』을 많이 구독하고, 중학교 설명회에서는『아사히신문』, 고등학교 설명회에서는『요미우리신문』을 구독하는 가정이 많다는 것이다. 부모가『일본경제신문』을 읽는다는 것은 경제에 관심이 있다는 것을 반영하므로 자녀에게 초등학교 입학시험을 치르게 하는 가정은 경제적으로 어느 정도 수준이 있다는 것을 방증하고 있다.『아사히신문』은 대학입시 등에서 자주 인용되는 '천성인어'(天声人語)라는 칼

럼이 있으며, 오래전부터 『아사히초등학생신문』을 발행하는 신문으로도 알려져 있다. 이는 중학교 시험을 치르게 하는 부모들 중에는 지식층이 많다는 것을 나타내고 있다는 것이다. 그리고 『요미우리신문』은 발행 부수가 가장 많은 신문으로 고등학교 입시는 이른바 '일반 가정'의 자녀가 시험을 본다는 것이다.

한국의 대학생과 일본의 대학생

한국의 대학입시가 인생을 좌우할 수 있는 대단한 일이 된 것은 '과거'(科擧)제도의 영향이며, 문관이 무관보다 지위나 대우가 좋았기 때문이라고 들은 적이 있다. 이에 비해 일본의 지배층에는 무사(사무라이)들이 있었다. 무사들에게 학문을 하는 것은 출세의 필수조건은 아니었다.

한국과 일본의 대학입시에 대한 의식 차이는 이런 역사적 배경도 관련 있을지 모르지만, 그것뿐만 아니라 양국의 수험 방법과 기회 차이도 있는 것이 아닐까. 한국에서는 대학교에 들어가기 위해 대다수의 경우 고 3때 반드시 입학시험을 치러야 하고, 그 한 번의 시험이 인생을 크게 좌우한다고 믿고 있다. 그리고 그렇게 힘들게 들어간 대학이기 때문에 높은 성적을 받기 위해 한국 학생들은 대부분 열심히 공부하고, 어떤 학생들은 학점이나 성적에 지나치게 집착하기도 한다. 아마 한국 학생들이 좋은 성적을 받기 위해 공부하는 것은 12년간의 교육과정과 교육 제도 속에서 자연히 형성되어 버렸는지도 모른다.

물론 일본의 학생들도 대학입시를 중요하게 여기고 대학교 과정에서 좋은 성적을 얻기를 원한다. 그러나 대학 입시 이전에 유치원, 초등학교, 중학교, 고등학교 그 어느 시점에서 한두 번쯤은 입학시험을 경험해 봤기 때문에 대학입시가 한국처럼 절대적인 시험이라는 인식이 덜한지도 모른다. 그래서 대학에 와서도 치열하게 경쟁하듯이 성적에 연연하지 않는 것 같다.

일본에서는 흔히 '문무양도'(文武両道)라고 해서 학업뿐만이 아니라 스포츠 등 다양한 경험을 쌓는 것이 중요하다고 생각한다. 그리고 일본의 대학생은 일정 나이에 군대에 갈 필요도 없다. 도중에 휴학하는 것도 절차가 까다로워서 특별한 사정이 없는 한 휴학은 하지 않는다. 한 번 입학해서 졸업할 때까지 낙제하지 않는 정도로 공부하면 4년 후면 졸업할 수 있다. 요컨대 일본에서는 '에스컬레이터'를 타고 대학에 갈 수도 있고, 또 일본의 대학은 입학만 하면 졸업이 무난한 에스컬레이터인 셈이다.

20. 초밥은 혁신의 결과물

【최경국】

2011년 3월부터 2012년 2월까지 1년간 동경에서 살면서 가장 많이 찾았던 외식은 주로 회전초밥이었다. 둘째 아들이 일본에 와서 있을 때는 집 근처 회전초밥 체인점 '갓파즈시'에 주로 갔다. 물론 싸고 맛있어서 찾았지만 좌석마다 달려있는 터치주문판에 먹고 싶은 초밥을 주문해 넣으면 레일이 달린 고속 배달 접시로 배달되는 것이 신기해서 더 자주 찾았던 것 같다.

지진 때문에 아들을 한국으로 돌려보내고 혼자 있을 때도 내가 근무하던 국문학자료관에는 구내식당이 없어서 자주 차를 타고 나가서 초시마루라고 하는 초밥집을 찾았다. 초시마루는 모든 초밥이 105엔인 갓파즈시에 비해 약간 비싸다고 할 수 있으나 평일 점심에는 생선탕에 해당하는 아라지루를 얼마든지 가져다 먹을 수 있다. 이 때문에 전체적으로는 가격차이가 크지 않아 거의 매일 찾았다.

초시마루는 문을 열고 들어가면 직원 모두가 "어서 오세요. 맛이 있는 무대로"라고 힘차게 소리지른다. 매번 갈 때마다 초밥을 만들고 있으면서도 손님이 들어올 때마다 소리치는 요리사를 보면서 시끄럽기도 하지만 열심히 사는 그들에게서 힘을 받곤 하였다.

가게에는 "우리들은 점포라고 하는 무대에 선 배우입니다"라는 글귀가 쓰여 있고, 이곳은 '초시마루'라는 가게가 극장이고 점포에서 일하는 스탭 전원이 극단원이라는 콘셉을 내세우고 있다.

내가 좋아하는 초시마루는 일본 랭킹으로 보면 7위 정도 된다. 현재 회전초밥 체인의 매출규모는 '스시로', '쿠라즈시', '하마즈시', '캇파즈시'의 순서이다. 2011년 4월에 스시로가 캇파즈시로부터 1위를 탈환한 이래로 스시로의 독주가 계속되고 있다.

코로나19로 인해 가장 큰 타격을 입은 곳이 외식업체이다. 일본에서도 긴급사태 선언이 나온 4월 이후, 큰폭으로 매출이 줄었다. 이런 상황에서도 스시로는 9월기 매출액이 2050억 엔(약 2조2천억 원)으로 과거 최고의 기록이라고 발표하였다. 어떻게 코로나19 상황에서도 매출을 일으켰는지를 보면 코로나 상황에 일찍부터 테이크아웃과 배달을 통해서 활로를 뚫었다. 이런 점에서 역경을 이겨내는 활력을 볼 수 있다. 회전초밥 스시로의 점포수는 2020년 9월말에 일본 국내 559점포이고 한국에도 진출하여 지금 9개 점포가 영업중이다.

일본 초밥의 역사

표준국어대사전에는 스시라는 용어가 삭제되고 초밥으로 순화되었다. 그래서 초밥을 찾아보면, "일본 음식의 하나. 초와 소금을 친 흰밥을 갸름하게 뭉친 뒤에 고추냉이와 생선 쪽 따위를 얹어 만든다"로

나와 있다. 그러나 설명을 읽
지 않아도 스시라는 것이 어
떤 요리인지는 한국사람들
대부분 다 알고 있을 것이다.
영어로 'sushi', 'sushi bar'는
이미 세계어가 되어 있다.

하지만 스시의 기원이 '새
우젓', '명란젓'과 같은 젓갈이

'평생 공부, 평생 청춘' 글귀가 있는 회전초밥집 액자

라는 사실은 잘 알려지지 않았다. 즉 김치가 야채의 저장방법이라면 젓
갈은 생선의 저장방법이다. 귀중한 단백질원인 생선을 보존하기 위해
소금을 넣어 오랜 기간 발효시킨 젓갈에서 발전하여 기원전 4세기경
동남아시아에서 밥에 소금을 넣어 생선과 함께 저장하는 어육보존법이
발생했다. 생선의 내장을 없애고 밥과 함께 넣어두면 밥이 자연발효하
여 생선의 보존성을 높이게 된다. 이를 일본에서는 '나레즈시'라고 부르
는데, 수십일에서 수개월동안 절여 놓았다가 생선은 건지고 밥은 버렸
다. 한국에서는 이와 비슷한 요리가 가자미 식혜이다. 이 나레즈시와
같은 음식이 중국으로 건너가고, 다시 8세기 전반에 일본에 전래된다.
지금도 이 나레즈시는 비와코(琵琶湖) 주변의 후나즈시(붕어), 와카야마
(和歌山)의 꽁치 나레즈시, 기후(岐阜)의 은어 나레즈시가 남아 있다.

무로마치시대(14~16세기)에는 생선과 함께 넣은 밥에 산미가 생길
무렵 먹게 된다. 빨리 먹을 경우는 담그고 난 다음 삼사일만에 밥과 함
께 먹었다. 이렇게 생선의 보존보다는 밥을 맛있게 먹으려는 요리의 길

이 열리기 시작하였다.

일본에서 가장 오래된 요리서인 에도시대 초 『요리이야기』(料理物語, 1643)에는 이치야즈시(一夜鮨)가 나온다. 말 그대로 하룻밤 담아둔 초밥이라는 뜻인데, 소금을 치지 않은 작은 생선을 소금을 넣은 밥과 교대로 쌓아서 하룻밤 숙성시킨 초밥이다. 『요리이야기』에서는 소금을 치지 않은 은어 위에 소금을 친 밥을 얹어 짚으로 쌓아 불로 살짝 태우고, 이를 거적에 쌓아 덮혀서 기둥에 강하게 묶어 압력을 가하면 하룻밤에 숙성(발효)된다고 나와 있다.

이렇게 시간이 걸리던 초밥을 하룻밤에 숙성시키려고 한 이치야즈시는 발상의 전환이라고 할 수 있다. 하지만 여기에서의 이치야즈시는 종래의 발효 초밥에서 사용하던 생선을 그대로 사용하였다. 이 이후에도 새로운 생선으로 초밥을 만들려는 시도가 계속된다.

초밥에 처음 식초가 사용된 기록은 1668년 『요리염매집』(料理塩梅集)이다. 오륙일 만에 먹을 수 있는 후나즈시(붕어 초밥)에 술과 식초를 섞으면 이삼일 만에 먹을 수 있다고 나온다. 여기서 초밥에 식초가 사용됨으로서 발효를 시키지 않고 식초를 넣어서 만드는 즉석 초밥의 길이 열렸다고 할 수 있다.

즉석초밥은 혁신의 결과물

일본인들은 식초를 사용하는 초밥을 총칭해 하야즈시라고 불렀다. 원래 발효를 빨리 진행시켜 바로 먹을 수 있게 하기 위해 술을 섞거나 누룩을 섞거나 하였는데, 결국 술이 식초로 변하여 신맛을 갖게 되었다. 이렇게 하야즈시의 출현은 초밥이 발효식품이 아니게 되었다는 것을 의미한다. 김치에서 겉절이가 나온 것과 같은 이치다.

즉 종래의 초밥이 저장식이었던 점에서 완전히 탈피하여 즉석에서 만들어 먹을 수 있는 요리로 변화하였다는 것이다. 일본에서 1800년경이 되면 초밥은 식초를 사용하는 하야즈시를 의미하게 된다.

하야즈시는 초밥 역사에 있어서 가히 혁명적이라고 할 수 있다. 동남아에서 시작되어 중국을 거쳐 한국을 통해 일본으로 들어간 생선의 염장법이 낳은 요리이지만 발효를 시키지 않으므로 루트가 같다고 할 수 없다. 초밥은 발효를 시키지 않는다는 발상의 전환이 만들어낸 혁신적인 요리이다. 이로써 식초를 친 밥 위에 생선을 올려놓고, 이를 간장에 찍어 먹는 즉석초밥이 탄생했다.

이렇게 보면 현재 우리가 먹는 즉석초밥은 몇 번의 혁신에 의해 우리 곁으로 다가왔다. 첫 번째 혁신은 염장초밥에서 즉석초밥으로의 변신이고, 두 번째 혁신은 컨베이어 벨트의 이용이다. 그리고 세 번째 혁신이라면 초밥 제조과정의 기계화와 IT화라고 할 수 있다.

회전초밥의 시작

회전 초밥의 기본이 되는 아이디어는 1948년에 시라이시 요시아키(白石義明, 1913~2001)에 의해서 고안되었다. 시라이시는 당시 공장이 늘어선 곳에서 입식 초밥집을 열고 있었다. 그때까지 초밥집은 고급 음식점이었다. 그때 시라이시는 서서 먹는 초밥집을 저렴하게 오픈했다. 하지만 싸게 하는 대신 일꾼 모집하기가 어려웠다. 그러던 중 맥주

지나가는 접시를 하나 하나 집어서 먹는 일본의 회전초밥

공장에 견학을 가서 본 광경에 아이디어가 떠올랐다. 맥주공장의 컨베이어 벨트 위에는 빈 병이 흘러가고 그 병에 자동으로 맥주를 따라서 병마게를 하고 있었다. 초밥집에서 이 컨베이어 벨트를 사용하면 인건비가 절약되어 싼 초밥을 팔 수 있을 것이라는 생각이 들었다. 이때가 1948년이었다. 바로 개발에 들어갔으나 아무리 해봐도 구석에서 접시가 걸려버렸다. 시행착오를 거듭하며 10년쯤 되었을 때 마침내 구석에서는 부채형으로 돌아가면 된다는 아이디어를 떠올려서 '콘베어선회식 식사대'를 완성시켜 특허를 낸다.

1958년에 일본에서 처음으로 오사카에서 회전초밥집 '돌아가는 겐로쿠즈시 1호점'이 오픈하게 된다. 특허를 냈기 때문에 다른 업체가 가세하지 못하고 오랫동안 겐로쿠즈시의 독점체제가 계속되었다. 그러나 특허는 1998년에 끝나게 된다.

특허가 끝나게 되자 일본 전국에 다양한 회전초밥집이 널리 퍼지게 된다. 내가 유학을 끝내고 한국으로 돌아왔던 해가 1995년이었는데 나는 겐로쿠즈시가 주류였던 시기에 일본에 있었기 때문에 시부야에 있던 회전초밥집에 가족과 함께 다니던 추억이 있다.

초밥의 IT화

요즘은 한국의 롯데마트 등에서도 초밥 기계를 볼 수 있는데, 일본의 회전초밥집 주방에도 초밥 로봇이 활약하고 있다. 이 기계는 인터넷 쇼핑으로도 쉽게 찾을 수 있다. 검색해 보니 900만 원 정도 하는 기계는 1시간에 샤리 4200개를 만들 수 있다고 한다. 김밥도 마찬가지로 기계로 만들고 있어서 초밥을 초밥 기술자가 만들지 않더라도 기계 조작법만 익히면 누구든지 만들 수 있게 되었다.

초밥 기술자가 되기 위한 수행기간은 '밥 짓는데 3년, 손에 쥐는데 8년'이라는 말이 있다. 가끔 일본 TV에서 초밥 장인이 밥을 쥐고 나면 밥알 숫자를 세는 프로가 있는데 오차가 밥알 한두 개 밖에 차이가 안 난다. 원래 수행기간 동안 연습하는 것은 밥알 숫자가 아니라 무게이다. 하나에 20g이 되도록 저울을 옆에 놓고 연습을 하기 때문에 오차가 1g이 안 나온다고 한다. 하지만 이렇게 배우고 난 다음에는 생선 종류, 남성, 여성, 연령, 술을 마시는지에 따라서 미묘하게 조정을 한다. 물론 기계는 그 조정을 할 수 없다.

초밥의 가장 중요한 혁신은 IT화라고 할 수 있다. 하루에 1만 접시 이상을 만드는 회전초밥집에서 폐기되는 접시를 줄이는 일은 무엇보다도 중요하다. 현재 벨트 위를 돌고 있는 초밥을 파악하기 위해 접시에 코드를 붙이고 주방에 있는 센서가 이를 표시한다. 그리고 접시가 두 번 돌아도 주인을 찾지 못하면 자동 폐기되는 시스템을 도입하여 신선도를 유지시킨다.

하지만 이 시스템만으로는 폐기되는 접시 숫자를 줄일 수 없다. 그래서 2000년경부터 터치패널 주문시스템이 도입되었다. 그래서 요즈음 회전초밥집에 가면 접시 도는 곳이 두 군데 있어서 아래층은 벨트 위로 접시가 돌고 있고, 윗층에서는 레일이 깔려 있어 주문한 초밥이 신칸선에 올려놓아 배달되고 있다. 그러니까 1층은 종래의 회전초밥 방식으로 계속 돌게 되어 있으니 골라서 꺼내면 되는데, 2층은 터치패널에서 주문한 제품이 주문한 손님에게 직접 배달되는 방식이다.

맛있는 초밥

이렇게 초밥의 대중화가 진행되는 한편, 아직도 고급 초밥 시장은 건재하다. 도쿄에만 미슐랭 가이드에서 별 셋을 준 초밥집이 세 군데다.(별1 18곳, 별2 7곳) 긴자에 있는 스키야바시지로(すきやばし次郎) 본점, 스시요시타케(鮨よしたけ), 롯본기의 스시사이토(鮨さいとう)이다. 스키야바시지로 본점은 2014년 4월에 아베 수상이 오바마 대통령과 식사를 한 곳으로 유명하다. 이 세 군데 초밥집은 한국에서도 유명해서 블로그로 검색해 보니 많은 사람들이 다녀왔다. 가격은 대략 1만 엔에서 3만 엔까지로 요즘 엔환율로 보면 10만 원에서 30만 원쯤이다.

나는 그다지 식도락가가 아니어서 그런지 굳이 이 정도 돈을 내고 가서 먹고 싶다는 생각은 없다. 일본에서는 보통 점심식사 시간을 '란치'라고 부르는데 이 시간에 가면 긴자에서도 3000엔 정도에 고급 초밥을 먹을 수 있다. 마지막으로 내가 지금까지 제일 맛있게 먹은 초밥을 소개할까 한다.

내 지인 중에 일본 영화감독이 있다. 이름은 켄모치 사토키, 가수

윤하가 주연을 한 '이번 일요일에'를 제작하였다. 일본에 갔을 때 켄모치 감독이 맛있는 초밥을 사주겠다고 새벽 첫 전철을 타고 츠키지 시장으로 나오라는 것이었다. 츠키지 시장역에 도착하는 첫 전철 시간은 5시 22분. 이 시간에 맞추어 나가느라고 4시반경에 졸린 눈을 비비며 호텔을 나섰다. 아직 컴컴한 겨울이었는데 추위 속에서 그저 켄모치 감독이 안내하는 곳으로 따라갔다. 5시 40분경에 허름한 초밥집에 도착하였다. 이렇게 일찍인데도 사람들이 줄을 서 있었다. 가게는 5시에 연다고 한다. 이곳이 유명한 이유는 츠키지 어시장에서 새벽에 경매로 사온 생선을 바로 요리하여 신선한 식재료를 초밥으로 만들기 때문이다.

줄을 서서 기다리다가 가게 안을 들어가니 겨우 사람이 10명 정도 앉을 정도로 좁은 카운터석이 있을 뿐이었다. 우리가 먹은 메뉴는 오마카세 세트(주방장이 마음대로 만들어주는 세트메뉴)로서 그날그날 좋은 재료로 초밥을 만들어 준다. 회전초밥은 가격이 싼 대신에 생선이 작고 얇다. 초밥을 한 개씩 만들어 주는데 보기에도 기름이 좌르르 흐르는 것이 식욕을 돋군다. 새벽에 식욕이 있을까 하고 걱정하던 것이 확 날아갔다. 아침에 일찍 일어나서 왔고 또 밖에서 줄을 서서 기다리니 충분히 허기가 졌기 때문이기도 하다.

츠키지 시장은 2018년 10월 도요스(豊洲)로 이전하였다. 그러면서 시장 내에 있던 인기 초밥집도 시장 밖으로 이전하여 이제는 9시 이후에 연다. 신선한 식자재를 바로 사다 초밥을 만들어 주는 강점이 이미 없어졌기 때문이다. 새벽 5시, 시장 안에서 먹는 초밥은 이제는 추억이 되어버렸다.

초밥은 혁신의 결과물

여가

21. 가을, 교토를 걷다

【고선윤】

교토의 마이코

사춘기 딸아이와 함께 교토의 가을을 찾았다. 794년 헤이안쿄(平安京) 천도 이후 교토는 오랫동안 일본의 수도였다. 무사가 중심이 되는 긴 역사 속에서도 교토는 수도로서의 자리를 지켜왔다. 천 년의 고도 교토는 특별하다. 교토의 사찰과 신사, 가옥, 거리는 예전의 그 자리를 고집하고 그대로 존재한다.

교토의 가을이 조금씩 물들어가고 있었다. 단풍 절정기가 11월 중순부터 12월이라고 하니 이제 곧 그 화려함이 절정을 이룰 것이다.

교토라고 하면 유네스코 세계문화유산에 등록되어 있는 것만 해도 도지(東寺), 니죠죠(二条城), 킨카쿠지(金閣寺), 긴카쿠지(銀閣寺) 등 17개나 되고, 수많은 사찰과 신사 등 이름만 들어도 찾아보고픈 곳이 한두 군데가 아니다.

그래도 우리 모녀는 욕심을 버리고 마냥 걷기로 했다. 사실 교토는 짧은 일정에 욕심을 부릴 수 있는 곳이 아니다. 교통수단을 이용해

교토에서 만난 마이코들

서 열심히 돌아볼 수도 있겠지만, 아무런 감동이 없는 시간이 될 것 같아서 두려웠다. 명소는 언젠가 다시 찾을 수도 있겠지만, 딸아이의 보들보들한 손을 잡고 교토를 거닐 수 있는 날을 기약하기는 쉽지 않을 것 같았다. 이건 내 생각이고, 딸아이는 투덜거리기 시작했다. 다리가 아프다니, 여기나 저기나 다 같은 절이라 지겹다니…. 손을 잡기는커녕 엉덩이를 쑥 내밀고 오리걸음을 하면서 따라오는 둥 마는 둥.

작은 사찰과 가옥들이 이어진 한적한 골목길에서, 꽃무늬 화사한 기모노를 입은 여인이 높은 오코보(나막신)를 신고 종종걸음으로 가고 있는 모습을 발견했다. 갑자기 얼굴이 환해진 딸아이가 카메라를 들고 쫓아갔다. 얼굴을 하얗게 칠하고 화려한 머리장식에 길게 늘어뜨린 다라리오비, 긴 소매의 기모노를 입은 여인은 분명 '마이코'(舞妓)다. 정식 게이코(芸妓)-교토의 게이샤를 일컫는 다른 말-가 되기 위한 수련생이다. 실례가 아닐지 염려되었지만, 나에게 카메라를 맡기고 마이코 옆에서 V자를 그린다. 마이코 역시 V자를 그렸다.

'게이샤', 그 신비로운 단어에서 혹자는 가와바타 야스나리의 소설『설국』의 고마코를 떠올릴 것이며, 혹자는 장쯔이 주연의「게이샤

식기는 요리의 기모노

의 추억」을 생각할 것이다. 게이샤는 악기연주와 노래, 춤으로 술자리의 흥을 돋고 손님을 접대하는 여성이다. 일본의 전통 '기생'인데, '예술을 업으로 하는 사람'으로 매춘부나 유녀(遊女)와는 구분된다. 정식 게이샤가 되기 위해서는 힘든 수련 과정을 거쳐야 하는데 도쿄의 경우는 6개월에서 1년, 교토는 5년이라는 긴 수련 기간을 요한다. 이 과정의 견습생을 도쿄에서는 '한교쿠'(半玉) 또는 '오샤쿠'(御酌), 교토에서는 '마이코'라 한다. '춤을 추는 기녀'라는 뜻이다. 전통음악과 무용만이 아니라 다도, 서예, 문학, 시에 이르기까지 전통예술을 익힌다.

정식 게이샤가 되면 견습생일 때와는 달리 짧은 소매의 수수한 기모노를 입으며, 화장도 특별한 때만 하얗게 칠한다. 교토에서는 게이샤 정통을 중요시하며 엄격한 수련과정에 대한 자부심을 가지고 있어서 '게이샤'라 하지 않고 '게이코'라고 특별히 달리 부른다.

'게이샤'는 원래, 17세기 음주와 매춘이 이루어지는 유곽에서 음악과 무용으로 손님을 즐겁게 하는 남자 예능인을 지칭하는 말이었다. 훗날 이 자리를 여성이 차지하게 되는데, 에도시대 중엽 유녀보다 인기를 끌면서 게이샤 촌이 생겨나고 '훌륭한' 직업으로 자리매김을 한다. 이후 메이지유신이 진행되면서 '전통예능의 아름다움을 추구하는 여인'으로 존경을 받았지만, 오늘날 그 전통이 무너져가고 있다. 20세기 초 약 8만 명에 이른 게이샤는 이제 1000~2000명 정도로 추정된다. 그래도 최근 들어 게이샤 지망생이 늘어나고 있다니 재미나다.

'게이샤야말로 일본의 상징이자 아이콘'이라면서, 특별한 경험에 상기된 딸아이와 작은 찻집에서 잠시 쉬었다가 다시 걷기 시작했다.

그런데 이게 웬일인가! 기요미즈데라(清水寺)를 향하는 길목에 이르자 가지각색의 화려한 기모노의 마이코가 한둘이 아니다. "우와~, 오늘 무슨 날이야".

　오늘은 토요일 오후. 이들은 게이샤 체험을 하고 있는 관광객들이었다. 교토를 찾은 젊은 아가씨들이 메이크업부터 기모노까지 완벽하게 변신을 하고, 교토의 거리를 마치 마이코인 양 다니고 있는 것이다. 알고 보니 교토에는 마이코로 변신을 시켜주는 스튜디오가 많이 있다. 분장을 하는 데만 1시간 가량 소요되고 비용은 대략 1만 엔 정도인데, 명소를 산책하면서 촬영을 하면 더 비싸다고 한다.

　"헐! 다 가짜잖아." 우리 딸 입이 쑥 나온다.

시치고산, 예쁜 아이들

　나는 지금 교토다. 단풍의 절정기이다. 교토라고 했을 때 떠올릴 수 있는 가장 교토다운 그림을 볼 수 있는 시기다. 세상은 울긋불긋 많은 이야기를 담지만 시간은 천천히 긴 숨을 내쉬는 11월의 이 도시를 나는 좋아한다. 나직나직 특유의 리듬을 타고 지저귀는 듯 들리는 교토 사투리는 먼 시간 속으로 여행하고 있다는 착각에 빠지게 한다.

　천년의 옛 도읍지 교토는 번화하다. 사찰과 신사로 즐비한 골목골목에는 관광객들의 수다스러운 발걸음이 북적댄다. 그래도 드문드문 작은 가게에서는 교토를 터전으로 살아가는 사람들의 냄새가 보이니 이거 역시 반갑다.

　교토에서의 즐거움은 오래된 건물 속에서 역사를 느끼는 것만이 아니다. 기모노를 곱게 차려 입은 사람들의 모습을 가까이에서 바라보는 것 역시 즐거움의 하나다. 교토의 시가지에서는 기모노차림의 사람들을 쉬 볼 수 있다. 관광객들 중 스튜디오에서 기모노를 빌려 입고 마치 교토를 무대로 영화를 찍는 양 활보하는 사람도 있고, 코스프레를 즐기는 젊은이도 있다. 그것뿐이겠는가. 토박이들의 자연스러운 걸음걸이를 만나는 일 또한 즐겁다.

11월 15일은 시치고산(七五三)이다. 글자 그대로 7살, 5살, 3살 된 아이의 성장을 축하하는 일본의 연중행사다. 아이들을 곱게 차려 입히고 신사나 절에 가서 건강하게 성장한 것을 감사하고 행복을 기원한다.

그 시작에 대해서, 도쿠가와 막부 5대 쇼군 쓰나요시(綱吉)가 병약한 장남 도쿠마쓰(德松, 1679~1683)의 건강을 기원하는 행사에서 비롯되었다는 설이 유력한 것으로 보아 17세기부터인 듯 하지만 분명하지는 않다. 음력 11월은 수확을 마치고 신에게 감사하는 달이다. 보름날 마을사람들이 수호신을 찾아 수확을 감사하고, 아이의 성장을 감사하고, 가호를 빈 것에서 비롯되었다는 이야기도 있다.

그 외에도 3살이 되면 아이의 머리를 더 이상 밀지 않고 기르기 시작하는 '가미오키'(髪置) 의식, 5살이 된 남자아이가 처음으로 하카마(정장바지)를 입는 '하카마기'(袴着) 의식, 7살 된 여자아이가 어른과 같은 모양의 오비를 하는 '오비토키'(帯解) 의식에서 유래되었다는 말도 있다. 이런 의식을 통해서 남아는 비로소 사회의 일원으로 받아들여지고 여아는 하나의 여성으로 인정받게 된다.

교토의 가을

메이지 이후 음력을 더 이 상 사용하지 않으면서, 양력 11월 15일을 '시치고산' 날로 정하고 지금까지 이어지고 있 다. 지역에 따라 13세가 되는 해 축하 행사(十三參り)를 하는 곳도 있고, 날을 달리하는 곳 도 있으며 호사스럽게 피로연을 베푸는 곳도 있다. 여하튼 내 새끼 잘 자라서 고맙고, 더 잘 자라기 바라는 부모의 마음이 담긴 날이다.

사실 일본도 근대 이전 아이를 무탈하게 키운다는 것은 쉬운 일이 아니었다. 역병, 영양 등의 문제로 영유아 사망률이 높았기 때문에 7살이 되기 전까지는 하나의 인간으로 인정하지 않았다. "이세상과 저세상 사이에 존재하는 것이라 언제라도 신의 품으로 돌아갈 수 있 다"고 생각했었고, 그러니 죽음 역시 자연스럽게 받아들였다. 7살이 된 후 비로소 지역사회에서 하나의 인격체로 인정받았다. '시치고산' 은 바로 이런 의미에서 비롯된 의식이었을 것이다.

헤이안 진구 역시 사람들로 북적인다. 빨간 기둥 사이로 예쁜 기 모노를 입고 한껏 멋을 부린 어린아이들의 모습이 살짝살짝 보일 때마 다 저절로 미소 짓게 된다. 젊은 엄마 아빠의 모습도 보이고 할아버지 할머니의 모습도 보인다. 귀하디 귀한 내 자손, 이 순간의 그림을 기 억하기 위해서 카메라 셔터 누르기에 바쁘다.

머리부터 발끝까지 어른 흉내를 내고 뽀얀 분칠을 한 여자아이는 새침스럽게 포즈를 취한다. 깜찍하고 자깝스럽다. 이때 내 눈을 의심케 하는 한 아이가 있었다. 참 예쁜데, 정말 예쁘고 화사하고 좋은데, 그런데 그게 '마이코' 기모노가 아닌가? 보아하니 하나가 아니었다. 여기도 저기도 심심치 않게 보인다.

모르겠다. 나라면 딴 건 몰라도 어린 딸아이에게 마이코 옷 따위는 입히지 않을 것 같은데 말이다. 참 재미난 나라다. 설마 장래 희망이 마이코는 아니겠지. 아무리 '예술을 업으로 하는 사람'으로 매춘부나 유녀(遊女)와는 구분된다 해도 기녀는 기녀다. 여하튼 이해할 수 없는 그림을 보고 나도 카메라 셔터를 눌렀다.

22. 시간여행을 통한 행복찾기

【이신혜】

시간여행은 참 흥미로운 소재이다. 현재를 살고 있는 우리는 어디에서 왔고 어디로 가고 있는가? 지금도 지구에서는 몇십억이나 되는 사람들이 저마다 생을 부여받아 동시대를 살아가고 있다. 앞으로 생이 어떻게 전개될지 한치 앞을 모르는 인생이기에 우리는 항상 미래가 궁금하다. 더불어 나의 과거, 나의 흔적에 대한 아련한 그리움은 시간이 쌓일수록 더욱더 선명하게 다가온다. 물론 과거의 기억이란 지극히 주관적이고 단편적이지만, 과거를 떠올릴 때마다 분명히 기억하고 싶지 않고 후회되는 시점이 있을 것이고, 할 수만 있다면 그때로 돌아가 과거를 바꾸고 싶다는 생각도 하게 되는데, 최근의 일본 드라마나 애니메이션에는 시간여행을 다룬 작품들이 꽤 많다.

시간여행은 몇 가지로 나눌 수 있다. 「도라에몽」의 타임머신이나 「백투더퓨처」와 같이 기계나 시스템을 이용하는 타임트래블, 알 수 없는 이유로 우발적으로 시간을 거슬러 미래나 과거로 가게 되는 타임슬립, 자신의 능력으로 현재의 의식을 과거나 미래의 자기 몸으로 전송하는 타임리프 등이다. 즉 타임슬립은 현재의 육체 그대로 시간이동을 하는데 비해, 타임리프는 현재의 의식을 가지고 과거나 미래의 육체 속에 들어가는 것이다.

재미있는 타임슬립 일본드라마로 「프로포즈 대작전」(2007년)이 있다. 참신한 설정 때문에 우리나라에서는 2012년, 중국에서는 2017년에 리메이크되었다. 세상에서 가장 사랑하는 소꿉친구 레이의 결혼식장에 축하객으로 참석한 주인공 겐은 웨딩드레스를 입은 레이를 보고 내내 아쉬워한다. 하객들에게 소개되는 슬라이드 사진속의 학창시절의 모습을 바라보며 "만약에 내가 저 때 고백을 했더라면 지금 레이 옆에 앉을 수 있었을까" 하고 후회하는 것이다. 그때 갑자기 겐의 후회가 진심임을 알아차린 결혼식장의 요정이 나타나 두 사람의 어긋난 학창시절을 다시 재건할 수 있도록 타임슬립을 시켜준다.

겐은 슬라이드 사진 속 레이의 얼굴이 기운이 없거나 슬프거나 화난 표정이면 매번 과거를 바꾸기 위해 노력하여 표정이 조금씩 달라진다. 과거 둘은 서로에게 마음은 있었지만 솔직하게 털어놓지 못하고 자존심 싸움만 되풀이 했었다. 겐이 성인이 되어 다시 과거로 돌아가 보니 예전에는 알아차리지 못한 레이의 세심한 마음이 여기저기서 발견되었다. 몇 년이 지나 정신적으로 성숙해진 후에 옛날로 돌아가면 레이에게 마음을 잘 전할 수 있을 법도 한데, 답답하게도 겐은 매번 고백하지 못하고 끝나 버린다.

「프로포즈 대작전」의 메시지는 매순간을 소중히 여기고 최선을 다하자는 것이다. 겐은 타임슬립의 힘을 빌려 옛 시절로 돌아가 그 당시에는 어려서 모르고 지나쳤던 것들, 잘못한 것들을 반성하며 레이와의 관계회복을 위해 노력하여 결국 스페셜 판에서는 결실을 이룬다. 더불어 함께 어울리는 절친 에리, 쓰루, 에노와의 우정과 정다운 고교생활은 시청자들의 부러움을 사기에 부족함이 없다.

일본 드라마나 애니메이션, 영화는 학창시절을 무대로 한 작품이 많다. 그 이유는 고등학생이 성인으로 성장하기 위한 과정에서 겪는 우정, 사랑, 장래, 동아리활동 등의 여러 경험들이 많은 사람들에게 공감을 불러일으키고, 시청자의 학창시절을 돌아보며 추억에 젖게 만들기 때문인 것 같다. 고교시절은 진학이나 장래에 대한 불안함은 있지만 감정적으로 예민한 시기이면서도 어른사회의 때가 묻지 않은 그나마 순수한 영혼을 가진 때라 하겠다. 그 시절의 일상과 교우관계는 언제든지 향수를 불러일으키기에 충분하다. 그런 면에서 시간여행과 학창시절의 콜라보는 매력적이다.

이런 매력을 지닌 최강 애니메이션 영화로 「시간을 달리는 소녀」 (2006년)를 들 수 있다. 「시간을 달리는 소녀」는 1967년에 발간된 소설과 1983년, 1997년, 2010년의 실사영화와 1972년, 1985년, 1994년, 2016년의 TV드라마 외에도 만화, 연극 등 다수의 동명작품이 존재한다. 각 작품들은 모두 제작자의 새로운 해석이 가미되어 저마다 색다른 재미가 있다. 작품의 제목에서 알 수 있듯이 시간을 마음껏 달릴 수 있는 능력을 지닌 여주인공이 미래에서 온 남학생과 만나 겪게 되는 청춘, 연애, 고등학교 생활이야기이다. 평범한 여자주인공 마코토와 의대지망생 고스케, 야구를 좋아하는 지아키, 이 세 명의 절친에게는

극장판 애니메이션 영화 「시간을 달리는 소녀」

방과 후에 캐치볼 하는 시간이 가장 즐겁다. 마코토는 우연히 타임리프 능력을 얻게 되어 시간을 마음껏 즐겨보기도 하지만, 재수 없는 하루를 만회하려다가 그로 인해 또 다른 피해가 발생하는 등의 부작용을 경험하기도 한다. 마코토는 처음에는 장래에 대한 생각 없이 막연하게 현재를 살았지만 타임리프를 반복하는 중에 현실을 직시하게 되고 또 장래에 하고 싶은 일을 정해서 미래를 향해 주도적으로 행동하게 된다.

「시간을 달리는 소녀」의 메시지는 두 가지이다. 첫 번째는 시간의 소중함이다. 과학실 칠판에 적힌 '시간은 기다려주지 않는다'(Time waits for no one)이라는 문구 외에도 한번 뿐인 인생, 제대로 앞으로 보고 현재를 살아라는 의미로 "앞을 보라"는 대사가 나온다. 누구에게나 시간은 한 번 밖에 없는 것이고, 그 유한함으로 인해 시간의 소중함과 고마움을 더욱 더 느낄 수 있음은 불변의 진리이다. 후반부에서 이제 곧 지아키가 사라진다는 것을 알았을 때, 그리고 이제 더 이상 타임리프를 못쓰게 되었다는 것을 알았을 때 비로소 마코토는 지아키에 대한 자신의 마음을 깨닫게 된다. 초반에 마코토가 고백을 할 때 그 상황을 회피하려고만 했던 마코토가 이제 이 순간은 두 번 다시 돌아오지 않는다는 것을 인식한 후, 전력질주로 달려가 후회 없이 지아키에게 자신의 마음을 표현한다. 시간의 소중함을 깨달아 현실을 피하지 않고 마주하려는 마코토의 당당한 자세를 살펴볼 수 있다.

두 번째는 인생은 선택의 연속이라는 것이다. 자전거를 타고 귀가하던 날의 지아키의 고백을 막기 위해 타임리프를 되풀이 하는 장면에서 등장하는 '양갈래 표지판'. 타임리프 횟수만큼 이 갈림길이 등장하는데, 이는 우리가 인생의 매순간 순간마다 선택의 기로에 서 있다는 것을 각인시켜 준다. 지아키가 미래로 돌아가는 기회를 잃어서까지 마지막 남은 한번의 타임리프를 마코토를 위해 쓴다거나, 미래로 돌아가기 직전의 지아키에게 마코토가 찾아가서 꼭 그림을 보존하겠다고 약속하는 등의 아주 중요한 선택들이 그들의 삶을 만들어가고 있다. 인생은 선택의 연속이며, 매순간의 선택이 쌓여서 인생이 완성된다. 이렇듯 선택은 인생에 커다란 영향을 끼치므로 항상 신중해야 할 것이다.

타임슬립을 하는 목적은 인생을 다시 살고 싶거나 지금까지와는 다른 세계에서 살고 싶어서일 텐데, 이는 지금의 내가 아닌 다른 사람으로 변하고 싶은 욕구의 발로일 것이다. 크게 보면 역사를 바꿀 수도 있는 일이지만, 개인적인 일상의 변화 측면에서 보자면 자신의 부족한 부분, 싫은 부분, 실패한 부분을 바꾸기 위한 용도로 사용된 것이다.

실제로 필자 주변 사람들에게 다시 젊은 시절로 돌아가고 싶냐고 물어보니 "다시 돌아가고 싶다"는 대답보다 "불안한 미래 때문에 힘들었던 그 시절로 돌아가고 싶지 않다"는 대답이 압도적으로 많았다. 과거의 젊은 시절이 마냥 좋은 것만은 아닌 모양이다. 그중 무릎을 탁 치게 한 말이, "무작정 젊은 시절로 돌아가는 건 싫고, 지금 현재의 생각을 가지고 다시 돌아간다면 잘 살 수 있을 것 같다"는 대답이었다. 그건 바로 세상풍파를 겪으며 성숙해진 지금의 의식으로 철없던 젊은 시절의 어리숙함을 메꾸고 싶다는 생각인데, 그게 바로 시간여행이 사람들의 마음을 사로잡는 이유인 것 같다. 어쨌든 지금 이 순간은 두 번 다시 돌아오지 않는 소중한 순간임을 다시 한 번 명심해야겠다.

23. 봄을 만끽하라

일본 전통 꽃놀이 하나미(花見)

【정경진】

지금도 일본의 봄하면 떠오르는 대표적인 풍경은 곳곳에서 만나볼 수 있는 벚꽃과 그 아래에 삼삼오오 모여 먹고 마시며 꽃구경을 만끽하는 사람들의 모습이다. 이러한 봄날의 벚꽃 구경을 일본어로는 '하나미'(花見)라고 한다. 특히 일본의 수도 도쿄에는 우에노(上野)공원과 아스카야마(飛鳥山)공원 등 유수의 하나미 명소가 있어 매년 3월이 되면 수많은 인파가 이곳을 찾는다. 그렇다면 이러한 하나미 명소는 언제부터 생겨난 것일까? 그리고 에도시대의 하나미는 지금과 같은 스타일이었을까?

하나미의 역사는 나라(奈良)시대(710~794)와 헤이안(平安)시대(794~1185)로까지 거슬러 올라가는데 당시 귀족들 사이에서는 꽃이 피면 잔치를 열고 꽃의 아름다움을 즐기는 고상한 놀이 문화가 존재했다. 이후 에도(江戸)시대(1603~1867)로 접어들면서 하나미는 도시 정비와 상업의 발달 등으로 인해 일반 민중에게까지 확대되었고, 벚꽃이 피기 시작하면 많은 사람이 하나미를 즐기기 위해 명소로 모여들었다.

특히 우에노 도에이잔(東叡山)은 17세기 중반부터 민중의 하나미 장소로 인기를 얻었다. 지금도 하나미의 대표 명소인 우에노 공원은 도쿠가와 가문의 묘가 모셔진 도에이잔 간에이지(寬永寺) 경내의 일부를 말한다. 이후 아스카야마, 고텐야마(御殿山), 스미다츠츠미(隅田堤)를 비롯 많은 절과 신사 등에 벚꽃 명소가 형성되었다.

벚꽃은 일본을 대표하는 꽃으로 단순히 봄의 도래를 알릴 뿐 아니라 일본인들의 생활과도 밀접한 관련이 있다. 왜냐하면 벚꽃은 겨울에서 봄으로 계절의 변화를 알려주는 자연의 자명종과 같은 것이었는데 특히 자연 현상에 큰 영향을 받는 농촌에서는 농사와도 깊은 연관이 있었다. 각 지역에는 꽃이 필 때까지 기다렸다가 볍씨를 뿌리는 못자리 벚꽃이라 불리는 나와시로자쿠라(苗代桜)가 있었고, 꽃의 피는 정도에 따라 그해의 풍작을 점치는 요노나카사쿠라(世の中桜)라는 종류도 있었다고 한다. 이는 농업에 종사하는 이들에게 벚꽃의 개화 정도가 그해의 수확을 점쳐볼 수 있는 전조로 자연신의 의지 발현이라 여기는 종교적인 의미도 있었다.

지금도 벚꽃이 피고 만개한 후 지기까지 하나미를 즐길 수 있는 기간은 그리 길지 않지만, 에도시대에도 10일에서 15일 정도로 하나미의 낭만을 즐길수 있는 건 그리 길지 않았다. 지금은 다양한 교통수단을 이용해 큰 제약 없이 벚꽃 명소를 찾아갈 수 있다. 하지만 에도시대 사람들에게 있어 하나미는 그야말로 큰마음 먹고 즐기는 일대의 이벤트와 같은 것이었다. 왜냐하면 당시는 도보로 이동해야 했기에 하나미는 온종일의 시간을 쏟아야 하는 원정 행차였기 때문이다. 지금은 도쿄

도심이라 할 수 있는 우에노도 당시에는 근처 일대가 논밭이 펼쳐진 곳이었다. 도쿄의 중심지 긴자(銀座) 니혼바시(日本橋)에서 출발하면 우에노까지는 한 시간, 아스카야마까지는 두 시간 정도 걸렸다고 하니 지금과 당시의 시간적 공간적 감각이 얼마나 달랐는지 알 수 있다. 그런 수고로움이 있었지만 당시 여성이나 아이들에게 하나미는 마을 밖으로 나갈 수 있는 귀한 경험이 되기도 했다. 그래서인지 하나미는 연극 구경이나 절, 신사 참배 등과 마찬가지로 특별한 행사였다는 기록이 남아있다. 또한 하나미를 즐기기 위해 몸치장을 하고 도시락을 만들고 집을 봐줄 사람을 구하는 등 전 가족이 하나미를 위한 준비를 하면서 들뜬 분위기는 한껏 고조되었다고 한다.

하나미에 있어 또 하나 중요한 요소가 바로 날씨였다. 에도 사람들은 5·7·5의 글귀를 붙여 짝을 맞추는 노래인 센류(川柳)로 하나미 당일의 좋은 날씨를 바라는 노래를 짓기도 했는데, 이를 통해 하나미를 보이지 않는 힘이 축복하는 특별한 기회로 여겼음을 짐작해 볼 수 있다. 이렇게 여러 조건이 갖추어져야만 제대로 즐길 수 있는 하나미였기에 그 기간이 되면 수많은 인파가 한꺼번에 몰리며 여러 진풍경이 펼쳐졌다.

우선 에도 벚꽃 명소의 특징을 꼽으라고 하면 멀리서 보았을 때 하얀 눈이 내린 것 같은 방대한 양의 벚꽃 나무를 빼놓을 수 없다. 우에노와 함께 18세기 중반부터 하나미 명소로 자리매김한 아스카야마의 경우에도 언덕 위 광활한 잔디 위에 수천 그루의 벚꽃 나무가 심어져 엄청난 인파가 몰렸다는 기록이 있다. 아스카야마는 도쿄의 북쪽 오지(王

子) 역에 위치해 지금도 매년 봄이 되면 많은 사람이 찾는 장소이다. 그 외에도 1716년경 에도의 8대 장군인 도쿠가와 요시무네(德川吉宗)의 명에 의해 스미다츠츠미, 지금의 시나가와(品川)에 위치한 고텐야마에도 많은 수의 벚꽃 나무를 심고 가꾸기 시작했다고 한다. 재미있는 것은 당시의 하나미 열풍은 도심 내 명소에만 그치는 것이 아니었다는 사실이다. 외곽에 위치한 대표적인 장소로 에도성에서 10㎞나 떨어진 다마가와조수이츠츠미(玉川上水堤)가 있는데 현재 도쿄 외곽인 고가네이(小金井)시와 고다이라(小平)시의 경계에 위치한 곳이다. 지금도 이곳을 가려면 전철로 1시간 이상을 달려야 하니 당시에 이곳에서 하나미를 즐기려면 숙소에 묵고 며칠에 걸쳐 다녀와야만 했다. 이는 당시 하나미 열기가 어떠했는지를 알 수 있는 대목이기도 하다.

당시 하나미 열풍은 다양한 명소를 소개한 가이드북의 간행으로도 이어졌다. 1827년에 간행된 『에도메이쇼하나고요미』(江戸名所花暦)의 내용을 살펴보면 벚꽃은 물론 모란 등의 다양한 꽃과 휘파람새와 가을 벌레까지 등장하며 사계절의 유람 장소를 삽화와 함께 설명하고 있다. 『에도메이쇼하나고요미』에 등장하는 벚꽃의 명소를 보면 우에노 도에이잔이 10곳, 히간자쿠라(彼岸桜)의 명소가 11곳, 그 외 명소 25곳이 소개되어 있다. 이 책에서도 특별한 벚꽃 명소로 우에노가 소개되어 있는데 당시는 우에노 도에이잔의 구로몬(黒門)부터 인파가 몰려 제대로 걷지 못할 정도였다고 한다. 하나미를 위해 많은 사람이 한꺼번에 몰린다는 것은 그 장소가 마치 시장과 같이 번화했다는 걸 의미하는데, 이는 당시 에도사회 내 다양한 신분적 구별을 생각하면 이들이 얼마나 특별한 장소였는지도 말해준다. 예를 들어 에도는 무가(武家) 거주지, 사사(寺社) 지역, 조닌(町人) 거주지 등 신분별로 거주 지역이 나뉘어 있었는데, 우에도 도에이잔을 비롯한 하나미 명소는 이러한 신분과 성별, 나이를 초월해 모여 즐기는 광장과 같은 역할을 한 것이기 때문이다.

여러 에도의 명소 가이드북을 살펴보면 흥겨운 놀이의 장소로 절과 신사가 자주 등장하는데 사찰 입구에는 하나미와 같은 특별한 시즌이 되면 시장이 형성되고 그곳에서 연극이나 다양한 구경거리인 미세모노(見世物)를 볼 수 있어 다양한 놀이의 기회가 있었음을 알 수 있다. 그 외에도 하나미를 즐기러 온 이들의 소비를 자극하듯이 미세모노와 더불어 차와 요리를 파는 차야(茶屋)도 생겨나기 시작했다. 차야에서는 두부 산적 요리인 덴가쿠(田楽)와 삶은 달걀, 차 등의 간단한 식사부터 고급 요리까지 다양한 음식을 판매하였다고 한다.

이렇듯 하나미의 장소는 임시 광장이 되기도 하고, 여러 계층과 다양한 연령대와 다른 성별의 민중이 자유롭게 교유할 수 있는 열린 공간이 되기도 했다. 지금도 하나미 기간이 되면 벚꽃 나무 아래에 큰 돗자리를 깔고 여러 명이 모여 술을 마시거나 도시락을 먹거나 게임을 하는 등 각양각색의 방법으로 하나미를 즐기는 걸 쉽게 볼 수 있다. 에도시대에도 사람들은 벚꽃 아래에서 먹고 마실 뿐 아니라 노래하고 춤추며 악기를 연주하기도 하고 새로 맞춘 의상을 뽐내기도 했다. 에도시대에는 자신들이 하나미를 즐기는 자리라는 표시로 각 나무와 나무사이에 장막을 쳤다고 알려져 있는데 그곳에 털로 된 혹은 여러 무늬가 들어간 돗자리를 깔고 술을 마시기도 했다.

사람들이 하나미에 열광하는 이유는 아름다운 꽃을 구경함에도 있지만 이렇듯 자유롭게 모여 풍류를 즐기는 연회가 펼쳐지기 때문이었을 것이다. 특히 하나미의 연회에서는 만개한 벚꽃의 아름다움을 시나 노래로 짓는 문예적인 놀이가 펼쳐졌다. 꽃의 아름다움에 취해 와카(和歌)나 한시를 짓거나 단자쿠(短册)나 색지에 붓글씨도 멋지게 써서 근처 벚꽃 나무의 가지에 묶기도 했다. 그렇게 장식된 단자쿠를 지나가는 사람들이 읽어보는 것도 하나의 진풍경이었다고 한다.

하나미에서 꽃의 아름다움을 시나 노래로 표현하는 것은 헤이안(平安)시대 이후 귀족과 영주, 승려 등 교양인들의 습관이었다. 이러한 풍아가 서민들 사이에서 향유된 것은 에도시대 초기부터라고 알려져 있다. 한 예로 '하나미를 하러 와서 시를 짓지 않으면 꽃을 보았다고 할 수 없다'(ここに至りて詩無くんば、花を見ざる人のみ-『歳序雑話』)라는 기록이 있다. 또한 이 외에도 노래(謡), 북, 축국(蹴鞠), 거문고, 가면 음악극인 조루리(浄瑠璃), 무용 등이 일반 민중 사회에 침투하면서 하나미의 장소는 평소 갈고닦은 실력을 선보일 수 있는 절호의 기회가 되기도 했다. 또한 빼놓을 수 없는 것이 하이카이(俳諧)인데 하나미를 주제로 한 다양한 하이카이가 선보이기도 해 하나미는 민중의 행락임과 동시에 문예와 풍아의 연회로 발전해 갔다.

또한 에도의 하나미는 시대를 반영하는 새로운 하나미 풍경을 만들어 내기도 했다. 대표적인 예로 17세기 이후 도시의 번영이 가져온 경제력을 바탕으로 여성들이 하나미 고소데(小袖)라고 하는 호화로운 의상을 입고 부와 미모를 뽐내게 되었다. 당시 우에노에서는 벚꽃의 아름다움뿐 아니라 새로 맞춘 기모노로 한껏 멋을 부린 사람들을 구경하는 것도 또 다른 볼거리였다고 한다.

봄에 꽃으로 유명한 장소를 방문해 꽃을 보며 연회를 열거나 시를 짓는 문예 활동을 하거나 북, 샤미센 등의 악기를 연주하며 흥겹게 노래와 춤을 즐기는 하나미는 신분의 귀천이나 남녀노소를 불문하고 모든 사람이 참가할 수 있는 대중적인 오락으로 에도시대 중반에는 전국의 여러 도시에서 유행하였다. 자연 속에서 꽃을 바라보며 즐기는 에도시대의 하나미는 도시 사람들이 자연과 접할 수 있는 기회이면서 한편으로는 많은 사람이 연회와 음주를 즐기며 함께 봄을 만끽하는 도시의 '축제'였다고도 할 수 있다. 벚꽃의 개화는 추운 겨울을 지나온 에도사람들에게 '이제 마음껏 봄을 즐기시게!'라는 자연의 신호이자 선물이었을지도 모른다.

24. 유라쿠초에서 만날까요?

소요를 위한 공간 긴자

【허영은】

당신을 기다리면 비가 오지요/ 비에 젖진 않을까 걱정 되네요 /

아~ 빌딩 한 구석의 찻집/ 빗물도 그리운지 노래를 하네 /

달콤한 블루스/ 당신과 나의 사랑의 암호/ 유라쿠초에서 만납시다

프랑크 나가이가 불러서 히트를 했던 이 노래는 1957년 유라쿠초 (有楽町) 소고백화점 개점 당시 CM송으로 만들어졌다. 유라쿠초역을 시작으로 해서 시작되는 긴자 지역은 노래 가사처럼 특히 비 오는 풍경이 어울리는 곳이다. 저녁 무렵 거리에 하나둘씩 가스등이 밝혀지고 라이트 업된 유럽풍의 전통 건축물과 풍경이 어우러진 모습은 사람들을 로맨틱한 분위기에 빠지게 하는 매력을 지니고 있다. 전후 쇠락한 긴자를 활성화하기 위한 '유라쿠초 고급화 캠페인'의 일환으로 만들어진 이 노래는 긴자를 상징하는 노래가 되었는데, 이 캠페인이 대성공을 거두면서 "유라쿠초에서 만납시다"는 당시의 유행어로 자리 잡게 되었다.

오늘날 긴자는 일본 번화가의 대명사로 불리며 세계적인 고급 브랜드나 골동품점, 유서 깊은 카페, 레스토랑으로 전통과 우아함을 동시에 지닌 품격 있는 도시로 자리매김하고 있다. 일본에서 가장 땅값이 비싼 곳으로 알려져 있지만, 일본인들이 긴자를 사랑하는 이유는 그런 이유보다는 거리 곳곳에 새겨 있는 역사와 문화적 전통에 있다고 할 수 있다.

긴자 발상지임을 알리는 비

긴자는 원래 에도막부 시절 은화주조소가 있던 곳이다. 티파니 긴자점 앞에 은화 주조소가 있던 곳에 '긴자 발상지비'가 세워져 있다.

도쿠가와 이에야스는 1612년 자신의 본거지였던 슨푸성(지금의 시즈오카)에서 이곳으로 은화 주조소를 옮겨 와 긴자는 에도막부의 금융 중심지로서의 역할을 담당하게 된다. 그 후 근대에 들어서면서 메이지정부는 1872년 개통된 일본 철도의 출발지인 신바시와 당시 일본 경제의 중심지였던 니혼바시 사이에 있는 긴자를 문명개화를 상징하는 거리로 만들고자 계획한다. 런던의 리젠트 스트리트를 모방하여 소나무나 벚꽃, 단풍나무들로 된 가로수를 심고, 가스등이나 아케이드가 만들어지면서 긴자는 모더니즘 문화의 선봉이 된다. 긴자를 모더니즘의 상징으로 만든 것은 이와 같이 서구를 본떠 만든 유럽풍의 건물들 때문이다.

긴자의 이런 서구풍의 모더니즘 문화를 대표하는 것이 바로 와코 시계탑이다. 와코 시계탑은 1894년 당시 핫토리 시계점(지금의 세이코)이란 이름으로 세워졌다. 지금은 국내외 시계나 보석, 도자기, 핸드백 등의 고급 장식품을 파는 와코라는 상업시설로 활용하고 있다. 이 시계탑에는 종루가 있어서 매시 정각에 웨스트민스터의 종을 시간 수만큼 울리고 있다. 이 건물은 지금도 긴자의 세련된 모더니즘 문화를 상징하는 건물로 꼽히고 있다.

와코 시계탑과 더불어 긴자 건축의 역사를 간직한 것이 렌가테이와 시세이도 팔러이다. 1895년 창업한 양식당 렌가테이는 '붉은 벽돌집'이란 뜻이다. 목조건물이 많은 일본은 늘 화재의 위험을 안고 있어 긴자도 1869년, 1872년 두 번의 커다란 피해를 입었다. 이에 메이지 시대 도지사였던 유리 기미마사는 토마스 워털스의 설계로 화재에 강한 조지아 양식의 붉은 벽돌 건물 건설에 박차를 가한다. 그렇게 해서 탄생한 것이 렌가테이, 시세이도 팔러(parlor)이다.

렌가테이와 시세이도 팔러는 건축물로서 뿐만 아니라 음식에 있어서도 시대를 앞서간 곳이다. 렌가테이는 일본에서 처음으로 돈가쓰와 오무라이스를 선보인 곳이다. 1895년 문을 연 렌가테이는 창업 초기에는 정통 서양요리를 제공했는데 일본인들의 입에 맞지 않자 일본인에게 맞는 요리를 개발하면서 딥 프라이 방식의 돼지고기 커틀렛을 된장국과 양배추를 곁들여 내놓으면서 큰 인기를 끌게 된다. 이 요리가 현재 일본뿐 아니라 우리나라에서도 인기가 있는 돈가쓰이다. 돈가

199

쓰와 함께 양식 오믈렛에 밥을 섞어 만든 오무라이스도 큰 인기를 끄는데, 원래 바쁜 시간대에 종업원들이 쉽게 밥을 먹을 수 있도록 고안했던 것이 손님들의 요청에 의해 판매하게 된 요리이다. 이 렌가테이에서 개발한 돈가쓰와 오무라이스는 그 후 양식의 대표 메뉴로 자리잡게 된다.

한편 시세이도는 원래 조제 약국을 운영하던 곳이었는데 1902년 점포 안에 소다 파운틴을 병설해서 당시로서는 보기 드문 소다수나 아이스크림을 판매했다. 그 후 1928년에는 '시세이도 아이스크림 팔러'로 이름을 바꾸고 본격적인 양식 레스토랑을 개업해서 간판요리인 미트 크로켓을 판매하기도 했다. 당시 상류층 사람들이 이곳을 많이 이용했고 선을 볼 때 성공률 1위였다고 해서 더욱 유명해진 곳이기도 하다. 이처럼 긴자는 시대를 앞서가는 건축물, 음식으로 사람들의 주목을 끌게 된다.

이러한 긴자의 모던하고 자유로운 분위기는 젊은이들을 점차 긴자로 모이게 했다. 쇼와 초기 아르 데코의 영향을 받은 '모보, 모가'(모던 보이, 모던 걸의 줄임말)가 긴자에 등장하기 시작한 것이다. 특히 여성들이 차츰 사회에 진출하게 되면서 직장 여성들이 늘어나게 되고, 서구식 패션과 자유로운 분위기의 이들 신여성들이 긴자를 활보하면서 긴자의 '모보, 모가' 붐을 주도하게 된다.

그 후 태평양전쟁이 끝나고 도쿄역이 만들어지면서 마루노우치가 발전하고 전철이 생기면서 긴자에도 백화점과 극장, 카페 등이 잇달아 생기게 되고, 긴자는 점차 유행의 첨단으로서의 위치를 확고히 한

긴자의 모던 걸

다. 이어 1964년경에는 '미유키'족이라는 젊은이들이 등장하는데, 남성들은 아이비 룩이나 콘티넨탈 룩을, 여성들은 롱스커트에 리본 벨트를 맨 서구식 복장을 한 젊은이들이 긴자를 활보하게 된다. 이들은 주로 긴자의 미유키거리 부근을 돌아다녔기 때문에 '미유키'족이라는 이름이 붙었다. 기존 질서에 얽매이지 않고 자유로운 사고나 행동을 하는 '미유키'족 청년들이 자유와 해방감을 구가하기 위해 선택한 곳이 바로 긴자였고, 여기에서 나온 말이 '긴부라'라는 용어이다. '긴부라'란 특별한 목적 없이 긴자거리를 어슬렁거리며 걷는 것(긴자+부라부라 아루쿠)을 의미한다. 그런데 이런 긴부라에서 빠지지 않는 곳이 '카페 파울리스타'(Cafe Paulista)이다.

카페 파울리스타는 1911년 미즈노 료가 개업한 커피숍으로, 당시 한 잔에 5전으로 서민들도 부담 없이 커피를 즐길 수 있도록 한 일본 커피숍의 원조로 불리는 곳이다. 창업자 미즈노 료는 일본 최초로 브라질 이민정책을 시행한 인물로 유명하다. 1900년대 초기 일본은 인구 급증에 따른 식량 부족과 러일전쟁에서 돌아온 귀환병의 실업 등이 심각한 사회문제로 대두되는 한편, 브라질은 노예 해방으로 일할 사람이 없어서 세계 각국에 노동자를 보내줄 것을 호소했다. 이에 미즈노 료는 1908년 최초의 이민자 781명을 데리고 브라질로 떠난다. 하지만 브라질에서 말도 통하지 않고, 농장주에게 노예 대접을 받던 일본인들은 모두 일본으로 돌아왔고, 미즈노도 많은 적자를 보게 되었다. 그러자 브라질의 상파울루주에서 미즈노에게 연간 1,500가마의 커피콩을 무상으로 제공하기로 하고, 동시에 동양 유일의 판매권도 주어서 일본에서의 브라질 커피 보급 사업을 위탁한다. '파울리스타'란 '상파울루 사람'이란 뜻이고, 별 안에 여신을 그리고 그 둘레를 커피 잎과 빨간 열매로 감싼 카페 파울리스타의 로고는 상파울루시의 상징 로고이다.

이 카페는 문호나 유명인들이 자주 방문했던 곳으로 문학에도 자주 등장한다. 일본의 문호 아쿠다가와 류노스케도 이곳에 자주 들렀는데, 『시사신보』의 주간이었던 친구 기쿠치 칸을 만나기 위해서였다. 당시 『시사신보』의 사옥이 카페 파울리스타 부근에 있었기 때문이기도 하지만, 그런 이유보다는 당시로서는 흔하지 않던 커피라는 신문물과 우아하고 세련된 카페의 분위기에 매료된 까닭이 크다. 당시 카페를 찾았던 아쿠다가와를 비롯한 많은 문인들은 서양문화를 느끼기 위해 이곳을 자주 찾았던 것으로 보인다.

브라질 커피 스트레이트를 한 잔 5전에 양껏 마실 수 있다. 동그랗고 두툼한 흰 도자기로 된 컵에 '별'과 '여신'의 얼굴이 정면에 그려진 마크가 그려져 있다. 그 마크는 지금도 내 눈 속에 각인되어 아련한 추억으로 남아 있다. 파울리스타에서는 커피 이외에도 한 접시에 15전하는 카레라이스가 맛있었다. 보이가 힘찬 목소리로 "카레라이스, 원!"이라고 영어로 소리치는 모습이 왠지 서양스러운 느낌이 들어 즐거웠다.

— 히라노 이마오의 「긴자 이야기」

카페 파울리스타는 유명인들 뿐 아니라 커피라는 신문화에 매력을 느낀 젊은이들이 모이는 핫 플레이스이기도 했다. 최근에 '긴부라'에 대한 새로운 설이 나왔는데, 긴자의 카페 파울리스타에서 브라질 커피를 마시는 것을 '긴부라'라고 했다는 설이다. 다이쇼시대에 게이오대학 학생들이 파울리스타에서 커피를 마셨던 것을 멋스럽게 생각한 사람들이 만들어낸 용어라는 설명이다. 그래서인지 여기에서 커피를 마시면 '긴부라 증명서'도 같이 발행을 해 준다. 이처럼 긴자는 나이든 사람이건 젊은 사람이건, 유명인이거나 그렇지 않거나, 모두가 느긋하게 자신만의 방식대로 낭만을 즐길 수 있는 그런 로맨틱한 공간이다.

신문화의 첨단 유입 창구였던 모던 긴자를 즐기는 방법은 여러 가지가 있을 것이다. 찰리 채플린이 방문했다고 하는 붉은 벽돌로 된 일본 최초의 양식당 렌가테이에서 돈가쓰를 먹고, 카페 파울리스타에서 커피 한 잔을 한 뒤, 가스등 거리의 골목을 소요하며, 아쿠다가와나 나가이 가후와 같은 문호들이 거닐던 발자취를 찾아보는 '긴부라'를 해보는 것도 좋은 방법 중 하나일 것이다. 그러면 어디선가 "유라쿠초에서 만날까요?" 하는 프랑크 나가이의 속삭임이 들릴지도 모르겠다.

25. 오히토리사마의 탄생과 미래

【조은숙】

최근 일본에서는 히토리카페(一人カフェ), 히토리타베아루키(一人食べ歩き), 히토카라(ヒトカラ：一人カラオケ) 등 홀로족들을 위한 서비스가 대유행이다. 코로나 시대에 사람과의 만남을 최소화해야 하는 상황 속에 유행을 떠나 사회적 요구가 되고 있는 현실이기도 하다.

'오히토리사마'(おひとり様)라는 말은 저널리스트 이와시타쿠미코(岩下久美子)의 저서(2001년)로부터 시작되어 2005년에는 유행어 대상을 받았다. 당시 저자는 '자기확립이 된 여성, 일과 사랑, 성공을 위해 익혀야 하는 삶의 철학, 자타 공생을 위한 하나의 지혜'로 정의하고 있다. 즉 현대를 살아가는 여성들이 당당하고 독립적인 삶을 영유하고자 하는 행동철학으로, 혼자 행동하는 것을 마이너스적인 이미지가 아닌 긍정적 이미지로 바꾸고자 하는 변화된 가치관을 나타내는 말로 사용해 왔다.

그런데 사람들은 왜 이런 신조어를 만들어 내는 것일까? 츠루미(鶴見 1975)의 이론으로 풀어본다면 고개가 끄덕여진다. 츠루미는 어휘의

사용에는 주장적 사용과 표현적 사용으로 나눌 수 있는데, 이를 혼합시킨 '자기방어형'(お守り言葉) 사용법도 있다고 논하고 있다. 이는 가짜 주장적 사용법으로 자신의 입장을 정당화하기 위해서 흡사 그 진위가 확실한 것처럼 진술하는 말의 사용법이라고 한다. 자기의 입장을 사회적으로, 정치적으로 정당하게 인정받고 활동할 수 있게 하는 그런 신조어를 말한다. 그는 태평양 전쟁 시 전쟁을 미화하고 정당성을 불어넣기 위해 사용되었던 '国体', '日本的', '皇道' 등의 예를 들고 있다.

다시 말하면 '오히토리사마'는 사회적으로 성공한 여성들이 혼자서 먹고, 여행하고, 즐기는 행위에 대해 정당성을 인정받고 싶어하는 욕구와 함께 이를 지켜보는 타자들의 용인이 함께 아우러져 유행되었다고 볼 수 있다. 물론 이러한 유행어들은 시간이 지남에 따라 그 의미가 퇴색되거나 와전되어 사용하기도 한다. '오히토리사마'는 단지 여성만이 아닌 남성들도 집단으로부터 해방되기 위해 사용하기 시작하여 배우자가 죽고 혼자 남은 독거노인들까지 남녀노소 모두를 대상으로 한 홀로족을 지칭하는 말로 사용되고 있다.

그렇다면 왜 일본 사회는 이러한 '오히토리사마'가 증가하고, 이들을 위한 서비스 산업이 발달하고 있는 것일까?

일본에서 최대 회원 수를 자랑하는 건축 관련 월간지인 『건축잡지』(2015. 01호) 특집 기사에 따르면 '오히토리사마'를 위한 공간은 물리적 공간 형태이기는 하나 '공적(公)·공유(共)·사적(私)'을 아우르는 사회적 형태의 새로운 모습이라고 분석하고 있다. 공적인 공간을 여러 사람과 함께 사적으로 공유하고 싶어하기 때문에 생기는 공간이라는 것이다.

여기에는 일본인들의 특성을 엿볼 수 있는데, 사회인류학자 나카네치에(中根千枝)는 『수직사회의 인간관계』(タテ社会の人間関係, 1967)에서 이렇게 설명하고 있다. 일본인들은 집이나 학교 등 사회의 소집단 안(ウチ)에서는 일체감과 귀속의식이 강하지만, 그 소집단 속에서의 관계는 소원해서 집단 밖(ソト)으로 나오면 독립적이고 개인적인 존재로 행동하고 싶어하는 경향이 있다는 것이다. 예를 들어 PC방이나 만화방은 그 공간이 서로 분리되어 있지만 각각의 공간에서 서로 다른 게임을 즐기는 동일한 활동, 즉 '세분화'와 '균질성'을 공유할 수 있다. 이와 같이 일본인들은 집단 안에서 개개인의 자유를 누리면서 그 안에서 일체감을 느끼고자 하는 경향이 있다는 것이다.

또한 지리학자 오규스탄 베르크는 일본의 공간과 사회는 높은 인구 밀도로 인한 공간 활용성을 높이기 위해 세분화, 균질성, 폐쇄성과 상호침투성이 공존하고 있다고 지적한다. 일본 대도시에서 많이 볼 수 있는 완룸이나 1K맨션, 캡슐호텔이나 PC방의 '오히토리사마 공간'은 이런 세분화와 균질성의 공존을 극대화한 예라 한다.

디자인 평론가인 가시와기 히로시의 「분할의 문화론」(2004)에서는 서양은 가족 간에도 공동의 공간에서 완전 분리된 개인실이 있는 반면, 일본에서는 큰 공간을 장지문이나 병풍으로 분리하여 사용하는 문화로, 그 큰 울타리 안에서 가족 간 연대감을 느끼고 배려하는 정서가 키워진다고 말하고 있다.

이런 문화에 익숙해졌기 때문일까? 일본인들은 소리에 둔감하고 시선에 민감하다고 한다. 그래서 이자카야 등의 술집에 가보면 칸막이 하나를 두고 큰 소리로 잡담하며 즐기는 풍경을 볼 수 있다.

그렇다면 '오히토리사마'는 타인의 시선을 의식하지 않고 모든 것을 즐기고 있을까? 그렇지는 않은 것 같다. 홀로족들에게 문턱이 낮은 곳과 높은 곳이 있는 것 같다. 주식회사 인테이지(株式会社インテージ)의 조사에 따르면 홀로족이 가장 많이 애용하는 서비스는 패스트푸드점과 카페, 분식집이라고 한다. 즉 끼니를 때우기 위한 간단한 혼밥집을 가장 많이 이용하고 있는 것이다.

'오히토리사마'를 위한 서비스 중에 그 이용률에 있어 남녀 성별 차이가 크게 나는 것들이 있다고 한다. 이러한 혼밥집은 여성보다는 남성들이 더 많이 이용하고, 케익이나 디저트를 파는 스위트점(スイーツ店)은 남성에게는 문턱이 높은 모양이다. 또한 초밥집, 이자카야, 야키니쿠 등도 여성보다는 주로 남성 '오히토리사마'들이 이용하고 있는 것으로 나타났다. 이와 같이 성별이나 연령에 따라 서비스의 문턱이 다른데, 예를 들면 가라오케(カラオケ)는 20대 남녀 모든 홀로족이 즐긴 경험이 있는가 하면, 60대 이상의 연령대에서는 남녀 모두 거의 이용한 경험이 없다고 한다.

주식회사 인테이지는 또한 '단독행동'의 장단점을 조사하고 있는데 혼자 행동하는 것에 대한 가장 큰 장점은 '시간을 자유롭게 쓸 수 있다'는 점을 들고 있다. 또한 자기가 하고 싶은 것을 마음대로 할 수 있다는 점과 타인과 의견을 맞추지 않아도 된다는 점을 들고 있다.

한편 단점으로 느끼는 점은 그다지 큰 비중을 두지 않고 있지만 혼자서 들어가기 나쁜 식당이나 장소가 있다는 점을 들고 있다. 그 이외

에 감상을 말할 상대가 없다든지 주위의 시선이 신경이 쓰인다는 정도
이다. 다시 말하면 현대 일본 사회에서의 단독행위는 단점보다 장점이
더 많다고 생각하는 듯하다.

최근 일본에서의 '오히토리사마'의 증가는 일본인의 성향이나 단독
행위의 장점 때문만이 아닌 것 같다. 자의든 타의든 혼자가 된 사람들
이 대폭 증가하고 있기 때문인 것이다. 일본의 국세조사(平成27年国勢
調査)에 따르면 1인 가구가 34.6%로, 가족세대(부부와 자녀) 26.9%를
훌쩍 뛰어넘고 있다. 그 원인으로 '비혼화'(非婚化)와 '고령화'(高齢化)를 들
고 있다. 이제 세 집 건너 한 가정은 모두 '오히토리사마'인 셈인 것이다.

특히 일본은 70년대부터 고령화 사회에 돌입하여 2018년의 고령
화율은 28.1%로 초고령화 사회를 맞이하고 있다. 고령화에 의한 '오
히토리사마'는 심각한 사회문제를 낳고 있다. 배우자 사후로 인한 '오히
토리사마'는 정서적으로 홀로서기가 되어 있지 않아 평생 독신으로 보
낸 홀로족에 비하여 고독감을 더 많이 느끼며 불안해한다고 한다. 또
이들을 돌볼 수 없어 혼자서 죽음을 맞게 하는 고독사(孤獨死)의 문제
는 어제오늘의 일이 아니다. 국세조사에서 1인 가구로 조사된 1841.8
만 세대 중에 65세 이상의 '오히토리사마'는 592.8만 세대로 홀로족의
32%를 차지고 있다. 즉 '오히토리사마'의 3/1이 당당하고 모든 것을
즐기는 독신 홀로족이 아니라 독거노인들인 것이다.

일본 사회는 이제 한쪽에서는 늘어나고 있는 당당한 '오히토리사
마'를 위한 각종 서비스를 개발해야 하고, 다른 한쪽에서는 독거노인에
대한 의료, 복지 등을 해결해야 하는 과제를 안고 있다.

먼저 당당한 '오히토리사마'를 위한 각종 서비스를 알아보면 그 다양성에 놀란다. 자기만족을 추구하는 '오히토리사마'의 증가는 비단 일본뿐만이 아닌 국제적인 추세로, 이들을 잡으려는 마케팅 전략은 서비스 산업 전반에 걸쳐 있다. 홀로족을 위한 여행상품이 속속 개발되어 나오고 있어 그간 혼자 여행이 금기시되어 오던 인도여행조차 가능하게 만들었다. 응용 프로그램을 사용하여 홀로족 여행자들끼리 서로 연결시켜 놓아 안심하고 혼자 여행할 수 있는 상품이 개발된 것이다.

홀로족을 위한 외식시장도 매년 전년 대비 약 5%의 증가세를 보이고 있다고 하는데, 홀로족을 위한 재미있는 레스토랑들이 속속 출현하고 있다. 예를 들면 'Take In'이라는 레스토랑은 집에서의 혼밥을 싫어하는 홀로족을 위한 혼밥집으로, 앱을 통하여 주문한 후 식당에 가서 주문한 음식을 홀로족들과 함께 먹는 구조이다. 혼자지만 함께하는 시스템인 것이다.

현대를 살아가는 젊은이들의 결혼관도 바뀌고 있는 듯하다. 독신기간이 길어지고 독립적인 생활을 하다 보니 결혼을 해서도 자기가 있었던 곳을 지키고 싶어하는 홀로족 아닌 홀로족이 생긴 것이다. 결혼했으면서도 자기의 공간을 유지하는 '별거식 공동생활'(LAT:Living Apart

Together)이 세계적으로 유행하고 있다고 한다. 캐나다의 경우는 13쌍 중 하나가 LAT 커플이며 영국으로 가면 10쌍 중 하나가 이런 생활을 한다고 한다. 이런 밀레니엄 세대들을 위한 '오히토리사마' 서비스 산업은 어디까지 발전될지 예측이 불허하다.

한편 당당한 '오히토리사마'의 뒤편에서 홀로족의 3/1를 차지하고 있는 늙고 병든 '오히토리사마'는 어떤 서비스를 받고 있을까?

일본의 노인복지법은 1963년, 처음으로 노인의 심신 건강 유지와 생활 안정을 목적으로 제정되어 70년대에는 시설 정비에 중점을 두었다. 이후 90년대에는 노인복지법 일부가 개정되어 체제가 정비되었지만 급속하게 고령화가 진행되면서 핵가족으로 인한 간병인 부재 등 노인 간호가 사회적 문제로 대두되기 시작했다. 이를 해결하기 위해 1997년 개호보험제도(介護保険制度)를 제정 2000년부터 시행하고 있는데 이제 고령자에게는 없어서는 안 될 서비스가 되었다.

일본은 베이비붐세대(약 800만 명)가 75세 이상되는 2025년을 목표로 '지역포탈케어시스템'(地域包括ケアシステム) 구축을 목표로 다양한 대책을 마련하고 있다. '지역포탈케어시스템'이란 중증 환자가 되어도 자기가 살던 정든 집과 고향을 떠나지 않고 살아갈 수 있도록 인생의 최후까지 책임지는 시스템으로 집, 의료, 간병인, 예방, 생활에 필요한 모든 것을 총괄적으로 제공하는 시스템을 말한다. 이 지역포탈케어시스템 구축과 함께 간호보험제도의 유지 가능성을 두고 다양한 과제가 대두되고 있다. 과제의 대응책으로는 자립지원, 지역에 맞는 포탈시스템의 심화추진, 이를 추진하기 위한 분담금 등이 화두다.

여성들의 단독행위에 정당성을 불어넣기 위해 시작된 '오히토리사마', 이제는 자의든 타의든 누구나 '오히토리사마'가 되어 가는 시대가 도래했다. '오히토리사마'라는 신조어! 부디 행복의 의미가 담긴 말로 쓰이길 바란다.

근대화

26. 근대 일본여성의 단발

【김화영】

남성만 머리를 자르시오

일본사회에 단발이 들어온 것은 막부 말기에 서양식 훈련을 받은 병사가 훈련의 편리를 위해서 머리를 자르기 시작하면서부터이다. 메이지유신 이후, 일본정부에 의한 서양문화 장려정책을 시행함에 따라 머리를 깎는 사람이 점차로 증가하게 되었으며, 양복과 함께 새로운 풍속을 형성해갔다. 1871년 8월 9일 단발령(散髮脱刀勝手令)의 시행과 1873년 메이지 천황의 단발을 계기로 점점 확대되게 된다. 단발이 위생과 건강에 끼치는 장점과 머리를 묶는 겟바쓰(結髮)이 비위생적인 점과 불합리를 주장하여 건강유지를 위한 머리모양의 문명개화를 외쳤다. 따라서 메이지 20년대(1887~1896) 이후 도시에서는 단발을 한 모습이 주류를 이루게 되었다.

그러나 1870년대에는 남성에게만 단발이 행해지고 여성에게는 금지되었다. 1872년 5월에는 당시 도쿄부(東京府)는 여성의 단발을 금지하는 법령을 발표하였으며, 1873년 2월에는 남편과 사별한 여성은 단발을 허락하였고, 단발한 여성은 처벌종료증명서를 지참하도록 하였다. 1873년 7월에는 부녀단발금지령(婦女斷髮禁止令)의 조례를 발표하여 단발한 여성들의 수가 극감하기에 이른다. 즉 개화의 상징인 단발은 오로지 남성만이 누릴 수 있는 특권이었다.

남성의 단발로부터 약 40년 지나서야 여성도 다시 단발을 하기 시작했다. 여성의 단발 유행은 당시 일본만이 아니고 전 세계적인 현상이기도 하였다. 세계적으로 보아도 여성의 단발은 지극히 드문 머리 모양이었다고 한다. 발상지인 서양뿐만 아니라 그것이 파급된 각지에서 여성의 단발은 맹렬한 비난을 받았다.

일본에서는 오랜 전부터 머리카락은 신성한 힘을 가진 신체로서 때로는 마력을 발휘한다고 믿어왔다. '머리카락을 과일이 열리는 나무에 묶어두면 새가 그 나무의 열매를 먹지 않는다', '전염병이 유행할 때 기모노의 소매자락에 머리카락을 2, 3개 넣어두면 전염병에 걸리지 않는다', '남성이 여행할 때 여자 형제의 머리카락을 지니면 무사히 돌아온다'라는 이야기가 일본에서 전해지듯이 머리가 부적의 역할을 해왔다. 때문에 긴 머리카락은 신성한 의미와 여성의 아름다움을 상징하였다.

소설가들 또한 여성의 머리모양의 변천에 대해서 민감하게 반응하였다. 특히 등장인물의 성격과 머리모양을 관련시켜 머리모양이 갖는 의미를 소설 속에 반영시켰다. 다야마 카타이(田山花袋)의 『이불』(蒲団, 1907)에서는 여학생의 화려함과 아내의 고풍스런 이미지가 히사시가미(庇髮)와 마루마게(丸髷)의 대비로 표현하였다. 이 시기에는 마루마게는 주부의 대표적인 머리모양이었으며, 히사시가미는 여학생 사이

에서 유행하던 머리모양이었다. 메이지 40년대(1907~1912)가 되면서 에도시대에서부터 유행하던 마루마게는 고풍스런 인상을 주는 것이 되었다. 메이지시대 작가는 리본과 머리핀 등으로 그 시절에 맞는 유행을 묘사하면서도 여자주인공의 풍만한 검은 머리를 강조하였다. 후타바테이 시메(二葉亭四迷)는 『뜬구름』(浮雲, 1887~89)의 여자주인공 오세(お勢)의 머리는 물기를 가득 품은 비단과 같은 검은 머리라고 표현하였다.

메이지시대에 뒤이은 다이쇼시대 초기에도 일본에서는 길고 윤기가 흐르는 검은 머리는 여성의 상징이자 아름다움의 요건이라는 관념이 뿌리 깊게 남아 있었다. 단발한 여성이 없던 것은 아니었지만 특수한 경우에만 머리를 자르는 것을 허락했다. 예를 들면 비구니와 미망인 아니면 아버지의 병을 낫게 하기 위해, 멀리 여행을 떠난 남편을 위해서 머리를 자르는 여성들이 존재하였다.

단발은 동시대 일본뿐만이 아니라 미국, 파리 등 세계적인 규모로 유행하였다. 그러나 일본에서는 그 당시 일반 여성은 기모노를 입는 습관이 주류였기 때문에 일본의 전통머리 모양을 그만두는 것이 어려워 머리모양의 주류는 '미미가쿠시'(耳隱し), '미미다시'(耳出し)였던 것이 실상이었다.

당시 전통적인 면에서 단발은 여성에게는 받아들이기 어려운 의미가 있었다. 여류가인(歌人) 하라 아사오(原阿佐緒)의 어머니가 "누구의 허락을 받고 머리를 자른 것이냐"라고 딸의 단발모습을 보고 분개한 것과 같이 머리를 자유롭게 자른다는 것은 쉽게 허락될 일이 아니었다. 머리는 개인의 것이기도 하면서 전통문화 관습과 결부되어 여성을 억

압하는 요소이기도 했다. 아사오의 어머니는 딸이 시집갈 때 머리장식을 선물하고자 하는 기대가 꺾여서 나온 탄식이었지만, 단발은 머리뿐만 아니라 어머니와 딸을 비롯한 관계와, 나아가서는 '전통'과의 차단을 의미하는 것이기도 했다.

여성의 단발은 근대여성의 상징

서양에서 여성단발이 유행하기 시작한 것은 1차 세계대전 이후이다. 일본에서는 1925년경부터 거리에 단발한 여성이 등장하기 시작하였다. 일본에서 누가 최초로 단발했는지는 명확하지 않지만, 빠른 사례로서 1918년에 『요미우리신문』의 기자이기도 했던 모치쓰키 유리코(望月百合子)가 단발한 예를 들 수 있다. 그녀는 자신이 단발한 이유를 "남자와 같이 일하기 위해, 아침에 나갈 때 머리를 잘 묶지 않으면 안 되잖아요. 저는 재주가 없어서 한 시간이나 걸리는 거에요. 그런 시간이 아까와서 머리를 자르기로 했지요. 그래서 단발을 했습니다. 그랬더니 저를 모던걸이라고 이름지어 주시더군요."라고 하였다. 그리고 다음해 하라 아사오가 1919년 단발을 하였고, '신여성'(新しい女)으로 잘 알려진 히라쓰카 라이초(平塚らいてう)도 1920년에 단발하였다. 이 무렵의 여성의 단발은 사상적인 측면에서 각성한 여성들의 소유라는 인식이 강하였다. 이후 직업여성의 일부, 여학생, 가극여배우 등에게 널리 퍼져나가 '모던걸'의 트레이드마크가 된다.

그렇다면 여성들은 왜 머리를 자르게 된 것일까? 그 이유를 여성 입장에서 말하자면, 그들은 모던걸이 되기 위해서 단발한 것이 아니었다. 따라서 단발은 모던걸과 구별해서 생각하지 않으면 안 된다. 물론 당시 단발한 여성들은 '모던걸'로부터 자유로울 수가 없었고, 압도적인 비난인데도 불구하고 단발은 서서히 여성들 사이에 널리 퍼져 간 사실은 부정할 수 없을 것이다.

여성의 미용에 대한 글을 다수 저술한 하야미 키미코(早見君子)와 같이 미적인 면에서 기모노와 단발은 어울리지 않는다고 비판하며, 일본여성들은 일상에서 기모노를 입고 생활하였으며 양장이 보급됨에 따라 양장과 어울린다고 하여 단발의 보급에 적극적인 예도 있었다. 가인 요사노 아키코(与謝野晶子)는 여성이 단발을 함으로써 마음의 경쾌함과 행동이 민첩해진다고 상찬하며, 이제까지 머리를 올리는데 걸리는 시간이 단축되고 리본을 사용하지 않게 되어 매우 경제적이라고 평가하고, 머리를 쉽게 감을 수 있다며 위생적인 면에서도 단발을 높게 평가하면서 이제부터 단발이 많아질 것이라고 예견했다.

> 일본에도 이러한 데카당풍이 수입되어 최근 여자의 양장은 파리의 바(bar)나 카페를 들락거리는 매춘부도 결코 하지 않는 기괴한 색들과, 서양의 섬세한 모양을 모방하고 있다. 그러나 나는 이러한 단발한 모습은 어느 정도 좋다고 생각한다. 이런 것이 얼마나 여자의 마음과 행동을 가볍게 할지 모르지만, 또한 겟바쓰에 시간을 소비하는 것을 줄이는 점에서는 경제적이고, 항상 머리를 감을 수 있다는 점에서 위생적이다. 소녀의 단발 때문에 리본의 수요가 없어진 것도 경제적이다. 취미는 회귀할지는 모르지만 이러한 단발은 영원히 계속될 것이다. (중략) 특히 일본에서는 전통적인 기모노

에서 벗어나지 않는 한, 학생이 아닌 여성이 매우 머리를 짧게 자르는 것은 상상할 수 없는 일이다. 모자와 기모노를 주로 입는 부인에게 단발은 일어나지 않을 것이다.

－与謝野晶子/「女子の断髪」,『横浜貿易新報』, 1926

그리고 모치쓰키 유리코(望月百合子)처럼 시간이 없어서라는 이유로 머리를 자르는 경우도 있었다. 모치쓰키는 이제까지의 여성의 생활은 남성에게 기생하던 생활이라고 비판하고, 여성도 사회에 진출하여 남자와 나란히 사회의 일원으로서 살아갈 것을 주장했다. 여성의 단발은 사회 진출의 증거이며 새로운 일본의 아름다움, 근대여성의 아름다움을 단발에서 찾았다.

길이가 긴 흑발을 여자의 자랑이라고 한 것은, 그것은 여자가 밖에 나가 움직이지 않아도 좋은 시대의 말이었다. 여자가 남자의 인형으로서 백색 노예로서 살았던 시대의 일이었다. 그러나 이제 그런 기생적인 생활은 살 수 없다. 밖으로 나와 남자와 어깨를 나란히 하고, 용감하게 사회의 일원으로서 모든 임무를 완수해야만 한다. (중략) 기생적이고 건강하지 못한 아름다움에서 진정한 여성으로서 생명이 가득 찬 건전한 아름다움! (중략) 단발은 깨어있는 여성이라고 합니다. (중략) 남자의 단발이 시대에 적합한 당연한 일인 것처럼 여성의 단발도 또한 당연한 일이 아니면 안 됩니다. 왜냐하면, 여성은 이미 머리부터 다리 끝까지 남자의 취향으로 지배되는 노리갯감이 아니기 때문입니다. 여성도 또한 독립된 한 명의 사회인이기 때문입니다.

(중략) 저희들 일하는 젊은 여성들은 우리의 새로운 시대의 일본미, 여성미를 창조해 나가지 않으면 안 됩니다.

－望月百合子/「私の断髪物語」, 『女性』, 1928

단발의 장점이 무엇인가를 말한다면, 아름다운 머리카락을 싹둑 자른다는 점에서 대단히 가슴 속이 후련해지는 상쾌함이 있고, 또한 그 점이 옆모습의 아름다움을 증대시킨다고 생각한다. (중략) 그저 조용히 바라보는 아름다움이 아니라 느끼고 바라보며 자신이 놓치고 싶지 않은 아름다움이라고 생각한다. (중략) 단발의 아름다움은 폭풍과 같은 움직임이 있는 복잡한 아름다움이다. 이것은 확실한 근대인의 아름다움이다. (중략) 단발이라는 것은 사상적으로 살펴봐도 하나의 데몬스트레이션이자 무엇보다도 나에게는 기대할 만하고 유쾌하게 생각되는 일이다.

－平井満寿子/「胸のすくやうな快さ」, 『女性』, 1928

요컨대 여성이 머리를 자르는 행위는 첫째 전통과의 차단을 의미하여 소위 앞서 말한 '하나의 문화적인 질서로부터의 단절'을 의미했다. 그리고 둘째 단순한 근대화의 연장선의 의미가 아니라, 또 다른 남녀평등의 상징으로써 받아들였다. 셋째 경제적인 면과 위생적인 면의 강조이다. 단발은 여성의 사회진출로 인한 여성의 시간관념의 변화를 나타내는 것이고, 근대화와 더불어 '건강'이라는 의미가 부각되어 신체에 대한 '관리'의 차원에서 중요시되었다. 마지막으로 단발은 새로운 '아름다움'에 대한 동경으로까지 이어지는 것을 의미했다.

27. 연애의 신성 플라토닉 러브

【오성숙】

1899년 여성 고등교육의 길이 열리고 새로운 사회계층으로 성장한 여학생은 미디어의 중심 화두로 떠오른다. 특히 그녀들의 일거수일투족이 지적인 게이샤로, 남학생화(男学生化)하는 말괄량이로 표상되며, 그녀들의 섹슈얼리티와 사상 등은 줄곧 미디어의 흥밋거리가 되었다. 이는 미디어가 새롭게 부상해 온 여학생을 어떻게 규정할 것인가에 혈안이 되어 있었기 때문이다.

여학생의 등장은 남녀 교제를 야기, 사회문제로까지 발전한다. 1905년부터는 남녀 학생의 교제를 둘러싼 찬반 논쟁이 가열되고, 우려의 목소리가 높아지더니, 급기야 동년 6월에는 남녀 학생의 풍기와 사상을 단속하는 훈령이 공표되기에 이른다.

반면 남녀 학생, 즉 청년 남녀로 대변되는 그들의 교제는 서양의 러브 개념을 수용하여 '신성한 연애'라는 특권을 누리며 급속도로 유행해간다.

미디어의 '연애' 담론

연애는 서양의 '러브'(love)의 번역어로 수용되어, 일찍이 일본에는 존재하지 않았다고 보는 것이 통설이다. 그렇다면 '연애'가 어떻게 수용되어 일본에 뿌리내려 가는지를 시기적으로 간략하게 정리해 보자.

제1기는 '연애'를 중심 테마로 한 이와모토 요시하루(巖本善治, 1863~1942)의 『여학잡지』(女学雑誌) 시대, 그리고 연애를 관념화한 기타무라 토오코쿠(北村透谷, 1868~1894)의 『염세시인과 여성』(厭世詩家と女性, 1892년)으로 대변되는 '연애 찬미'의 시대를 들 수 있다. 즉 1890년대는 연애의 수용으로 말미암아 환상에 사로잡혔던 시기였다. 그 후 여자고등교육이 시작되는 1899년을 거쳐, 1900년대의 고스기 텐가이(小杉天外, 1865~1952) 『마풍연풍』(魔風恋風, 1903년), 오구리 후요(小栗風葉, 1875~1926) 『청춘』(青春, 1905~1906) 등의 소설이 독자를 사로잡는 시대를 제2기라 할 수 있다. 이 시기는 '환상의 연애'에서 '연애소설'로 형상화되는 시기라 하겠다. 이러한 시기를 거치면서 풍기문란의 주범으로 전락한 남녀 교제가 도마에 오르고, 그 가부(可否)의 논의가 격해지는 1905년경부터를 제3기라 할 수 있다. 제3기는 환상에서 소설화로 구체화된 연애가 현실에서 실현을 열망하는 '연애 실행'의 시기를 맞이한다고 하겠다.

여기서는 '연애 실행'이 보편화된 시기를 중심으로 '연애' 담론을 살펴보고자 한다.

십 년 하루같이 그 신성론을 주장하고 있는 것이 있다. 여학잡지이다. (중략) 일본의 현저한 기독교 신자는 성인의 사랑과 남녀의 사랑을 거의 하나로 여겨, 후자도 또한 신성하다고 보는 측면이 크다. (중략) 그것은 실은 기독교가 미친 폐해이다.

— 『読売新聞』, 1897年 5月10日

인용에서 알 수 있듯이, 연애의 유행은 『여학잡지』와 '기독교도의 진상', '사랑은 하나님의 가르침'(『日本』, 1903年 1月1日)으로 대변되는 기독교의 영향으로 못 박고, 사회적 폐단이라 규정된다. 반면 청년 투고 잡지 『신성』(新声)에는 '헌신적', '조금도 대가를 안중에 두지 않는, 아아! 사랑은 실로 지순한 것이구나!'(『新声』, 1906년 7月)라며, 자신을 버리는 순수하고 지고지순한 사랑이라는 연애 예찬이 실리기도 한다.

청년 남녀는 연애가 신성하다든가 하지 않다든가, 그러한 것을 논의하는 연애의 초등학생이 아니다. 거리낌 없이 연애를 실행하는 것이다. 신성하든 신성하지 않든 상관없다. (『新声』, 1907年 8月)

이처럼 동경을 중심으로 유행한 청년 남녀의 연애는 연에 자체로서 신성시되며 확산되고 있었다. 이와 관련하여, 1906년 7월23일 「밤의 동경」(夜の東京)이라는 제목으로 8명의 기자가 '남녀 밀회의 실황'(男女会の実況, 『万朝報』, 1906년 7月23日)을 보도하고 있는 『요로즈초호』(万朝報, 만조보)에서도 그 붐은 일찌감치 감지되고 있었다. 따라서 연

애는 '연애소설'의 시대를 거치면서, 이상적인 남녀 관계를 의미하며 청년 남녀를 사로잡아 '자유연애 붐'을 일으키고 있음을 알 수 있다. 반면, 연애가 '자유연애 붐'과 함께 청년의 낭만 내지는 청춘을 의미하는 가운데, 미디어에서는 타락으로 몰아가는 비꼼과 반발도 동시에 일고 있었다.

> 요즘 신문지가 빈번하게 여학생 타락을 말한다. 여학생이 여자의 정조를 존중하지 않아 자칫하면 음탕으로 흐른다. 심하면 화류병에 걸린다. 심지어 매음(売淫)의 추한 일조차 행하는 이가 있는 것이 확실하다. (중략) 경박한 정열에 빠져서 연애의 자유 신성을 주창하는 것 같다.
>
> ─『中央公論』1905年 6月

또한 당시의 주요 신문인『요로즈초호』에는 1906년 7월부터 '남녀 학생'의 기사가 빈번하게 게재된다. 예를 들면, '청년남녀의 암흑면'이라는 제목으로 '여학생의 타락'이 3회, '타락 학생의 말로'가 4회에 걸쳐 연재되었다. '청년 학생의 반수가 화류병에 걸렸고, 그건 여학생과 관련되기 때문에 여학생도 매독에 감염되어 있음에 틀림없다'(『万朝報』, 1906年 7月 20日)고 전한다. 이는 다름 아닌 '남녀 교제=연애의 자유 신성=화류병'이라는 극단적인 담론의 전개이고, 급기야는 시대의 정신이라는 '자연주의' 담론, 성욕 만족의 육체적인 '자연주의' 사건으로 편입되어 사회적으로 유통하게 된다.

다음은 1905년 12월호에 게재된『신성』의 '문명적 연애를 배격한

다'는 글을 통해 '연애' 담론에 대한 사고의 전형을 읽을 수 있다. 이 글은 히비야공원(日比谷公園)이 신성한 연애(神聖なる戀愛)를 구가하는 추한 문명적 연애의 산실이며, 남녀의 밀회 장소라고 전한다. 어느새 연애는 그 자체를 예찬하고 신성시하며 확산되었고, 그에 대한 우려 또한 팽배해 있었음을 확인할 수 있다. 이러한 연애에 대한 상반된 담론 속에서 그 동경과 우려를 단적으로 드러낸 '매연사건'-뒤에 모리타의 소설 『매연』에서 유래하여 불림-이 발생한다.

신성한 연애 '매연사건'

▽신사 숙녀의 정사미수 ▽정부는 문학자, 소설가

▽정부는 여자대학 졸업생

본 건과 같이 최고의 교육을 받은 신사 숙녀로 이러한 어리석은 남녀의 치정을 모방한 것은 실로 미증유의 일에 속한다. 자연주의, 성욕만족주의의 최고조를 대표하는 진기한 사건이라고 할 수 있을 것이다. 더구나 두 사람이 오바나고개의 산 정상에서 붙잡은 경관에 대해, "우리의 행동은 연애(러브)의 신성을 발휘하는 사람으로 하늘을 우러러 조금도 부끄러운 바가 없다"고 서슴없이 이야기했다니 정말 기가 막힐 노릇이 아닌가.

－『東京朝日新聞』, 1908年 3月25日

『도쿄아사히신문』은 '정사미수'(情死未遂), '정부'(情夫), '정부'(情婦)라는 단어를 나열함으로써 고등교육을 받은 신사 숙녀를 어리석은 남녀로 폄하하고 있다. 더 나아가 연애본능의 만족, 즉 성욕의 만족에 가치를 두는 '미적생활'을 '연애 신성'과 결부시켜 밀통(密通), 정교(情交)라는 전근대적인 틀에서 서구의 연애를 규정하고 있다. 심지어는 당시에 유행하던 자연주의 사조를 빌어 실제 사건을 '자연주의' 사건으로 명명, '성욕만족주의'와 동일시하며 사회적인 담론으로 유통시키고 있다. 특히 '자연주의' 담론은 '자기본위', '개인주의', '미적생활', '성욕만족주의'의 청년 사상의 총체로서 인식되고, 사회를 문란시키는 시대의 악풍조로 규정, 그 위험성을 극대화하며 구속력을 발휘하고 있다.

한편 하루코-뒤에 히라쓰카 라이초(平塚らいてう,1886~1971)-를 중심으로 '매연사건'을 보도한 『도쿄니로쿠신문』(東京二六新聞)에는 하루코의 인터뷰를 싣고 있다. '나는 가정의 주권자가 그 딸의 의중을 헤아리지 않고 의미 없는 명예와 출세에 현혹되어 멋대로 그 딸의 배우자를 선택하는 것은 사상계를 미혹케 하는 지나친 처사로 이러한 결혼은 영원히 원만할 수 없는 것'(『東京二六新聞』,1908年 3月25日)이라는 결혼에 대한 하루코의 발언에서, 그녀의 가부장적인 권위에 대한 도전과 저항의 시선으로 읽을 수 있다. 더욱이 모리타가 소설 『매연』과 에세이 『나쓰메 소세키』(夏目漱石)에 언급한 '자신은 여자가 아니다'라는 하루코의 선포는 생리적인 성(性)의 부정이라기보다는 젠더 이데올로기에 갇힌 여성의 틀을 거부하는, 여성 해방운동의 선구자로서의 일면을 유감없이 발휘한 것이라 할 수 있다.

다음은 당시 새로운 이슈 몰이를 했던 『요로즈초호』의 기사를 중심으로 고찰해 보자.

하루코 : 사랑은 자아를 버리지 않으면 할 수 없는 것입니다. 두 자아가 하
　　　　나가 되는 것입니다. 나는 살아 있는 동안은 이 자아를 누구에게
　　　　도 바칠 수 없습니다. 살아 있는 동안은 당신과 나는 별개의 개인
　　　　입니다."

모리타 : 살아 있는 동안 사랑을 할 수 없다면 죽어 주시오.

하루코 : 함께 죽자면 나의 자아는 버려집니다. 그러나 죽임을 당하는 것
　　　　은 별문제입니다. 죽임을 당한다는 것은 나의 자아에 어떠한 영향
　　　　을 끼치지 않습니다. 당신은 과연 나를 죽일 수 있습니까? 죽여서
　　　　내가 숨을 거둘 때 사랑합니다 라는 말 한마디를 하는가 어떤가를
　　　　시험해 보시는 것도 좋겠지요.

모리타 : 나는 당신을 죽이지 못하는 약한 남자가 아니오. 분명히 죽이오.
　　　　분명히 죽이오.

(중략) 이렇게 돼서는 이미 연애도 뭐도 아니고 모두가 자아의 만족을 얻을
까, 이길까, 질까 라는 오기를 부리며, 두 사람 다 죽음을 결심하고 집을
나온 것이다. (중략) 모리타는 평소 단눈치오의 『죽음의 승리』를 애독하고,
그 남녀가 서로 자아를 겨뤄, 마침내 남자는 여자를 산중으로 인도하여 절
벽에서 떨어뜨림에 여자는 담쟁이 넝쿨에 몸이 휘감겨 걸려 "도와줘"라는
자존심을 잃어버린 외침을 남자가 듣고, 아아! 결국 나의 승리라고 웃으며
자신도 골짜기에 몸을 던져 죽는다는 결말을 굉장히 좋아했던 것으로, 그
는 이러한 『죽음의 승리』를 실현하려고 한 듯하다.

－『万朝報』1908年 3月29日

위의 인용에는『죽음의 승리』의 최후장면이 묘사되어 있다.『죽음의 승리』는 남자주인공 조르지오가 여자주인공 이폴리타의 사랑을 끊임없이 의심하며 공동의 죽음을 지향, 사랑을 외치며 살려달라고 애원하는 이포리타와 몸싸움 끝에, 안은 채 낭떠러지로 떨어지는 비극적인 투쟁이다. 즉『죽음의 승리』는 죽음을 통한 영원한 사랑을 쟁취하고자 했던 것이다.

하지만『요로즈초호』의『죽음의 승리』는 남녀의 '자아 투쟁'으로 보도하고 있다. 더구나 이포리타가 죽을 당시 '살려줘'(助けてくれ)라고 한 반면, 하루코는 '죽여줘'(殺してくれ)를 외치며 죽음도 마다하지 않는 당찬 자아를 가진 여성으로 부각하고 있다. 따라서 이러한 각색은『죽음의 승리』의 패러디이며, 라이초에게 세상의 이목을 집중시킨다.

라이초에게 있어서 사랑은 주체적인 자아가 남성에게 귀속됨을 의미하는 것이었다. 따라서 사랑이 자아와 상극을 이루고 있다. 이는 모리타에게 사랑이 '자아실현'(사랑의 쟁취)인데 반해, 라이초에게는 '자아말살'(사랑, 결혼이 헌신, 희생)을 의미하는 것이었다. 이 사건을 계기로 라이초는 왕성한 자아를 가진 신여성(新しい女)의 선두자로 각인되고, 나중에『세이토』(青鞜, 청탑)라는 잡지를 창간하는 계기를 마련한다.

청년 남녀의 '신성한 연애'는 아름다운 플라토닉 러브와 이른바 자연주의로 대변되는 육체적인 러브 사이에서 방황하는 가운데,『죽음의 승리』의 패러디를 통해 양성 투쟁, 또는 자아 투쟁으로 엘리트 청년 남녀의 관계를 새롭게 재현하고 있다.

이러한 근대적인 사랑이 남성주의적 러브로 이어지는 한편 여성

들도 이 개념에 동참함으로써, 자아와 섹슈얼리티의 주체성을 확립하며 양성의 자아 투쟁으로 인식해간다. 이는 사회의 질타, 즉 청년 남녀의 사랑을 단순한 '성욕만족주의' 사건, 즉 '자연주의' 사건으로 치부하는 것에 대한 불만의 시나리오라고 할 수 있다. 이러한 근대적인 사랑의 대표작으로『죽음의 승리』가 의도적으로 선택(平塚らいてう,『元始, 女性は太陽であった 上巻』, 1971)되었다는 사실을 라이초의 회고에서도 확인할 수 있다. '매연사건' 직후에 열린 문학자들의 밀담(『東京二六新聞』, 1908年 3月24日) 또한 이를 뒷받침하고 있다.

　이 사건을 계기로『죽음의 승리』가 문학청년의 지적 공유물로서 일반인들에게도 알려지고, 더욱이 메이지 말기에는 베스트셀러로 등극하게 된다. 이러한『죽음의 승리』의 수용은, 독자에게 자아 투쟁이라는 새로운 남녀의 사랑을 제시함으로써, 자연주의로 낙인찍힌 남녀의 사랑을 새로운 시각에서 조명하려는 의도를 드러냈다고 하겠다.

28. 메이지의 영광과 근대교육의 명암

【이권희】

메이지유신과 일본의 근대

1853년 3월 8일, 미국의 동인도함대 사령관 페리 제독이 4척의 흑선(黑線)을 이끌고 요코하마 근처 우라가(浦賀)라는 작은 어촌 마을에 나타났다. 그리고는 오랜 쇄국으로 문호를 꽁꽁 걸어 잠그고 있던 일본에 개항과 통상을 요구했다. 일본 사회 전체가 요동쳤다. 1840년 아편전쟁 이후 중국을 무릎 꿇린 서양 제국주의 세력이 행여나 자신들에게 눈길을 돌리지 않을까 노심초사했던 막부의 우려가 현실이 된 것이다. 이후 영국, 프랑스, 러시아 등의 서양 제국은 막강한 군사력을 앞세워 일본의 개항을 압박했다.

이에 대한 도쿠가와막부(德川幕府)의 대응은 지리멸렬(支離滅裂)했다. 막부는 서세동점(西勢東漸)이라는 세계사적 흐름에 대항하기에는 실로 무력했다. 그리고 서구 제국과의 불평등조약 체제로의 이행과정 속에서 '공의'(公儀)로서의 자격을 상실해 갔다.

막부의 자신감 상실은 페리 내항 때 다이묘(大名)들에게 대책을 의

논함으로써 도자마(遠樣) 다이묘들의 중앙정치로의 진출 계기를 만들어 주었고, 1858년 '미일통상조약'에 대한 최종 결정을 천황에게 구함으로써 에도 막부 260여 년 동안 권력으로서 자립하지 못하고 명목상의 상위자로서 유명무실했던 천황을 명실공히 최고 권력자로 부상하게 만드는 길을 열어 주었다. 여기에 도자마 다이묘의 대표격인 사쓰마(薩摩) · 조슈(長州) 등의 서남웅번(西南雄藩) 세력이 조정에 힘을 실어주면서 막부의 위신은 날로 추락해 갔다.

1963년의 사쓰에이전쟁(薩英戰爭)과 1864년의 바칸전쟁(馬関戰爭)을 통해 서구 제국의 엄청난 군사력을 실감한 사쓰마와 조슈 세력은 이제 양이가 불가능하다는 것을 깨닫고, 양이를 버리고 막부 타도로 노선을 전환했다. 그리고 마침내 1867년 고메이 천황의 사망으로 즉위한 메이지 천황은 반막부 세력과 결탁하여 막부 타도의 칙명을 내렸다. 토막파 세력에 의해 장악된 조정에서는 왕정복고의 대호령(大号令)을 발령하고 에도막부의 종언을 선언했다. 그리고 메이지 신정부는 보신전쟁(戊辰戰爭)을 통해 막부 세력을 완전히 축출하며 새로운 세상을 열었다.

중앙 권력은 사쓰마(薩摩) · 조슈(長州) · 도사(土佐) · 히젠(肥前) 등, 이른바 '삿초토히'(薩長土肥)라 불리던 서남의 웅번 출신 지사(志士)들에 의해 장악되었고, 이들이 주축이 되어 유신을 단행함으로써 일본은 아시아에서는 유일하게 근대국가로 체제로 이행해 갔다. 메이지 일본은 전근대적 요소를 과감히 개혁하고, 근대 국민국가의 길로 들어서는 개혁을 중국과 조선 등 주변국에 비해 비교적 이른 시기에 단행했다는 점에 있어서 그것이 초래한 불행한 역사는 차치하더라도 빠른 기간 내에 서구 열강과 어깨를 나란히 하는 대국이 될 수 있었고, 그 결정적인 계기가 메이지유신에 있었음은 틀림없다.

교육을 통한 국민국가 만들기

메이지유신은 '역성혁명'(易姓革命)이란 말로 상징되는 중국식의 왕조교대 '혁명'(革命)도 아니었고, 프랑스와 같은 계급투쟁의 결과에 따른 'Revolution'도 아니었다. 유신(維新)은 에도의 장군(將軍)이 260여 년간 위임받았던 국가의 '대정'(大政)을 교토의 천황에게 '봉환'(奉還)한 것이기에 이는 복고, 또는 복원이라는 의미에서 지극히 일본적인 'Restoration'이었다. 일본은 에도 시대 260여 년 동안 막번 체제(幕藩体制)라는 봉건 지배체제를 통해 독자의 문화와 경제기반을 구축해 오긴 했으나, 오랜 쇄국정책으로 말미암아 당시의 국제 정세를 제대로 파악하지 못했고, 밀려오는 서구 제국주의 세력에 맞서 싸울 능력을 갖추고 있지 못했다.

이에 막부 말기 국가 존망의 위기를 맛보았던 메이지 신정부는 천황을 정점으로 하는 강력한 중앙집권국가 체제하에서 '식산흥업'(殖産興業)과 '부국강병'(富国強兵)이라는 국가적 과제를 정하고 서구의 선진화된 기술과 제도 이식에 힘을 쏟았다. 그리고 무엇보다도 이를 선도할 고급인재를 양성하고, 교육된 양질의 노동력 확보를 위해 해외로부터 외국인 교사를 초빙하여 공리주의(功利主義)적 실학사상에 입각한 고급 엘리트를 양성함과 동시에 선진 교육제도를 모방한 교학 체제를 구축하고 '국민개학'(国民皆学)이라는 슬로건하에 공평·평등의 이념과 능력주의에 입각한 보통교육 시행을 계획한다. 근대 일본의 교육개혁, 그중에서도 특히 초등교육에 관한 의무교육 실현을 위한 노력과 그것을 이른 시기에 달성했다는 것에 20세기에 들어 일본이 선진 일류국가로서 우뚝 설 수 있었던 힘의 원천이었다고 생각한다.

근대 국민국가는 국민통합이라는 절대적 조건 위에 성립하며, 국민통합은 공통된 이데올로기의 공유를 전제로 한다. 일본의 근대 국민국가 형성기에 있어 국민통합을 위한 이데올로기는 다름 아닌 문명개화를 통한 근대화였으며, 그 선두에서 이를 이끌 강력한 전제군주, 즉 만세일계의 황통보(皇統譜)를 자랑하는 천황 그 자체였다. 이에 메이지 신정부는 문부성(文部省)을 통해 국민교육을 철저히 통제·관리하면서 대일본제국(大日本帝国)의 신민(臣民)으로서 갖춰야 할 사상적 통일을 꾀하였다.

일본의 근대교육과 후쿠자와 유키치

막부 말기부터 유신 초기에 걸쳐 일본 사회는 민관(民官)의 구별 없이 서양에 대한 공포와 두려움을 극복하기 위해 많은 시간과 경비를 아끼지 않았다. 서양 사정을 소개하는 각종 계몽서의 출판이 붐을 이루었으며, 많은 지사들이 공식 혹은 비공식 루트를 통해 직접 서양을 경험하고 돌아왔다. 그중 한 사람이 메이지 일본의 대표적 계몽사상가 후쿠자와 유키치(福澤諭吉, 1935~1901)였다.

후쿠자와 유키치는 근대 일본을 대표하는 계몽사상가로, 일본 근

후쿠자와 유키치

대화의 아버지로 불린다. 후쿠자와 유키치의 사상은 유럽 문명, 특히 자연과학과 국민계몽을 강조함으로써 근대 일본을 성공적으로 이끈 이념이라 할 수 있다. 그의 사상은 메이지 시대에 일어난 모든 근대화적 움직임을 하나로 결집하는 동력이 되었기 때문이다.

1860년 후쿠자와는 영어 실력을 바탕으로 막부의 해외 사절단으로 미국을 방문했다. 간닌마루호를 타고 샌프란시스코에 다녀온 그는 귀국한 후 막부에서 번역 담당으로 일했다. 이후에도 그는 막부의 유럽 사절단에서 통역을 담당하면서 프랑스, 영국, 네덜란드, 프로이센, 러시아, 포르투갈 등을 다녀왔다. 그런 한편 도쿄에 영어 학당을 세워 학생들을 가르치고, 막부의 번역국에서 일하면서『서양사정』(西洋事情) 등을 펴냈다.

후쿠자와는 총 세 번에 걸쳐 미국과 유럽을 방문하여 서구 문물과 근대적인 정치체제, 자본주의 등을 보고 접했다. 서구의 발달된 과학기술과 공업제품들은 모두 일본에 유입된 서적을 통해 보고 배운 바가 있었던지라 그다지 놀라지 않았지만 정치, 경제, 사회 체제는 그에게 무척 생소한 것이었다. 그는 자연스럽게 사회적 측면에 관심을 기울이게 되었고, 그러면서 동양에는 없고 서양에는 있는 두 가지가 큰 차이를 만들어냈다는 결론에 도달했다. 바로 자연과학과 독립심이다. 그에게 있어 자연과학은 합리성을 대표하는 것으로, 이런 합리적인 정신이 개인과 국가의 독립을 가능하게 했다고 생각했다.

『서양사정』에서 후쿠자와는 서양 각국에는 도시뿐만 아니라 농촌에 이르기까지 학교가 없는 곳이 없고, 학교는 정부와 민간에 의해 만들어지며 맨 처음 들어가는 학교가 소학교이고, 여기서 글자를 배우고 자국의 역사·지리·산술·천문·궁리학(窮理学) 초보·시·회화·음악 등을 7, 8년에 걸쳐 배운다는 등 서양의 교육 사정에 대해 자세히 소개했는데 바로 베스트셀러가 되면서 일본 사회에 미친 영향은 실로 대단했다.

1872년에 완성된 『학문의 권유』 서두에서는 '하늘은 사람 위에 사람을 만들지 않고, 사람 밑에 사람을 만들지 않는다'라며 인간 평등을 표방하고 있다. 그는 평등을 위해서는 교육, 즉 계몽이 우선시되어야 한다고 생각했다. '배우지 않으면 지식이 없고, 지식이 없다면 우매해진다. 현명한 사람과 우매한 사람의 차이는 바로 교육에 있다'고 여겼기 때문이다.

유신 정부의 관료나 민간의 식자(識者)들은 이들 서구 선진세력과 일본의 결정적인 차가 바로 '문명'에 있음을 발견하고, 서양문명의 도입을 통해 부국강병의 길을 모색하게 된다. 특히 폐번치현 단행 이후에는 정부의 서구화 정책에 편승해 문명개화는 일본 전체를 삼켜버릴 만큼 커다란 사회현상이 되어버렸다. 이런 풍조 속에서 1872년 일본 최초의 교육에 관한 법령인 학제(学制)가 반포되었다. 학제의 서문에 해당하는 '피앙출서'에는 '일신이 독립한 후에 일국이 독립한다'(一身独立して一国独立す)는 후쿠자와 유키치의 계몽사상의 영향이 크다. 피앙출서는 이른바 관판(官版) 『학문의 권장』(学問のすすめ)이었다고 해도 과언이 아니었다.

학제는 신분적 차별을 부정하고 일상생활에 필요한 '실학'을 장려하고 있다. 그리고 학교에 가 교육을 받음으로써 입신출세와 사업번영의 토대를 마련할 수 있다고 한 후쿠자와 유키치의 개인주의, 공리주의 사상에 입각하고 있다. 종래의 '공리허담'을 배격하고 서양의 과학기술과 문명을 받아들이자는 실학주의 사상을 강조하고 있다는 면에서는 분명 전시대와 구별되는 획기적 교육이념을 제시하고 있다.

학제의 실패와 국가주의 교육의 대두

학제 시행 이후 일부 소학교는 서양식 건물로 지어졌고, 양장을 한 교사들은 지역주민들에게는 그야말로 전통 고수에서 얻을 수 있는 안정감을 해치는 이질적 '서양예술'의 전도사로 비쳤다. 여기에서 오는 불안감은 새로운 학제에 대한 반발로 이어졌음은 충분히 생각하고도 남음이 있다. 한마디로 비일상적 공간으로서의 학교의 등장과, 이를 강제하면서도 재정을 부담시키고, 교육내용을 강제 · 통제한다는 것에 대한 일반 인민들의 불신과 불만은 날로 커져만 갔다. 그중에서도 과도한 학비의 부담은 취학 거부 사태로 이어졌고, 점차로 농민소동이 되어 각지에서 소학교 폐지를 주장하는 폭동이 일어나 학교가 부서지거나 불에 타는 등의 극단적인 사태가 벌어졌다. 그럼에도 불구하고 메이지 5년의 학제를 긍정적으로 평가할 수 있는 것은 1872년이라는 이른 단계에 근대교육의 대계를 구상하고 시행했다는 점이다. 또 무엇보다도 국민개학이라는 목표설정, 그리고 그 구체적 구현으로써 초등학교의 보

급과 실학적 서양 학문의 접목을 위해 많은 외국인 교사들을 고용해 고등교육의 정비에 주력했다는 것이다.

학제 폐지 이후 일본의 국민교육은 지육 중시에서 점차 유교주의적 색채를 강하게 띠는 덕육주의로 이행하게 된다. 그리고 그 지향점은 이른바 '황도주의' 교육이었으며 이는 '교육칙어'의 반포로 결실을 맺는다. 교육칙어는 1890년 메이지 천황이 국민에게 내리는 가르침의 형식으로 배포된다. 이는 1945년 아시아·태평양전쟁 패전 이전까지 근대 일본의 교육의 기본 이념이자 특히 도덕교육의 중핵을 이루어왔던 핵심 사상이다. 교육의 목적이 진리탐구와 자유로운 자아의 개발이 아닌 천황의 충성스러운 신민(臣民)이 되기를 강요하는 내용을 담고 있다. "만일 중대한 일이 일어났을 경우 대의에 따라 용기를 갖고 한 몸을 바쳐서 황실국가를 위하라"는 등, 전쟁 등의 유사시에는 천황을 위해 목숨을 바쳐 황운(皇運)을 부익하라는 교육칙어는 청일전쟁, 러일전쟁, 나아가 15년 전쟁 시기 등 전쟁으로 점철되는 근대기 일본인의 사유를 강력히 통제하고 제어하는 일종의 바이블이었다. 이에 아시아·태평양전쟁 패전 후인 1948년 일본 국회는 교육칙어가 '주권 재군(在君) 및 신화적 국체관(国体観)'에 근거하고 있으며 기본적인 인권을 침해한다며 교육 현장에서 이를 배제하고 무효로 할 것을 결의했다.

교육칙어의 핵심은 '충군애국'(忠君愛国) 사상이다. 신민은 지극한 충과 효로써 대대손손 천황과 나라를 위해 진력하여야 하며, 이것이야 말로 '국체의 정화'이자 '교육의 근원'이라 정의한다. 이러한 교육칙어가 현재 일본 땅에서 다시금 부활을 꿈꾸고 있고, 자민당 정권의 각료들이 교육칙어를 긍정적으로 평가하는 망언을 서슴지 않고 있다.

학제 반포 이후 일본의 교육은 시대 상황의 변화에 따라 다양한 형태로 이루어져 왔다. 때로는 세계 인류에 공통되는 보편적 지육(智育)을 기본으로 하는 교육이 중시되었으며, 때로는 전통적 유교주의를 기본이념으로 하는 덕육(德育)이 중시되기도 하였다. 그러나 결과적으로 일본의 근대교육은 황도주의 사상, 존황(尊皇) 사상의 확립을 교육의 목표로 삼는 칙어주의 교육으로 귀결된다.

오늘날 한일 두 나라의 반목과 갈등을 유발하는 일본 우경화 문제의 본질을 정확히 들여다보기 위해서는 무엇보다도 일본인들의 윤리관과 역사 인식이 어떠한 기재를 통해 만들어지고 연습(沿襲)되어 왔으며, 어떤 방법으로 공적 기억과 내셔널리즘을 형성하는가 하는 메커니즘에 대한 이해가 전제되어야 한다. 일본인들이 주변 제국, 나아가 세계를 인식하는 방법은 오랜 세월 자연스럽게 체화된 '사유'(思惟)에 기인하는 것이 아니라 교육과 미디어 등의 문화 권력에 의해 인위적으로 형성되어 세습되어 내려온 특정적 '사유체계'(思惟体系)에 기인하는 것이기 때문이다.

29. 태평양전쟁에 숨겨진
일본 기업의 DNA

【이창민】

1941년 12월 7일 일본의 하와이 진주만 공습으로 시작된 태평양전쟁은 수많은 인명과 재산의 피해를 남기고 1945년 8월 15일 일본의 항복으로 끝났다. 군사력과 경제력 측면에서 일본은 처음부터 미국의 적수가 되지 못했다. 그러나 개전 초기 얼마 동안은 일본군이 우위를 점하기도 했다. 미드웨이 해전에서 패배할 때까지 일본군은 진주만 공습 이후 6개월간 크고 작은 전투에서 승리를 거두었다. 전투를 승리로 이끈 주역은 바로 일본 해군의 함상전투기, 일명 제로센(零戰)이었다.

제로센의 공식명칭은 영식함상전투기(零式艦上戰鬪機)로 미쓰비시중공업(三菱重工業)이 개발하고, 나카지마항공(中島飛行機)이 생산하였으며, 중일전쟁부터 본격적으로 투입되기 시작하였다. 제로센의 설계자인 호리코시 지로(堀越二郞)는 미야자키 하야오(宮崎駿) 감독의 애니메이션 「바람이 분다」(風立ちぬ)의 주인공으로도 우리에게 많이 알려져 있다. 제로센은 뛰어난 기동성, 빠른 상승속도, 긴 항속거리 등 당시 미군의 주력 전투기인 와일드캣(Wildcat, F4F)의 성능을 압도했다. 와

일드캣은 제로센과의 공중전에서 열세를 면치 못했고, 급기야 미군이 '제로센과 일대일로 교전하는 상황을 피하라'는 교전수칙을 하달하기에 이르렀다.

　일본군의 장점은 추구해야 될 목표가 정해지면, 그를 달성하기 위해 궁극의 수준까지 연마하는 것이었다. 제로센의 첫 번째 목표는 기동성이었다. 당시 전투기의 교전 방식은 일명 도그파이트(Dog fight)라고 하는 꼬리물기 싸움이었다. 즉, 빠른 속도로 선회하여 적기의 후미를 공격하여 격추시키는 방식이었다. 그래서 누가 더 빠른 속도로 선회할 수 있는지가 공중전 승리를 위한 관건이었다. 일본군은 제로센의 공중전 성능을 극대화하기 위해 최대한 기체를 가볍게 하고, 궁극의 수준까지 선회 반경을 단축하여 기동성을 높였다. 제로센이 90도로 회전하는 데는 200m면 충분했지만 미군 전투기는 그 두 배인 400m가 필요하였다.

　제로센의 두 번째 목표는 조종술이었다. 일본의 전투기 조종사들은 중일전쟁을 거치면서 풍부한 실전 경험을 쌓은 일류 파일럿으로 구성되어 있었다. 일본군은 이러한 일류 파일럿을 대상으로 전투기 조종과 사격의 정확성을 높이기 위해 매일 엄청난 강도의 훈련을 반복했다. 말 그대로 '전쟁의 달인'을 양성한 것이다. 전투기 파일럿은 망망대해에 떠 있는 적군의 항공모함을 육안으로 확인해야 했는데, 강도 높은 훈련을 받은 이 전쟁의 달인들은 한밤중에 8,000m 밖에서도 적함의 움직임을 읽을 수 있었다. 육군 항공학교를 막 졸업한 신예들로 구성된 미군 파일럿들에게 제로센을 타고 종횡무진하는 일본군 파일럿은 공포의

소니는 워크맨으로 한 시대를 풍미했다.

대상이 아닐 수 없었다.

목표가 정해지면 궁극의 수준까지 연마하는 일본군의 특기는 국민 DNA로 깊이 각인되어 있다가, 전후 고도성장기에 수많은 일본 기업의 성공신화로 재탄생했다. 대표적인 기업이 워크맨(walkman)으로 한 시대를 풍미한 소니(ソニ-)이다.

전쟁이 끝나고, 모리타 아키오(盛田昭夫)와 이부카 마사루(井深大)라는 두 엔지니어가 의기투합하여 설립한 소니는 세상에 없는 새로운 물건을 만들겠다는 정신으로 1979년 7월 워크맨을 발매하였다. 처음에는 판매가 저조했지만, '걸으면서 음악을 듣는 새로운 라이프 스타일'이 유행처럼 번지면서 워크맨은 1980년대에 전 세계적인 히트 상품이 되었다. 이때부터 소니 워크맨이 추구하는 목표는 소형화가 되었다. 구체적으로는 'Just Cassette Size'라는 목표가 제시되었다. 즉, 워크맨의 크기를 카세트테이프 크기까지 줄여보겠다는 것이다.

이러한 목표가 정해지자 소니는 궁극의 수준까지 소형화를 위한 다양한 기술을 개발하게 되었다. 이 과정에서 일명 껌전지라고 불리는 츄잉검 형태의 얇은 충전지가 발명되었고, 초소형·초절전 모터도 등장하였다. 이 밖에도 오토리버스, 방수기능, 리모컨 등 최첨단 기술을 카세트테이프 크기의 워크맨에 담아내기 위한 기술의 고도화가 계속되었다. 결국, 초소형 워크맨 WM-20이 개발되었고 소니의 목표는 달성되었다. 궁극의 수준까지 소형화를 달성하겠다는 소니의 노력은 거기서 멈추지 않았다. 이번에는 카세트테이프를 지금의 1/4 수준까지 축소한 초미니 카세트테이프를 개발하고, 거기에 맞는 크기의 초소형 워크맨을 개발하는 작업에 돌입했다.

그런데 이러한 소니의 노력이 무용지물이 되는 사건이 발생했다. CD라는 새로운 매체가 등장한 것이다. 커다랗고 둥근 LP판이 작고 네모란 카세트테이프의 등장으로 순식간에 자취를 감추었듯이, CD의 등장은 카세트테이프 시대의 종말을 예고하는 사건이었다. 소니는 워크맨의 소형화에 더는 집착하지 않고 부랴부랴 새롭게 개발한 CD 플레이어를 시장에 내놓았다. 그런데 시장이 변하는 속도는 너무나 빨라서 소니가 적응할 틈을 주지 않았다.

CD라는 새로운 매체가 등장한 지 얼마 되지 않아, 이번에는 음악을 파일로 만들어 재생하는 새로운 매체인 MP3가 등장한 것이다. 결국, 소니는 급변하는 시장에 맞추어 빠르게 새로운 제품을 내놓을 수 없었고, 한 시대를 풍미한 워크맨은 이제 추억의 물건으로 남게 되었다. 소니는 여전히 일본 굴지의 다국적 기업이기는 하지만 더는 최첨단 가전제품을 생산하지 않는다. 현재 주력 사업 분야는 은행업, 보험업, 부동산업, 게임, 엔터테인먼트 등으로 바뀌었다.

비단 소니뿐만이 아니라 한때 전 세계를 호령했던 일본의 전자제품 기업들 중에서 현재도 그 위상을 유지하고 있는 기업은 거의 없다. 1980년대까지 전 세계를 주름잡던 일본 전자제품 기업들의 몰락을 설명하는 중요한 원인 중 하나가 바로 과잉기술, 과잉품질 문제이다. 소니가 그랬듯이 많은 일본 기업들은 목표가 정해지면 궁극의 수준까지

연마하는 노력, 즉 장인정신으로 물건을 만들어 왔다. 일본어로 모노
즈쿠리(ものづくり)라고 하는 '장인정신을 기반으로 한 제조 문화'는 일
본 기업들을 품질 제일주의의 세계적인 기업들로 키워냈지만, 반대로
우물 안 개구리와 같은 갈라파고스 기업들로 변질시키기도 하였다. 일
본 기업들은 10년 동안 품질을 보증하는 반도체를 만들었지만, 시장은
품질보다 값싼 반도체를 원했고, 100년이 가도 고장나지 않는 튼튼한
컴퓨터를 만들었지만 5년 지난 컴퓨터는 쓸 수가 없었다. 장인정신에
매몰되어 자신이 세운 목표를 달성하기 위해 앞만 보고 달려가면서, 정
작 시장의 요구에는 둔감했다.

다시 태평양전쟁으로 돌아가서 그 후 제로센은 어떻게 되었을까?
연전연패하던 미군은 우연한 기회에 불시착한 제로센을 발견하게 되었
고, 본토로 싣고가서 분해한 뒤 철저히 연구했다. 그리고 제로센을 무
력화할 수 있는 몇 가지 방안을 생각해냈다. 가장 먼저 전투기의 방어
력을 높이는 것이 시급해 보였다. 기동성으로 겨루어서는 제로센을 이
길 수가 없었다. 대신 쉽게 격추되지 않도록 방어설비를 든든히 갖추었
다. 새로 개발한 전투기 헬캣(Hellcat, F6F)은 속도는 느리지만 웬만한
공격으로는 쉽사리 격추되지 않았다. 그 결과, 공중전에서 제로센의
집요한 공격을 받으면서도 얼마간은 시간을 끌 수 있었고, 한 대가 꼬
리에 붙은 제로센을 유인하는 사이에 다른 한 대가 공격하는 협공방식
(Thach Weave)을 통해 제로센을 격추시킬 수 있었다. 싸움의 방식이
바뀌자 전세는 서서히 역전되기 시작했다.

또 한 가지, 레이더의 개발은 전쟁을 완전히 새로운 양상으로 변화

시켰다. 미군의 입장에서 보면, 파일럿의 숙련도 차이는 단기간에 좁힐 수 있는 목표가 될 수 없었다. 한밤중에 8,000m 밖에서도 적군의 항공모함을 찾아내는 일본군 파일럿들을 무력화시킬 방법은 기술적으로 우위에 서는 길밖에 없었다. 레이더 개발에 박차를 가한 미국은 결국 개발 중이던 레이더를 전투에 조기 투입하였다. 100km 밖에서도 적군의 움직임을 파악할 수 있었던 레이더 덕에 전세는 완전히 미군 쪽으로 기울었다. 결국, 전쟁 초기에는 제로센의 기동성과 파일럿의 숙련도를 궁극의 수준까지 끌어올린 일본군이 승기를 잡았지만, 미군은 철저한 연구를 통해 전투하는 방식을 바꾼 덕에 상대방의 능력을 무력화시키고 전쟁에서도 승리할 수 있었다.

이제 현재로 눈을 돌려보자. 4차 산업혁명 시대를 맞이해 디지털 기술 패권을 둘러싸고 미국(GAFA:구글, 애플, 페이스북, 아마존)과 중국(BATH:바이두, 알리바바, 텐센트, 화웨이)의 거대 플랫폼 기업들은 더욱 치열한 경쟁을 벌이고 있다. 이러한 기업들은 제품이나 서비스를 제공하는 생산자 그룹과 이를 필요로 하는 소비자 그룹을 서로 연결하는 방식, 즉 예전에는 존재하지 않았던 새로운 형태의 비즈니스 모델을 통해 수익을 창출하고 있다. 그런데 어지러울 정도로 빠르게 진화하고 있는 비즈니스 생태계 속에서 일본 기업의 존재감은 더욱 희미해져 가고 있다. 여전히 좋은 물건을 만드는 일본 기업들은 많이 있지만, 소위 말하는 게임 체인저(Game Changer)가 될 수 있는 기업은 찾아보기 어렵다.

게임에서 이기는 확률을 높이기 위해서는 훌륭한 전략을 세우고 많은 연습을 해야 한다. 하지만, 게임의 룰을 바꿀 수만 있다면 이길 수 있는 확률은 전략과 연습만으로 달성할 수 없을 정도로 상승할 수 있다. 반대로 말하면, 게임의 룰이 바뀌었는데도 여전히 전략과 연습을 고집하는 것은 이길 수 없는 싸움을 준비하는 것과 마찬가지다. 마치 개전 초기에 혁혁한 전과를 올렸던 제로센이 시간이 지나면서 무기력하게 패배한 것처럼, 그리고 한때 세계적인 히트 상품이었던 소니의 워크맨이 역사의 뒤안길로 홀연히 사라진 것처럼.

30. 일본의 근대화와 공업화를 지탱한 '하나의 나사'

【테라다 요헤이】

가구나 전자제품, 그리고 스마트폰 등의 IT 기기에는 반드시 '나사'가 들어가 있다. 자동차나 선박, 비행기 등의 엔진 등에서 사용되는 큰 것에서부터 시계나 PC 등 정밀 기계에 사용되는 1밀리미터 이하의 작은 것에 이르기까지 다양하다. 나사에는 플러스와 마이너스가 있는데 원래는 마이너스 나사만 사용되었다. 그러나 자동차업체인 HONDA가 효율적으로 작업을 할 수 있게끔 플러스 나사를 사용하게 됐고, 기계에 작업을 맡길 수 있게 되어서 생산성이 크게 향상됐다고 한다. 이렇게 나사는 일본의 근대화와 공업화를 지탱해 나가는데 매우 중요한 역할을 해 온 것이다.

나사는 고대 그리스에서 탄생한 것으로 알려져 있다. 일본에 처음 들어온 것은 1543년이었다. 일본의 전국시대에 가고시마현 다네가시마(鹿児島県種子島)에 남만선이라 불리는 서양인을 태운 배가 표류했는데 이들이 소유하고 있던 '화승총'과 함께 나사가 전래됐다고 한다. 다네가시마의 영주 다네가시마 도키타카(種子島時尭)는 포르투갈인에게서 2정의 화승총을 구입하여 야이타 킨베(八板金兵衛)라는 도공에게 하나를 주어 화승총을 제작하도록 명했다. 그때 포신에 사용된 것이 나사였다. 당시 일본에는 나사라는 것이 없어서 물건을 고정할 때는 쐐기라는 것으로 했다. 당연히 나사를 모르는 킨베(金兵衛)는 나사에 대해 배우기 위해서 자신의 딸인 와카사(若狭)를 포르투갈인에게 시집보내 배웠다고 한다. 이때 전해진 나사는 화승총 제작에는 도움이 되었지만 전국시대가 끝나고 에도시대가 시작되어 태평성대가 찾아오면서 화승총에 주로 쓰이던 나사의 활약상은 사라졌다. 그 이유로 무라마츠 테이지로우(村松貞次郎, 1980)는 일본에서 나사 제작 경위에는 불행하게도 총이라는 신무기와 결부되어 시작했기 때문에 오히려 비밀스럽게 전해지는 것들 가운데 하나로 받아들여진 점이나, 저자가 허락한 특별한 사람에게만 도장을 찍어서 배포한 점 등 때문에 전형적인 일본인 고유의 성격을 엿볼 수 있다고 지적했다.

그렇다면 에도시대에는 나사가 전혀 사용되지 않았는가 하면, 그렇지 않다. 일본(와) 시계(和時計)라는 것이 에도시대에 탄생하는데, 거기서 조금 사용되었지만 현재 확인할 수 있는 것은 반사로에서 제작된 대포에서 발견되는 정도이며, 일반화될 정도까지는 아니었다.

에도시대에는 이런 배경에서 빛을 보지 못한 나사였지만 에도막부 말기에 흑선(黑船)이 내항해 1854년 미국과 일미화친조약(日米和親条約)을 체결함으로써 220여 년에 걸친 쇄국의 시대가 끝을 고하면서 나사가 역사 전면에 재등장하게 된다. 당시 개국한 일본에는 서양의 다양한 기술이 들어왔다. 에도 막부는 서양의 발달된 기술과 제도를 배우기 위해 1860년 견미사절단(遣米使節団)을 미국에 파견했다. 그 사절단 가운데 '오구리 타다마사'(小栗忠順)라는 사람이 있었다. 오구리는 흑선을 본 영향으로 막부에 외국과 적극적으로 무역할 것과 흑선을 제조할 수 있는 조선소 정비 등을 적극 제안했다. 그 결과 견미사절단에서 감찰관, 즉 감사로서 도미하게 되었다. 원래 오구리는 이국선을 통해 외국인을 많이 접했던 점과 협상 경험이 있어 먼저 만난 사람들과 대등하게 이야기를 나누었다. 그래서 사절단의 대표로 착각하기도 했다는 후문이다. 오구리(小栗)는 이 도미 기간 동안 워싱턴 군사 공창을 견학할 기회를 얻었다. 거기서 오구리가 본 것은 일본과 미국의 제철기술과 금속가공기술의 차이였다. 그 확연한 차이를 본 오구리가 그 공장에서 나사 한 개를 일본으로 가져갔다. 그 이유는 서양 문명의 원동력은 '정밀한 나사를 양산하는 능력'이라고 생각했기 때문이다.

오구리는 귀국 후 주일 프랑스 공사인 레옹 로슈와 인연을 맺은 뒤 최신 서양식 제철소 계획을 수립해 막부에 제안을 했다. 이 제안에 막부 내에서는 반대가 많았으나 당시 장군이었던 14대 장군 도쿠가와 이에모치(徳川家茂)가 이를 승인해 게이오 원년(慶応元年 1865)에 요코스카제철소(横須賀製鉄所)가 건립되기 시작했다. 이 제철소는 1868년에 도막부가 끝나고 메이지 시대에 들어서 메이지 정부의 중역인 고마쓰 타테와키(小松帯刀)의 힘으로 1871년에 완성되었다. 이 제철소 건설은 월급제, 야근 수당, 사내교육 등 현재 기업경영의 기반이 되는 많은 제도가 도입됐다. 또 일본 최초의 프랑스어 학교가 설립되어 여기서 메이지 시대를 지탱하는 인재가 배출되는 등 일본이 근대화로 나아가는 첫

걸음이 되었다.

　오구리(小栗)는 요코스카 제철을 계기로 프랑스와 군사적 기술 협력뿐 아니라 경제협력에도 적극적이었다. 그중에서도 에도(江戸)·교토(京都)·오사카(大阪)의 상인들과도 협력해 일본에서 첫 상사를 설립했다. 이 상사는 해외무역을 추진하는데 있어서 가장 중요한 역할을 담당하고 있어 현대의 일본경제를 지탱하는 큰 기둥 중 하나가 되었다. 또한 오구리는 일본 최초의 본격적인 호텔인 '쓰키지호텔관'(築地ホテル館)을 건립했다. 이 호텔은 민간사업으로 추진되어 현재의 시미즈건설(淸水建設) 창설자인 시미즈 기스케(淸水喜助)가 공사와 경영을 맡게 되었다. 이 호텔은 현재의 도쿄 쓰키지(築地)에 지어진 2층 높이의 건물로 샤워실과 수세식 화장실, 바 등을 갖춘 최신식 호텔이었다.

　이러한 정책을 적극 추진하면서 오구리(小栗)의 평가는 매우 좋았고 특히 재정, 경제, 군사상의 정책은 높게 평가되었다. 이는 막부뿐만 아니라 막부를 무너뜨리려던 도막파(倒幕派) 쪽에서도 마찬가지였다.

　그러나 일본의 근대화와 공업화를 적극 추진했던 오구리였지만 막부 말기에 흘러내린 도막(倒幕)의 물결을 거스를 수 없었다. 그 계기가 1867년 15대 장군 도쿠가와 요시노부(德川慶喜)가 대정봉환(大政奉還)-에도막부가 정권을 메이지천황에게 반환-한 것이었다. 당시 에도 막부에서 도막파와의 철저한 항전을 주장하던 오구리였지만 도쿠가와 요시노부는 이를 각하했다. 오구리는 막부에서 맡았던 직책에서 파면되자 자신이 지배하던 코즈케노 쿠니(上野国)-현재의 군마현 다카사키시-로 돌아갔다. 그 후 가족들과 조용히 생활하며 거리의 수로를 정비하고 학교를 여는 등의 생활을 했다. 그러나 1868년 4월 도막군(倒幕軍)에 체포된 이틀 만에 제대로 조사도 받지 못한 채 참수를 당해 세상을 떠났다.

불행한 최후를 마친 오구리였지만, 그가 남긴 수많은 업적은 일본의 근대화와 공업화의 기초가 되었다. 메이지 초기에는 막부 측 관리로서 낮게 평가되었다. 그러나 메이지 시대가 안정기를 맞으면서 막부 말기에 활약했던 인물들에 대한 재평가가 이뤄지기 시작했다. 그중 오쿠마 시게노부(大隈重信)나 가쓰 가이슈(勝海舟) 등은 오구리의 근대화 정책을 크게 평가하고 있다. 또 작가 시바 료타로(司馬遼太郎)는 '메이지의 아버지'라고 기록하는 등 오구리의 업적은 후세 사람들에게 높이 평가받고 있다.

나사는 메이지 시대 이후 다양하게 생산되어 여러 곳에서 활용하게 되었다. 그러던 중 21세기에 들어서 일본에 나사의 영원한 과제인 풀림 문제를 해결한 '풀리지 않는 나사'가 등장했다. 이 '풀리지 않는 나사'를 개발한 것은, 주식회사 네지로(NejiLaw ネジロウ)의 사장인 미치와키 유타카(道脇裕)다. 미치와키는 19세 때에 자신이 타고 있던 차의 타이어가 주행 중에 빠진 것을 계기로 나사가 풀리지 않는 방법을 생각해 내고 발명하여, 제품화까지 7년이라는 시간을 소요했다. 현재 이 풀리지 않는 나사는 시계와 다리 등 다양한 분야에서 사용되고 있다.

나사는 전국시대에 화승총과 함께 처음 일본에 전래되었고 평화롭던 에도시대에는 '무(無)나사 문화'라는 시대를 보냈다. 하지만 에도막부 말기에 오구리가 미국에서 가지고 돌아온 '하나의 나사'에 의해서 전해진 여러 가지 기술이나 제도는 일본을 근대화시키고 공업화를 추진했다. 지금은 많은 공산품에서 사용되면서, 현대 일본 공업기술의 기반을 뒷받침하고 있으며 우리의 생활을 풍요롭게 하고 있다.

변화

31. 1인 가구 사회의 도래와 대응

한국 통계청이 발표하고 있는 '장래가구추계'에 의하면, 한국의 총 가구수에서 1인 가구가 차지하는 비율이 2015년에는 27.2%이었지만, 2045년에는 36.3%로 증가하는 것으로 추계되고 있다. 특히 65세 이상 1인 가구가 2015년에 120만 가구에서 2045년에는 372만 가구로 3배 이상으로 늘어날 것으로 예측하고 있다.

한편, 일본은 1인 가구가 총 가구수에서 차지하는 비율이 2015년에 34.5%에 달하고 있어, 한국이 2045에 경험할 사회 현상을 미리 경험하고 있다고 할 수 있다. 바꾸어 말하면, 지금의 일본사회가 안고 있는 1인 가구 사회의 과제는, 단순히 통계상으로만 본다면, 30년 후에는 한국사회의 과제가 될 것이며, 지금까지 일본정부가 경험해 온 시행착오를 분석해서 비교검토하면 미래의 문제해결을 위한 실마리를 도출해 낼 수 있을 것이다.

일본에서는 왜 1인 가구가 급격하게 증가하고 있는 것일까? 1인 가구가 증가할 경우에는 어떠한 사회문제가 발생하는가? 1인 가구 사회에 대한 대처방안은 무엇일까? 일본사회에 대한 사례연구는 한국사회의 미래에 대한 동향이나 대책을 강구하는 데 참고가 될 것이다.

일본의 경우 1인 가구수의 추이를 보면, 1985년에는 총 인구의 6.5%이었던 것이 2015년에는 총 인구의 14.5%로 30년간에 걸쳐서 2.2배로 증가하고 있는 것을 알 수 있다. 1인 가구가 급증하는 주요원인은 고령자와 중장년층에서 혼자 사는 경우가 늘고 있기 때문이다. 대표적인 예로, 80세 이상의 여성 중에서 독거노인의 비율을 보면, 1985년에는 9%이었는데 2015년에는 26%로 상승했다. 일본에서는 80세 이상 여성의 경우, 네 명 중 한 명이 혼자서 살아가고 있는 것이다. 더군다나 국립사회보장·인구문제연구소가 발표한 '장래가구추계'에서는 앞으로도 50대 이후 1인 가구수가 40% 이상으로 증가하고, 특히 80세 이상의 독거노인은 60% 이상 증가할 것으로 예측하고 있다.

왜 일본에서는 중장년층과 고령자층에서 1인 가구가 증가하고 있는 것일까? 우선 중장년층에서 1인 가구가 증가하고 있는 최대의 원인은 미혼자의 증가이다. 30세 이후에도 결혼하지 않을 경우에는 독신 고령자가 되기 쉽다. 한편, 고령자층에서 1인 가구가 증가하는 원인은 고령자 인구의 증가와 함께, 배우자와 사별하는 경우가 늘고 있고, 그 후에도 자녀나 친인척과 동거를 하지 않고 있기 때문이다. 특히 문제가 심각한 것은 앞으로도 결혼을 원하지 않는 독신 고령자가 증가한다는 점이다. 미혼인 독신 고령자의 경우에는 배우자와 사별한 고령자와 달라서 자녀가 없기 때문에 평생을 홀로 살아 가게 된다.

왜 1인 가구의 증가는 사회적 문제가 되고 있는 것일까?

1인 가구의 경우에는 만약의 사태가 발생했을 때, 도움을 줄 수 있는 동거가족이 없기 때문에 생활을 영유해 가는 데 있어서 리스크에 대처할 능력이 약할 수 밖에 없다. 구체적으로는 ①빈곤, ②개호 리스크, ③사회적 고립 등을 지적할 수 있다. 2인 이상의 가족이라면 구성원 중에서 한 사람이 실직을 하거나 장기입원을 하게 될 경우에 다른 가족 구성원이 어떻게든지 빈곤에 빠지지 않도록 노력할 수 있지만, 1인 가구에서는 불가능하다.

또한 1인가구에서는 개호가 필요한 상황이 되더라도 동거가족이 없으므로 다른 친인척이나 개호시설에 신세를 져야 한다. 따라서 일본에서는 1인 가구의 60% 이상이 주요 개호자가 가족이 아니라 개호 서비스업자로 되어 있다. 그러나 계속되는 독거노인의 증가로 인해서 개호시설과 개호서비스를 제공할 수 있는 직원이 부족하기 때문에, 적절한 공급이 제공되지 못하고 있는 상황이다. 나아가서 1인 가구는 사회적 고립을 초래한다. 일본에서는 고령 독신남성 6명 중에 1명은 2주에 한 번 정도밖에 대화를 하지 않고 있다는 조사 결과가 나오고 있으며, 노인들의 고독사가 사회적으로도 큰 문제가 되고 있다.

1인 가구의 증가에 대한 대처방안은 무엇일까?

세계 여러 나라를 살펴보면, 2021년 시점에서 세 가지 패턴의 복지국가를 확인할 수 있다. 우선 스웨덴과 같은 북유럽 국가들은 주로 정부가 사회보장제도에 의해서 생활리스크에 대처하고 있다.

한편, 미국에서는 정부에서 주도하는 것이 아니라, 주로 개인이 주체가 되어서 시장에서 개호서비스를 전액 자기부담으로 구입하는 방식으로 되어 있다.

일본과 한국과 같은 경우에는 가족의 역할에 의존하고 있다고 할 수 있다. 그런데 일본에서는 1인 가구의 증가에 따라서, 가족의 지원과 협력에 의존하는 구조가 더 이상 유지하기 어려운 상황이 되었다. 일본에서도 최근까지만 해도, 가족이 중심이 되어서 여러 가지 생활리스크에 대처할 수 있었다. 남편이 정규직으로 근무하면서 안정된 수입을 확보하고 아내는 가정주부로서 부모의 개호리스크에 대처해 왔었지만, 현재는 이러한 '외벌이 모델'을 전제로 한 가족 형태가 크게 감소하면서, 그 대신에 1인 가구가 급증하고 있는 것이다.

그럼, 일본에서는 '가족의존형 복지국가'의 모델이 붕괴되면서, 어떤 대책을 강구해 왔을까?

첫째로, 사회보장기능을 어떻게든지 유지하고 강화하도록 노력하고 있다. 가족으로부터의 지원을 기대하기 어려울 경우에는 정부가 재원을 확보해서 사회보장을 강화해야만 안정된 사회를 유지해 갈 수 있다. 일본정부는 사회보장에 필요한 재원을 안정적으로 확보하기 위해

복지국가의 3유형

출처: 権丈善一(켄죠 요시카즈, 2015) 「医療介護の一体改革と財政」 慶應義塾大学出版会 p300 참고

서 소비세-일명 '복지세', 한국은 부가세-를 도입했다. 이에 대한 국민들의 반발이 만만치 않았지만, 여당과 야당이 합의와 협력에 의해서 지금은 10% 소비세가 실시되고 있다.

둘째로, 시정촌의 지역사회가 중심이 되어서 의료와 개호가 통합된 서비스를 제공할 수 있도록 지역사회의 네트워크(지역포괄케어시스템)를 구축하기 위해서 노력하고 있다. 최근에 한국에서도 도입을 검토하기 시작한 '커뮤니티 케어'의 모델이 되고 있다.

셋째로, '건강연령'을 유지하기 위한 정책을 실시하기 위해 노력하고 있다. 일본정부는 지금까지 국민건강(의료)보험을 비롯해서 개호보험과 연금제도를 운영하는 과정에서 의료비의 절감을 추구하기 위해서 수많은 노력을 해 왔다. 최근에는 고령자의 건강을 유지하는 것이 의료비용의 절감을 꾀하는 지름길이라는 것을 깨우치고, 새롭게 전개하기 시작한 정책이 바로 '건강연령'을 지속하게 하기 위한 노력인 것이다. 특히 최근에는 건강고령자를 위한 일자리 제공을 강화하기 위한 체재를 서두르고 있다. 독거노인이 되더라도 빈곤이나 사회적 고립 리스크에 대처하기 위해서는 고령자라도 건강과 의욕만 있다면, 일을 계속할 수 있는 체재를 구축함으로써 안정된 수입과 삶의 보람을 제공하려는 것이다.

이상과 같이, 일본에서는 가족의존형 복지국가의 모델이 붕괴하게 되자 여당과 야당이 정치적 타협을 통해서 힘을 모으고, 정부와 국민이 지혜를 모아서 새로운 복지국가 모델을 모색하기 위해서 노력하고 있다고 할 수 있다.

32. 平成시대의 문화콘텐츠는 뭐가 있었지?

【송은미】

헤이세이(平成) 시대는 1989년 1월 8일부터 2019년 4월 30일까지로 이 시기에 즉위한 천황이 사용한 연호이다. 천황이 즉위하여 퇴위할 때까지의 기간을 나타낸다. 平成시대는 247번째의 연호로 125번째 천황인 아키히토 천황이 즉위하여 퇴위했던 2019년 4월까지 사용한 연호이다. 이 平成은 3번째로 긴 연호를 사용한 시기이다.

平成시대의 문화콘텐츠

平成시대에는 일본의 경제, 관광, 예술, 교통 등 여러 분야에서 다양한 콘텐츠가 형성되었으며 이들 분야의 발전에도 크게 기여하였다. 각 분야별로 다양한 콘텐츠가 있지만, 대표적으로 관광문화와 예술문화 콘텐츠만을 소개하고자 한다.

일본의 경제발전에 도움이 된 대표적인 콘텐츠 중의 하나로 세계에서 누구나 가고 싶은 나라, 재방문율이 높은 나라로 일본을 급부상시킨 것은 관광문화 콘텐츠이다. 이 콘텐츠는 국가와 지방, 국민과 공무

원이 함께 참여하여 발전시
킨 콘텐츠라 보아도 과언이
아니다.

   많은 관광문화 콘텐츠를
모두 소개하기에 지면상의 제
약이 있기에 세계문화유산,
지방관광문화, 교통문화, 테
마파크에 대해 알아본다.

   먼저 세계문화유산 콘
텐츠로는 유네스코에 등록

유네스코에 등록된 일본의 세계유산

된 19건의 세계유산과 4건의 자연유산이 있다. 세계유산으로는 호류
지 지역의 불교 건축물(1993), 히메지성(1993), 고도 교토의 문화재
(1994), 오키노시마와 무나카타 지방의 관련 유적(2017) 등으로 1993
년에서 2019년까지 등록되었다. 자연유산으로는 야쿠시마(1993), 시
라카미 산지(1993), 시레토코(2005), 오가사와라 제도(2011)가 있다.
이들 대부분이 平成시대에 유네스코에 등록이 되었다는 것만 봐도 대
표 관광문화 콘텐츠라고 볼 수 있다.

   두 번째로 지방관광문화 콘텐츠에 대해 살펴보자. 일본에서 지역
을 대상으로 실시한 관광정책 중에서 지방 면세점 확대, 지방특산물 제
작장려제인 고도치캬라쿠타교카이(登録キャラクター教会)는 지역경제
활성화에 큰 역할을 하였다. 각 지방마다 캐릭터를 제작하여 등록된 캐
릭터는 상술한 동일 홈페이지의 '로쿠캬라쿠타'(登録キャラクター)에서

지방관광문화를 알리기 위해 제작한 다양한 캐릭터

확인할 수 있다. 또한 자신이 태어나고 자란 고향 또는 자신이 관심을 갖고 응원하고 싶은 지방자치단체에 일정 금액을 기부하는 제도인 후루사토노제(ふるさと納税)도 제정해 실시하여 기부금 납부자의 절세와 지역사회 발전을 도모하였다.

다음으로는 교통문화 콘텐츠에 대해 알아보자.

일본은 철도망 구축이 잘 되어 여행하기에 편리하다. 특히 세계 최초의 고속철도 시스템인 신칸센은 도카이도 신칸센, 산요 신칸센, 도호쿠 신칸센 등의 9개 노선으로 운행된다. 도카이도 신칸센은 노조미, 히카리, 코다미로, 규슈 신칸센은 미즈호, 사쿠라, 츠바메와 같이 등급을 나누어 명명하고 있다. 이들 신칸센을 모델로 한 상품으로 프라모델을 판매하고 있으며, 각 신칸센의 노선별로 특산품을 이용한 도시락도 판매한다. 신칸센에 대한 마니아층이 형성되어 신칸센의 겉모습과 의자 배열, 의자 색, 차량 수 등에서 나타나는 특징만으로 어느 노선의 신칸센인지, 이름은 무엇인지 언제 만들어졌는지 등을 구별할 정도로 매우 관심이 높다.

신칸센과 마찬가지로 비행기에 대한 마니아층도 두텁다. 항공사별로 비행기의 기종, 좌석 수, 승무원복의 색과 디자인 등으로 구분하여 변화된 시기까지도 모두 알고 있는 마니아층도 있다.

이와 같이 일본의 마니아층은 연구에 연구를 거듭하여 많은 지식을 습득하여 기억하고 있다. 2012년에는 관광발달과 경제활성화를 위해 저가 항공(LCC)도 취항하여 국내 여행과 해외여행이 매우 활발하게 이루어졌으며, 아시아의 하버로 자리 잡기 위해 신국제공항도 건설되었다.

일본 관광문화 콘텐츠하면 빼놓을 수 없는 것이 테마파크이다. 그 대표적인 곳이 바로 디즈니랜드, 디즈니씨, 그리고 유니버셜스튜디오 재팬, 사이타마 무민밸리파크, 지브리테마파크, 레고랜드, 에도 원더랜드, 하우스텐포스 등이다. 애니메이션, 영화, 장난감 레고, 일본 역사를 기초로 하여 만들어진 이들 테마파크는 현실 세계를 벗어난 환상과 동심을 유지하여 재미와 오락도 즐길 수 있게 한다는 면에서 매우 인기가 있다.

예술문화 콘텐츠

平成시대를 대표하는 일본의 예술문화콘텐츠는 다양하지만, 여기에서는 J-POP, 드라마, 베스트셀러의 등장, 스포츠만을 간략히 소개하겠다. 平成시대에는 일반 대중음악인 J-POP이 발달하여 아시아를 넘어 세계에서도 관심을 받을 정도였다. 솔로 가수의 활동이 활발했던 이전에 비해 남성그룹과 여성그룹의 가수들이 등장하였다. 그룹의 구성원은 점점 증가하여 AKB48과 자매 걸그룹처럼 다수의 인원이 한 그룹을 이루어 활동을 한다든가 지방별로 나누어 그룹 활동을 하는 현상

까지 나타났다. 이로 인하여 엔터테인먼트회사도 증가하였으며 대기업화되기도 하였다.

두 번째로 1980년대에 센세이션을 불러일으킨 드라마를 들 수 있다. 이 시기에는 프로듀서가 주도하여 각본가를 모집하여 드라마를 제작하였으며, 제작자도 30대의 젊은 층으로 변화하였다. 프로듀서는 각본가와 감독에게 잔소리를 할 정도로 소화(昭和)시대와는 확연히 다른 풍조가 생겼다. 시청률이 저조할 경우에는 장르를 바꾸어 제작할 정도로 시청률을 고집하는 현상도 생겼다고 볼 수 있다.

우리가 알고 있는 일본 드라마의 특징 즉, 드라마 사전제작제 실시, 3~4개월의 방영 기간, 다수의 만화와 소설을 원작으로 한 드라마가 제작되었다는 점을 먼저 들 수 있다. 만화를 원작으로 제작된 것이 약 30% 이상이므로 등장인물의 캐릭터는 매우 다양하고 개성이 뚜렷하며 과장된 부분이 많다.

이러한 캐릭터가 등장하는 드라마라도 만화를 즐겨 읽는 일본에서 시청률이 높지만, 한국인들에게는 정서에 맞지 않아 시청률이 저하되는 경우도 종종 나타났다. 한국은 수목드라마라면 일본은 월요일 9시 드라마가 가장 인기가 있다. 그렇지만 레이와(令和) 시대로 접어든 후에는 점점 월요일 9시 드라마의 영향력이 유지되지 않아 드라마 제

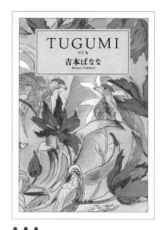

작에 고심하고 있다고 한다. 이제는 '게쓰쿠'(月9)라는 말이 무색해지고 있지는 않을까라는 생각이 들기도 한다. 더불어 일본 드라마는 중년 배우의 드라마가 많고 인지도 높은 배우나 가수라도 항상 주연을 맡지 않고 조연으로 출연하기도 한다는 점이 한국과 다른 특징이다.

2004년 NHK의 지상파에서 방영된「겨울연가」도 한류드라마로써 하나의 콘텐츠를 형성하여 인기몰이를 하였다. 세계적으로 유명한 슬램덩크, 세일러문, 건담, 지브리 애니메이션과 같은 애니메이션 영화의 등장, 가면라이더 시리즈 등과 같은 콘텐츠는 平成시대에 다양한 팬층을 형성시켰다.

세 번째로 출판문화 콘텐츠에 해당되는 베스트셀러의 등장을 꼽을 수 있다. 미국이나 해외에서 출판된 도서도 얼마 되지 않아 일본에서 번역본이 출판된다고 할 정도로 일본의 출판문화는 매우 발달되었다. 그래서 과거 문헌 정보에 대한 선진지 견학을 일본으로 많이 갈 정도였다. 무라카미 하루키의『1Q84』는 平成시대의 베스트셀러로 뽑혔으며 세계적으로도 유명하다. 히가시노 게이고, 미야베 미유키, 요시모토 바나나 등도 베스트셀러가 많은 작가들이다. 특히 요시모토 바나나의『티티새』(TUGUMI)와『키친』(キッチン)은 밀레니엄셀러로 유명하다. 또 1994년 오에 겐자부로와 2017년 일본 태생으로 영국에서 활동하는 작가 가즈오 이시구로가 수상한 노벨문학상은 문학계의 베스트셀러와 더불어 화제가 된 콘텐츠이다.

마지막으로 스포츠문화 콘텐츠를 살펴보자. 平成시대의 31년동안 수영, 스키, 피겨스케이팅, 체조, 육상, 탁구 등의 종목은 올림픽에서 55개의 금메달과 패럴림픽에서 62개의 금메달을 획득하였다. 또 축구뿐만 아니라 다른 종목에서도 프로 리그와 아마추어 리그가 시작되기도 하였으며, 테니스는 세계에서 인정하는 실력자가 나올 정도였다. 이러한 스포츠 부흥은 1961년 동경올림픽을 준비하기 위해 제정된 '스포츠진흥법'과 2011년에 제정되어 시행된 '스포츠기본법'을 기초로 더욱 발전하였다. '국가는 스포츠다'라는 적극적인 슬로건을 내세운 정책 시행과 고이즈미 내각에서 2002년 이후에 제창한 음악, 패션, 건강, 스포츠 분야의 산업화 강화정책은 변화의 바람을 불러일으켰다. 이러한 변화 추세는 2016년에 개최된 올림픽과 패럴림픽에 힘입어 '스포츠부'의 신설, 대규모의 예산증액으로 이어져 스포츠 강국으로 입지를 굳히게 되었다. 이들 관광과 예술분야에 해당하는 콘텐츠는 활발하게 발전되어 平成시대의 대표적인 문화콘텐츠로 발돋움하여 전성기를 이루었다고 말할 수 있을 것이다.

지금까지 소개한 平成시대의 관광문화와 예술문화 콘텐츠는 2019년 5월 문을 연 令和시대의 문화콘텐츠 형성과 발전에도 유익하게 작용할 것이다.

33. 한류(韓流) 붐은 현재 '진행중'

【김 영】

4차 한류붐으로의 진화

2020년 11월 1일 일본 출판업체 자유국민사가 매년 발표하는 '올해의 유행어' 톱10에-1984년부터 한 해 동안 많은 사랑을 받거나 화제가 되었던 키워드 10개 선정, '유캔 신조어 유행어 대상'으로 시상. 매년 선정된 유행어를 『현대용어의 기초지식』으로 펴냄-한국 드라마 「사랑의 불시착」이 뽑혔다. 선정위원회는 "코로나19 영향으로 동영상 스트리밍 서비스 이용자가 늘면서 한류 열풍이 다시 불었다"고 설명했다. 올해 일본에서는 '제4차 한류 붐'-1차 한류는 배용준의 「겨울연가」, 2차는 소녀시대·카라 등 K팝, 3차는 K패션·음식-이라는 표현이 여러 언론매체에서 꾸준히 언급되고 있다.

코로나19 영향으로 집에 있는 시간이 늘면서 한국 문화를 접하는 기회가 늘었다는 분석이 나오지만 한류 문화의 폭도, 이를 즐기는 사람의 폭도 늘어난 모습이다. 2020년 일본에서는 한국 아이돌의 영향으로 '달고나커피'가 유행이었고 K팝, K화장품, K패션 등도 골고루 인기를 얻었다. 12월 4일자 주간 아사히는 「82년생 김지영」이 일본에서 21만 부 넘게 팔렸다며 K문학도 확산된다고 보도했다.

〈표1〉한류의 발전단계(JTBC, TVN 자료참조)

한류붐	기 간	특 징	키워드
1차	2000년대 초	• TV드라마 「겨울연가」, 「대장금」 방영으로 최초의 한류 붐 형성 • 중년 여성층 중심	한류 생성
2차	2010~2011	• KPOP 가수(동방신기, 소녀시대, 카라)의 공중파 TV 활동 • 10대~20대 여성으로 소비층 확대 • 한류스타 마케팅을 통한 소비재 진출 ▶화장품, 한식의 유행	한류 심화
3차	2015~2019	• KPOP 가수(BTS, TWICE, IZ*ONE)진출 • SNS 한류콘텐츠의 자발적 소비와 확산 • 한국發 식품 및 디저트 열풍(치즈닭갈비, 똥땡이마카롱 등) • 한국 웹툰 및 한국문학의 일본진출	한류다양화
4차	2020년	• OTT서비스로 한국 드라마(「사랑의 불시착」, 「이태원클래스」) 송출 • 홈코노미의 영향으로 한국식 치킨 배달 증가	한류생활화

11월 2일 코트라(KOTRA) 오사카무역관에 따르면 일본의 유명 패션몰인 시부야109가 최근 만 15~24세의 여성 600명을 대상으로 진행한 구매 선호도 조사에서 다수의 한국 제품이 상위권에 올랐다. 한국 제품은 조사 부문 총 8개 중 드라마·방송, 화장품·스킨케어, 패션,

카페·음식, 홈 카페 등 5개 부문에서 상위권에 포함됐다.

4차 한류와 한류소비의 진화

2000년대 초 드라마「겨울연가」로 대표되는 1차 한류, 2000년대 후반 케이팝(K-Pop)이 일으킨 2차 한류 등 과거와 달리 최근 한류는 문화 콘텐츠를 넘어 일본 젊은이들의 생활 전반을 지배하는 '라이프스타일 한류' 양상을 띠고 있다. 특히 달고나 커피 외에도 치즈닭갈비, 치즈핫도그 등 '케이푸드'(K-Food)가 각광받는 모습이 뚜렷하다. 권용석 히토쓰바시(一橋)대 교수는 "한류 붐이 일어난지 20년 가까이 되다보니 이제 한류가 새로운 현상이나 유행이 아니라 일본인의 생활 전반에 스며들어 정착하는 모습"이라고 진단했다. 바로 '한류의 생활화'이다.

한류는 1, 2, 3차를 거쳐 오면서 한류의 소비 패턴은 조금씩 달라졌다. 첫째로 주 소비층은 '욘사마(배용준)'의 팬이었던 중년의 여성층에서, 10대에서 20대의 젊은 남녀를 중심으로 이동했다. 그리고 주요 소비 매체가 TV나 잡지 등 전통 매체에 의존했던 2000년대 초의 1차 한류 때에 비하면 2015년도 이후의 3차 한류부터는 인터넷, SNS로 변했다.

올드미디어에서 뉴미디어로 전환하는 플랫폼 환경의 변화가 한류 열풍에 일조했다고 분석한다. 「겨울연가」가 대표하는 1차 한류가 공영방송 NHK에서 시작됐다면, 지금은 넷플릭스라는 온라인 스트리밍 플랫폼이 대세가 됐다는 의미다. 동시에 한국드라마(한드)의 주 시청자도 공중파를 즐겨보는 중장년층에서 1020 세대로 대폭 낮아졌다.

정치 · 외교적 갈등 뛰어넘는 한류

2012년 이명박(李明博) 대통령의 독도방문 및 일본 천황(天皇) 관련 발언 이후 일본에서는 혐한(嫌韓)시위가 일어나면서 방송계에서 한국 콘텐츠가 순식간에 증발하는 상황이 벌어졌다. 그런데 한류는 오히려 이전보다 일본 1020세대에 더 강한 영향력을 발휘했고, 이런 분위기에 압도돼 결국 각 일본 방송사는 2017년을 기점으로 다시 K팝 등을 반영하기에 이른다. 그 이면엔 올드 미디어 방송사를 대신한 새로운 인터넷 세력, 즉 유튜브와 SNS 등의 뉴미디어의 등장이 있었다. 일본 대중은 이러한 뉴미미디어를 통해 KPOP 등 각종 콘텐츠를 향유할 수 있었기 때문이다.

이제 과거와 같이 한일 간 정치 · 외교적 마찰에 의해 문화의 공유 흐름이 막히거나 늦춰지는 일은 없을 것이다. 현재도 한일 간 정치외교적 갈등과는 별개로 한류는 진화중이다. 4차 한류붐이 의미있는 이유는 한류의 소비가 정치중립적으로 변하고 있기 때문이다. 한류 소비는 한일 국민의 상호인식조사에도 영향을 미치기 시작했다.

2020 '한국 호감도' 예상 외의 반전

2020년 한일국민 상호인식조사 보고서(동아시아연구원 출처)에 의하면, 일본인의 한국 호감도는 급증한 반면, 한국인의 일본에 대한 호감도는 급락했다는 예상 외의 반전이 나타났다. 조사에 따르면 한국인의 일본에 대한 긍정적 인식은 작년 31.7%에서 올해 12.3%로 급감한데 반해, 일본인의 한국 호감도는 지속적인 하향 추세 (29.1%→26.9%→22.9%→20%)를 보이다가 2020년에는 호감도가 25.9%로 반등했다. 2019년 일본의 수출규제 이후 한국의 '일본 호감도'는 급락했지만, 일본의 '한국 호감도'는 4차 한류로 인해 반전 곡선을 타기 시작한 것이다. 4차 한류붐은 한국·한국인에 대한 호감도를 반전시킬 만큼의 위력을 갖고 있다. 정치외교적 장벽에도 불구하고 일본인의 인식은 바뀌기 시작한 것이다.

Z세대에게 '오샤레한 나라, 한국'

최근 일본의 1020세대에게 한국은 '오샤레한 나라'라는 이미지가 확산되고 있다. 2차 한류 붐까지만 해도 한류는 '한국을 특별히 좋아하는 사람들'의 전유물처럼 여겨졌다. 하지만 이번 3차에 이은 4차 한류 붐은 확연히 다르다는 게 이곳 일본 현지의 목소리다. 한국 화장품, 한국 노래, 한국 음식 등이 한국이란 범주를 뛰어넘어, 그 자체로 이미 일본 사회에서 일상적으로 만연하게 소비되고 있다.

한류는 이제 일본 내에서 소수집단이 향유하는 '특이한' 문화가 아닌 '일상적' 문화로 자리 잡고 있는 모습이다. 일본인의 일상에 한류가 스며들어 이제 전 연령대가 한류를 즐기고 생활화하는 차원이다.

이번 한류는 즐기는 사람도 즐기는 대상도 그 폭이 넓어졌다. 한류 콘텐츠를 번역해온 작가 쿠와하타 유카는 올해 일본 내 한류 현상을 이렇게 설명한다. "중년의 엄마는 (배용준의) 「겨울연가」 이후 처음으로 한류에 빠지고, 딸은 한국 아이돌에 빠져 K상품이 많은 도쿄 신오쿠보에 간다. 집안의 이런 분위기에 아빠도 한국 콘텐츠에 대한 거부감이 줄었 다." 이제 한류는 일본인 남녀노소를 불문하고 다함께 즐기는 일상적 이고 매력적인 문화로 정착하고 있다.

한류에 'K-문학'도 열기

'K-문학'도 새 지평을 열고 있다. 그동안 한국은 출판대국 일본에 서 거액을 주고 일방적으로 책을 수입해오는 처지였지만, 최근 몇 년 새 한국의 젊은 작가들이 쓴 에세이가 일본에서 잇달아 선전하며 상황 이 바뀌고 있다. 2019년 7월 일본에서 번역 출간된 손원평 작가의 소 설 『아몬드』는 최근 7만 6000부를 찍었고, 같은 해 3월 일본에서 출간 된 김수현 작가의 에세이 『나는 나로 살기로 했다』는 20만 부가 넘게 팔 렸다. KPOP, 한드를 통한 한국 콘텐츠의 인기가 문학과 출판으로 그 영역이 점차 확대되는 추세이다. 조남주 작가의 『82년생 김지영』 역시 15만 부 이상 판매됐다.

한국 문학에 대한 일본 독자들의 정서적 공감대도 출판 한류의 요 인으로 꼽힌다. 지리적으로 인접했을 뿐 아니라 고령화, 저출산, 성 차별, 입시중심의 교육 등 한국 문학에 등장하는 사회 문제에 일본 독 자 역시 크게 공감하고 있다는 의미다. 한국은 몇 년 전 연애, 결혼, 출산을 포기한 '3포 세대'라는 말이 유행했는데, 일본에서도 비슷한 시기에 '사토리 세대'-장기불황 속에서 출세와 명예, 돈벌이에 관심 없는 일 본 젊은이의 총칭-라는 말이 유행한 것도 한일 양국 간 비슷한 문화적 맥락이다.

한류는 문화제국주의?

강준만 교수는 최근 『한류의 역사』라는 책을 통해 한류의 역사를 재조명했다. 강 교수는 이제 한류의 외형적 부분뿐만 아니라, 내부의 성찰을 통해 실질적 부분까지 지속가능한 한류를 발전시켜야 한다고 이야기한다. 그리고 '문화 제국주의'라는 키워드를 통해, 과거 미국 문화의 지배력과 위험성을 경고했던 것처럼, 반대로 한류가 타국에서 문화제국주의의 위험으로 비춰질 수 있다고 지적한다. 이것이 현재 일본 내에서 혐한의 이유로 작용하고 있는 것은 아닐까?

문화는 대중들이 미처 인지하기도 전에 그들을 잠식해 버리고 마는 일종의 '무서운 무기'가 될 수 있지만, 지역과 문화를 뛰어넘어 새로운 정체성을 만들어 내는 일종의 '문화적 지구화'를 만들어 내기도 한다. 한류는 서구와 비서구, 글로벌과 로컬이라는 지역과 국가를 초월하는 '문화의 혼종성'-문화횡단적이고 탈지역적인 문화의 합종연횡 현상-을 통해 과거 획일화된 관념체계와 맞서며 진일보하고 있다. 과거의 서브컬처가 새로운 카운터컬처로 이동하면서 민족주의 담론을 넘어 혼종을 긍정하는 새로운 문화담론을 만들어 내고 있는 것이다.

34. 신카이 마코토(新海誠)의 노스텔지어

【이용미】

신카이 마코토(新海誠)는 애니메이션 작가 겸 감독이다. 특히 「너의 이름은.」(君の名は。, 2016)과 「날씨의 아이」(天気の子, 2019)는 한국에서도 많은 관객을 모은 작품이다. 「너의 이름은.」은 천이백 년 만에 지구에 근접하는 혜성의 출현을 전후로 도쿄 소년과 시골 마을에 사는 소녀의 몸이 뒤바뀌면서 일어나는 이야기이다. 시공을 초월한 두 남녀의 사랑과 자연재해에 맞닥트린 마을 공동체의 운명을 그리고 있다. 「날씨의 아이」는 고향 섬에서 가출한 소년이 이상 기후로 비가 계속 내리는 도쿄에서 우연히 날씨를 개게 만드는 신비한 능력을 지닌 소녀를 만나 다양한 경험을 하고 위기를 극복하며 스스로의 삶을 꾸려나가는 이야기이다.

신카이 마코토는 이들 줄거리에서도 알 수 있듯이 현대 도시의 생태계를 리얼과 판타지, 과학적 상상력을 넘나들며 그려내고 있다. 또한 민간습속 내지 고전 문예 등 전근대 일본의 세계관을 스토리텔링의 근간으로 삼고 있다는 점은 주목할 만하다. 그렇다면 「너의 이름은.」과

미야미즈 신사의 신체

「날씨의 아이」에는 어떠한 옛날 풍경-민간신앙, 고전 문예 등-이 담겨있는 지 좀더 자세히 살펴보도록 하자.

이계(異界) 방문

고대 일본인들은 이계란 관념 속에 존재하는 세계와 실제 현실 어딘가에 존재하는 세계라는 두 가지 인식을 동시에 지니고 있었다. 전자의 예로는 일본 신화에 등장하는 사후 세계인 황천국(黃泉国), 상세국(常世国) 등이 있는데, 이러한 곳은 머릿속에만 존재하는 공간이다. 이와는 달리 후자의 경우는 자신이 살고 있는 현실의 공간과 맞닿아 있는 이계 내지 이상향으로, 우연히 산이나 동굴 등과 같은 경계를 통과하면 맞닥뜨리게 되는 것이다. 참고로 중국은 산악, 땅속, 바다 속 등 저승의 이미지가 다양하였는데 일본은 일찍이 이승과 저승의 경계지점을 강으로 여기는 민간 신앙이 생겨났다. 이승과 저승의 경계에 강이 있다는 믿음은 이집트와 그리스 신화에도 보이듯 세계 보편적인 신앙이라고 할 수 있지만, 현실계와 비현실계가 시공간적으로 동일선상에 놓인다는 점, 곧 살아서 이계를 방문할 수 있다는 사고는 일본만의 독특한 이계관이라고 할 수 있다.

이러한 일본 고유의 이계관 전통은 「너의 이름은.」에도 나타나는데, 그곳이 바로 미야미즈 신사의 신체(ご神体)를 모신 사당이다. 산속 깊은 곳에 자리 잡은 이곳은 작은 시내로 둘러싸여 있는데 할머니는 손녀들에게 '저 강을 건너면 그곳이 저세상'(隠り世, あの世)이라고 가르친다. 또한 「너의 이름은.」 속 저세상의 이미지는 불교의 삼도천의 이미지를 빌려온 것으로 보인다. 삼도천은 죽어서 초칠일에 건너는 강으로 이승과 저승의 경계를 의미하는데, 강으로 둘러싸인 미야미즈 신사의 신체(ご神体), 즉 영적 핵심(Spiritual spot)은 바로 저승을 상징한다. 따라서 이곳에서 삼 년 전 죽은 미쓰하가 시공을 초월하여 다키와 해후하고 그의 도움으로 소생하는 것이다.

현실의 시공간 어딘가에 이계가 공존한다는 관념은 「날씨의 아이」에도 드러난다. 계속되는 비에 도쿄가 수몰 위기에 처한 상황에서 주인공 히나는 날씨를 개이게 하는 샤먼의 능력을 발휘하지만, 결국 그 대가로 어느 날 갑자기 하늘로 사라지게 된다. 그리고 소년 호다카는 그녀를 구출하기 위해 천상계로 올라가 용과 맞서 싸운 끝에 둘은 무사히 현실계로 되돌아오는데 이 장면 역시 현실계와 맞닿은 이계의 존재를 보여주는 대목이라 할 수 있다.

전근대 문예 및 민간 습속의 수용

「너의 이름은.」은 기획단계에서는 「꿈이라 알았다면 남녀 바꾸었으면 이야기」(夢と知りせば、男女とりかへばや物語)라는 긴 가제목을 갖고 있었다. 그런데 이 제목은 중고 시대(9C~12초)의 다음과 같은 와카(和歌)에서 유래한다.

사모하다 잠들어서 임이 보인 걸까 꿈이라 알았더면 깨지나 말 것을
思ひつつぬればや人の見えつらん夢と知りせばさめざらましを

―『古今和歌集』(題しらず・小野小町・恋二・552)

위 노래는 이성에 대한 연모의 마음이 꿈으로 표출된다고 생각하는 고대 일본인들의 사고를 보여주고 있는데 「너의 이름은.」의 남녀 주인공 역시 "나는 꿈속에서 이 여자와―나는 꿈속에서 이 남자와―뒤바뀌는 거야!"라는 대사에서도 알 수 있듯이 두 사람은 꿈이라는 통로를 통하여 서로 조우한다.

남녀의 신체가 바뀐다는 설정은 이미 「바꾸었으면 이야기」(とりかへばや物語, 1200)라는 작품에 보인다. 귀족 집안의 이복 남매가 아버지의 뜻에 따라 어릴 때부터 서로 성 역할이 바뀐 채 훈육되고, 급기야 바뀐 모습을 유지한 채 결혼 및 사회생활을 한다는 줄거리를 갖는데, 남장 여자, 여장 남자라는 이성장(異性裝)의 파격적인 소재와 표현은 「너의 이름은.」뿐만 아니라 현대의 섹슈얼리티나 젠더의 전도를 소재로 하는 다양한 작품으로 확대 재생산되고 있다.

신사의 천정에 그려진 용

한편 「날씨의 아이」에서 전근대 민간신앙 내지 세계관을 보여주는 모티브는 바로 용(竜)이다. 작품에는 신사의 천정에 그려진 용 그림과 천상계에서 호다카를 위협하던 구름 띠 모양의 용이 등장한다. 이미 6세기의 고분 벽화에도 보이는 일본의 용은 중국의 용에 일본의 토착신인 뱀의 이미지가 한데 섞여 큰 뱀(大蛇)의 형상을 하고 있다. 이렇듯 복합적인 이미지를 갖는 용은 일본인들에게 물의 신으로 강우나 지우(止雨)를 마음대로 주관하며 국토를 수호하는 한편, 대지를 진동시켜 신불(神仏)의 뜻을 밝히는 존재로 여겨진 것이다. 요컨대 「날씨의 아이」 속 용의 등장은 비록 이상 기후일지라도 용신(竜神)이 수호하는 일본 국토는 영원히 존재하리라는 불멸성, 영원성을 상징하는 것으로 해석할 수 있다.

신카이 마코토의 노스텔지어

일본 문학 및 대중문화에 있어 남녀의 몸이 뒤바뀌는 설정은 시대를 막론하고 꾸준히 창작되어왔다. 「너의 이름은.」 역시 이러한 이른바 '트랜스'(転身) 모티브를 현대적 감각의 판타지 서사로 확대하여 애니메이션 분야에 큰 성과를 거두었다.

「날씨의 아이」와 관련한 인터뷰에서 신카이 마코토 감독은 "이 작품에서 젊은 두 사람의 러브 로망스를 그리려는 의도는 없었다. 연애가 주제가 아니라 사회상, 가족의 문제를 추구하고자 하였으며 때부터 민간전승 내지 구승문학으로 전해오는 옛날이야기, 이어져 내려오는 풍습 등을 의식적으로 작품의 제재로 삼고 있다."고 밝힌 바 있는데 이는 곧 그의 작품에서 일본의 민속과 고전 문예가 스토리텔링의 원천이 되고 있음을 보여주는 것이라 할 수 있을 것이다.

35. 2011년 동일본대지진

【최경국】

지진 당일

2011년 3월 11일. 안식년으로 일본에 간지 열흘째 되는 날이다. 오전에는 집에 있다가 1시경 막내 아들과 함께 오비린 대학에 나가 학교에서 일을 본 다음 점심식사를 하였다. 아들과 둘이 식사를 마치고 나온 시간이 바로 2시 45분. 도로에서 걸어가는데 발밑이 흔들흔들하고 도로 위의 차들이 모두 정지하는 것을 보고, 흥분한 아들이 이리 뛰고 저리 뛰어 다닌다. 건물에 붙은 간판도 흔들리는 것이 위험해서 아들을 붙잡아 안전한 공터로 끌고 갔다. 오비린 대학 건물이 멀리서 흔들리는 모습이 보였다.

얼마 후 지진이 멈추어서 오비린 대학 쪽으로 가보니 건물 안에 있던 사람들이 다 나와 있었다. 그곳에서 만난 오비린 대학 국제교류센터의 김세중 선생은 일본생활이 30년 정도 되는데 이렇게 큰 지진은 처음이었다고 한다. 같이 이야기하는 중에 또 지진이 났다. 여진이다. 지진은 하나만 오는 것이 아니다. 대지진 이후에는 수많은 여진이 따라온다. 전봇대가 흔들리고 그 위의 전선도 흔들거린다.

지진이 멈추어 집으로 돌아가는 길에 보니 신호등의 불이 다 꺼져 있었다. 차들은 다니지만 신호는 무용지물이다. 집에 들어와 보니 정전이었다. 전기가 나가니까 할 수 있는 일이 없었다. 아는 사람들에게 전화를 해보았으나 전화도 불통이었다. 슈퍼에 가보니 이미 건전지는 다 팔렸고 전기가 안들어 와서 더 이상 계산을 할 수 없다며 손님을 받지 않았다.

3월이지만 전기가 안 들어오니 추웠다. 어둡고 아무 할 수 있는 일이 없다. 잠이나 자려고 누웠으나 잠이 오지 않았다. 12시나 되어 전기가 들어와서 인터넷을 연결하고 안부를 주고받았다. TV를 켜보니 일본 국내 최대의 지진이란다.

알고 보니 이 지진이 1,000년에 한 번 올까 말까 한 대지진이라고 한다. 대지진의 피해는 일본에서 유례를 찾아보기 어렵게 광범위하고 피해자 숫자도 많았다. 4월 20일 경찰청의 발표에 의하면 사망자 14,013명, 행방불명자 13,804명, 반 이상 파괴된 주택 87,800채, 일부 파손 주택 200,135채, 피난자 135,906명이다.

지진의 무서움

동일본대지진은 매그니튜드 9.0으로 일본 내 관측사상 최대규모이다. 미국 지질조사소에 의하면 1900년 이후 세계 4번째 규모의 지진이라고 하니 얼마나 큰 지진인지 실감할 수 있다.

지진이라고 하면 먼저 땅이 흔들린다고 생각하는 것이 상식이다.

• • •

지진피해 지역의 모습

하지만 동일본대지진은 일본열도에서 동쪽으로 130㎞ 떨어진 바다 깊은 곳에서 발생하였다. 그래서 제일 먼저 땅이 흔들리는 지진이 먼저 일본열도를 강타해서 건물이 흔들리고 무너지며 화재가 나고 도로가 끊겨서 피해를 입혔지만 이보다 훨씬 더 큰 피해가 쓰나미였다. 바다 밑에서 지진이 일어났기 때문에 그 충격으로 쓰나미가 발생하여 동일본 해변가를 덥쳤다. 보통 쓰나미라고 하면 이해를 잘 못한다. 바다 수위가 갑자기 높아져서 바닷물이 방파제를 넘어서 육지로 계속해서 밀려 들어오는 현상이다. 게다가 그 바닷물 색깔이 새까맣다. 지진의 파동에 의해 바다밑 침전물까지 다 흔들어 섞이기 때문에 새까매진 바닷물이 끊임없이 밀려들어 육지를 덮치는 것이다. NHK의 기획보도에 의하면 통상의 바닷물 무게가 256kg/㎡인데 비해 검은 쓰나미는 무게가 556kg/㎡라고 한다. 두 배 이상 무거워진 바닷물이 시가지를 휩쓸고 지나면서 그 물에 집들이 떠내려가는 모습을 지금도 유튜브로 볼 수 있다.

쓰나미가 가져다 준 가장 심각한 피해는 후쿠시마 원자력발전소 방사능유출 사고였다. 국제원자력사상평가척도(International Nuclear Event Scale, INES)로 최악인 레벨7(심각한 사고)로 분류된다. 먼저 지진이 일어나서 외부전력이 차단되었다. 그래서 비상전원으로 바꾸었으나 뒤이어 밀려든 쓰나미에 의해 비상용 발전소마저 파괴되어 냉각펌프가 정지되었다. 정전에 의해 원자로 냉각뿐 아니라 각 계기도 멈추었고, 발전소 내의 조명, 통신장치가 정지되어 사고 대응이 극히 어려워졌다. 그러는 와중에도 핵 연료봉은 계속해서 열을 내므로 이를 식히지 못하여 결국 멜트다운이 일어났다. 멜트다운(melt-down)이란 핵연료봉에 냉각수가 공급되지 않아 과열되어 녹아버리는 상태를 말한다. 원자로를 식히는 중요한 설비 기능을 잃어버리고 원자로가 과열되어 수소폭발을 일으키고 방사성 물질을 외부로 유출시키게 된 것이다.

슈퍼에 물건이 사라지는 날

지진 후, 한참 동안 도서관이 임시휴관이다. 일단은 오비린 대학교에 나갔으나 다시 집으로 돌아왔다. 돌아오는 길에 집 앞 슈퍼를 보니 슈퍼 밖으로 사람들이 줄을 서고 있었다. 왜 그런지 물어보니 점내에 사람들이 가득해서 계산하고 한 사람이 나와야 한 명을 들여보낸다고 한다. 어제 갔을 때는 괜찮았는데 오늘 더 난리다. 어제 슈퍼에서 생수를 못 사왔기 때문에 들러보기로 하였다.

지나가는 여중생 둘이 하는 말이 들렸다. "야 너는 시장바구니에 하나 가득 과자만 사 가냐?" 말을 듣고 바구니를 보니 정말 여러 종류의 과자가 가득하였다. 아직 사태를 심각하게 알지 못하는 귀여운 아이들이다.

일본 집에는 비상식품이나 물을 보관하는 작은 수납함이 집집마다 꼭 있다. 내가 살던 집에도 두 개가 있다. 그때 텅텅 비어 있었으니 내가 이곳을 채워두어야 했다. 비상식품으로는 통조림, 쌀, 라면 등 장기보존이 가능한 식품이 적합하다.

우선 라면을 파는 곳으로 갔다. 이곳이 제일 먼저 텅 비었다. 각종 컵라면 종류와 라면이 다 팔렸다. 조금 전만 해도 신라면이 5묶음 정도 있었는데 텅텅 비었다. 그 다음은 쌀이다. 쌀도 다 팔리고 그 윗 선반에 보리와 현미만이 남아 있었다. 그리고 우유도 다 동이 났다. 쭉 돌아보니 고기, 두부, 빵이 전멸이었다.

아직 과일, 야채, 생선, 과자, 음료수 등은 많이 남아 있었다. 그러나 사재기하는 분위기는 지진 직후보다 사흘이 지난 지금이 더 심하다. 앞으로 다가올 지도 모르는 여진(16일까지 진도 7.8 정도의 여진이 70% 온다고 한다)에 대한 공포가 이렇게 사재기로 표현되었을 것이다. 이렇게 하나둘씩 비어가는 선반을 바라보며 언젠가 모든 선반에서 다 사라지고 슈퍼에서 물건이 사라지는 광경을 상상해 본다.

지진 피해자 집합소

지진이 나고 6개월 후 내가 방문한 카도노와키 중학교의 체육관에는 여전히 120명의 지진피해자가 생활하고 있었다. 중학교 측에서는 학생활동에 지대한 방해가 되니 10월에는 비워달라는 신청이 있었다고 한다. 하지만 아직도 학교 체육관에 남아있는 사람들은 다른 곳에 갈 수 없는 사정들이 있기 때문에 남아있었다.

여기서 만난 운영 봉사자 우츠노미야는 원래 라면집을 경영하고 있었는데 쓰나미로 온 가족을 다 잃고 혼자 살아남은 사람이다. 쓰나미가 몰려올 때 가게에서 일을 하다가 방송을 듣고 차로 피난하기 시작했다. 모두 차를 타고 나와서 도로가 완전히 주차장으로 변했고 그대로 쓰나미에 삼켜졌다고 한다. 차가 물에 가라앉으면 수압 때문에 문이 안 열린다. 우츠노미야는 그나마 근처 고등학교 운동장에 주차를 시키고 옥상에 올라가서 구사일생으로 살아남았다. 그러나 부모, 부인, 자식들 모두를 쓰나미로 잃어버렸다. 그래서 요즘도 수면제를 먹지 않으면 잠을 자지 못한다고 한다. 얼마나 많이 이야기했으면 너무나도 담담하게 자신의 상황을 이야기해서 눈시울이 뜨거워졌다. 처음에는 우울증에 시달리기도 하였으나 지금은 열심히 체육관에서 지진피해자들을 돕는 자원봉사를 하고 있다.

지진 피해자들은 가족도 잃었지만 재산도 모두 잃은 사람들이 많다. 우츠노미야는 지금 가장 필요한 것이 컴퓨터라고 하였다. 자신들의 이야기를 인터넷에 올려 모금을 하여 동북지역 부흥에 사용하고 싶다고 한다. 친구 아베상에게 이야기하자 아는 사람들에게 부탁하여 컴퓨터를 보내와서 전해주었다. 우츠노미야는 이제 동북지역 부흥 사업을 인터넷으로 할 수 있다고 울면서 감사 인사를 전한다.

다음 해 안식년이 끝나고 한국으로 돌아와 크라운해태의 후원으로 지진 피해 추도 사진전을 열었다. 명지대학교와 자매학교인 이와테대학에서 유학 온 학생들을 데리고 사진전에 가서 같이 사진을 보았는데 여학생 한 명이 울음을 멈추지 못하였다. 쓰나미로 폐허가 된 도시, 방파제를 넘어 쏟아져 들어오는 검은 바닷물, 지진 후 초등학교 교실 책상에 드문드문 꽃이 놓여있고 책상에 무심하게 앉아있는 어린아이들의 사진을 보며 그때의 기억이 되살아난 것이다. 피해자의 고통은 쉽게 치유되기 어려움을 느꼈다. 대지진의 상흔은 그때까지도 동북지역 곳곳에 그대로 남아 있었다. 아니 가장 큰 상흔은 가족을 잃고, 직장을 잃고 살아갈 의욕마저 잃어버린 사람들의 마음 깊숙히 남아 있다.

대지진 이후 잘 팔린 물건

TV에서 대지진 후 잘 팔린 물건에 대해서 보도해 주었다. 여름에는 전력사용량이 증가하기 때문에 그에 대한 대비도 미리 하고 있어서 밤에 충전을 해 두었다가 낮에 쓸 수 있는 축전기 등도 잘 팔린단다. 그리고 대지진 이후에 잘 팔린 의외의 물건은 안경, 중고차 등이다.

도쿄의 안경 전문점에서는 전년 봄보다 2할 정도 매출이 올랐다고 한다. 소프트 콘택트 렌즈는, 정기적인 교환을 해야하는 데다가 물약을 이용해서 세정을 해야하기 때문에, 재해시에는 아무래도 불편하다. 이처럼 인간이 좀 편리하기 위해 만들어 낸 물건들이 대재난을 만나면 전혀 기능을 못하게 된다. 평소에 아날로그적인 인생을 살아 두면 어떤 상황이 온다고 해도 강하게 살아 나갈 수 있다. 그러고 보면 지금 우리는 지나치게 문명의 이기에 의존하며 살고 있다.

중고차의 가격도 급상승이었다. 지진 재해 전에 20만 엔대로 판매되고 있던 미니밴이 50만 엔대로 거래되었다. 동북지방에서 쓰나미의 영향으로 못 쓰게 된 자동차가 약 50만 대이고 자동차 부품 공급이 부족하여 신차의 생산량이 격감하고 있는 것이 이유이다.

그리고 칸사이에서는 요시모토 신희극이 성황이라고 한다. 평일에도 놀라울 정도로 손님들이 찾아온다. 그저 한 순간이라도 모든 것을 잊고 웃고자 하는 사람들이 모이고 있다는 것이다.

마지막으로 의외의 물건은 혼약 반지이다. 특히 도쿄 백화점에서는 작년의 15%가 증가했다고 한다. 도쿄 부근은 직접 지진 피해를 당하지는 않았지만 대지진 직후 전화나 인터넷이 불통되면서 자신에게 있어서 정말로 소중한 사람이 누구인지를 깨닫게 되었단다. 혹은 연락이 다시 통하게 되면서 그동안 소원했던 사람들과 모두 안부 연락을 주고받으면서 다시 관계를 회복하는 경우도 많았다.

TV에서 시청자 편지를 소개하는 코너가 있다. 지진이 나서 나쁜 일도 많지만 바빠서 전화를 하지 않았던 두 아들이 지진이 나고 나서 자주 안부 전화를 해 와서 오랜만에 기쁨의 눈물을 흘리곤 한다는 한 어머니의 편지를 소개하였다. 그까짓 전화 한 통에 어머니는 이토록 기뻐하는구나. 일본인들도 큰 재해를 당해보고서야 소중한 사람, 가족의 중요성을 더욱 느끼게 되었다.

책임편집위원

김경희(한국외국어대학교 교수) 김정희(경기대학교 교수) 김태경(경희대학교 교수)
문창학(한국외국어대학교 교수) 서동주(서울대학교 교수) 손범기(사이버한국외국어대학교 교수)
윤호숙(사이버한국외국어대학교 교수) 정현혁(사이버한국외국어대학교 교수)
조주희(서울신학대학교 교수)

편집 기획 및 구성

서정화 손범기 정현혁

식기는 요리의 기모노

1쇄 발행일 | 2021년 3월 31일

저 자 | 한국일어일문학회
펴낸이 | 이경희

기 획 | 김진영
디자인 | 김민경
편 집 | 민서영 · 조성준
영업관리 | 권순민
인 쇄 | 예림인쇄

발 행 | 글로세움
출판등록 | 제318-2003-00064호(2003. 7. 2)

주 소 | 서울시 구로구 경인로 445(고척동)
전 화 | 02-323-3694
팩 스 | 070-8620-0740

ⓒ 한국일어일문학회, 2021
저자와 협의하여 인지를 생략합니다.

값 14,000원

ISBN 979-11-86578-87-2 94830
      978-89-91010-00-0 94830(세트)

잘못된 책은 구입하신 서점이나 본사로 연락하시면 바꿔드립니다.